KB267846

사랑의 매에는 사랑이 없다

사랑의 매에는 사랑이 없다

초판 1쇄 인쇄   2012년 10월 25일
초판 1쇄 발행   2012년 10월 31일

지은이   장 옥 순
펴낸이   손 형 국
펴낸곳   (주)북랩
출판등록   2004. 12. 1(제2012-000051호)
주소   153-786 서울시 금천구 가산디지털 1로 168,
                우림라이온스밸리 B동 B113, 114호
홈페이지   www.book.co.kr
전화번호   (02)2026-5777
팩스   (02)2026-5747

ISBN 978-89-98268-15-2 03810

사랑의 매에는

사랑이 없다

장옥순 지음

아이들과 함께 사는 세상

글을 쓰는 것은 다른 사람을 위한 것이라기보다는 자신의 변화를 위한 것이라는 말에 공감합니다. 글이 곧 나의 생각과 사상을 올곧게 세우고 채찍질한다는 믿음으로 숙제를 하듯 교실 이야기를 세상에 내놓기를 반복해왔습니다.

여기에 선보인 글들은 소통과 공감으로 아이들의 공부본능을 깨우기 위해 노력하는 동안, 아프고 힘든 이야기와 희망을 바라는 작은 마음을 담아 내보냈던 시골 초등학교 교사의 교육을 향한 꿈이었습니다. 그동안 오마이뉴스와 한교닷컴을 통해 써온 교단칼럼들을 묶었습니다.

새로운 이야기를 쓰기 위해서는 옛집에 눌러앉은 글들을 내보내야 했습니다. 우리 아이들 이야기가 시골 초등학교 평교사의 소소한 꿈과 희망이 누군가의 마음 밭에 한 톨의 씨앗으로 심어질 수만 있다면, 그리하여 주저앉아 힘들어하는 이에게 인생의 터닝 포인트가 될 수만 있다면, 참으로 행복하겠습니다.

저의 소망은 죽는 날까지 바우기를 멈추지 않는 것이며
작은 배움이나마 제자들과 함께 나누는 것입니다.
그리하여 언제든지
나의 아이들이 지친 어깨를 기댈 수 있는
작은 언덕 하나, 쉬었다 갈 수 있는
작은 방 하나 기꺼이 내주는 것입니다.

사랑이 부족한 세상,
아픔이 넘치는 세상에서
사랑이라는 이름으로
여린 손바닥을 때리지 않는 선생이 되기를
서약하는 마음의 약속을 담아 내놓습니다.

2012. 10. 15

저자 장 옥 순

제 2 부
사랑의 매에는 사랑이 없다

제 1 부
열정이 있습니까?

아이들에게 '봄'을

바야흐로 봄이다. 방이나 교실, 도서관에 조용히 앉아 독서하기보다는 지천으로 널린 봄꽃들의 손짓에 마음이 가는 계절이다. 지구온난화의 여파로 이렇게 아름다운 봄이 갈수록 짧아져서 제대로 봄을 만끽할 여유도 없이 여름이 다가선다. 어찌 보면 우리 인생의 봄도 그렇게 짧지 않던가. 순수하고 아름다운 어린 시절은 금세 가 버리고 열심히 공부하고 일해야 하는 젊음의 계절, 여름이 금방 오기 때문이다.

인생의 사계절 중에서 봄은 어린 시절에 해당되리라. 평생을 살아갈 토양을 만들고 튼실한 씨앗을 뿌려서 다가올 젊음의 계절을 준비하는 봄. 좋은 습관을 길들이고 바르고 건전한 생각을 키워 가야 하는 시절이다. 바로 그 토양은 부모와 선생님, 사회와 국가의 몫이다.

꽃들은 자신이 꽃을 피워야 할 그 날을 잊지 않고 꽃을 피워낸다. 아무런 말없이 그 숭고한 일을 해내면서 우리를 가르친다. 그렇게 자신의 꽃을 피워내야 한다고 몸으로 보여준다. 매서운 겨울바람에도, 차가운 겨울비에도 작디작은 꽃망울을 매달고 서서 겨울을 이겨낸 옹골찬 기백을 보드라운 꽃잎 속에 숨겨놓고 그 자리에서 아무도 돌아보지 않아도, 서 있는 그 자리에서 세상을 향해 웃는다.

우리 아이들도 그렇게 자라야 한다고 가르친다. 꽃들처럼 살아야 한다고. 장미꽃이 화려하고 예쁘다고 세상의 꽃들이 다 장미가 되려고 하지 않는다고. 돌 틈 사이에서 얼굴을 내민 괭이밥 노랑꽃도, 봄까치꽃도 자신만의 색깔로 이 봄을 노래한다. 때로는 한 줌 봄나물로 식탁에 올라 한 입 찬거리로 만족하는 냉이까지도 그것이 자신의 기쁨임을 노래하며 이 봄을 노래한다.

내가 서 있어야 할 자리에서 말없이 있는 그대로 열심히 살다 가면 되는 것뿐이다. 교육이란 어찌 보면 자리매김을 배우게 하는 것인지도 모른다. 각기 얼굴이 다른 아이들, 자란 환경이 다른 아이들이 어깨를 나란히 하고 살아가는 교실에서 '서로 다름'을 인정하며 자기만의 꽃 색깔을 피워내는 것을 배우는 일이다.

그런데 어찌된 일인지 요즈음의 교육은 '서로 다름'을 인정하기보다 같아지려고 몸부림하는 모습들이 너무 많아서 안타깝다. 사회적으로 인정받는 직업에 너도나도 뛰어드는 모습, 유행을 좇는 교육 풍토가 그렇다. 누군가 한, 두 가지 이슈를 들고 나오면 그 쪽으로 몰려서 온통 법석을 떠는 풍조가 우리 아이들을 병들게 한다는 것을 알았으면 좋겠다. 까치꽃을 피우도록 유전자가 결정된 아이에게 장미꽃을 피우게 하려고 외부 환경을 바꾸어 주려고 몸살 하는 어른들이 너무 많은 것이다.

우리 반 아이들은 겨우 다섯 명이다. 그런데도 다섯 명이 가진 개성이 서로 판이하게 다르다. 독서하는 일에는 몰입을 못하지만 장단을 치거나 노래를 부르면 정확하게 표현하는 현민이가 있는가 하면 책을 손에 들면 시간가는 줄 모르고 책 읽기에 빠져 들어서 즐거워하는 은비, 그 깍듯함이 자로 잰 듯 정확하고 예의 바른 준희, 이야기하기를 즐기고 자기 생각을 솔직하게 잘 표현하여 글쓰기를 잘 하는 은지, 수리 계산이 빠르고 몸놀림도 좋은 인재에 이르기까지 다섯 아이의 공통점은 거의 없을 만큼 다양하다.

교실에 꽃을 심어도 꽃들마다 다 달라서 똑같은 양의 물을 주어서는 잘 자라지 않음을 본다. 예쁘다고 날마다 물을 주어서는 금방 힘들다며 이파리를 떨어뜨린다. 그 향기가 좋다며 로즈마리 화분을 이리 저리 들고 다녔더니 녀석이 귀찮다며 시들시들하다. 어떤 꽃은 날마다 물을 줘야 좋아하고 어떤 화분은 잎에다 물을 주면 금방 힘들어한다.

아이들도 마찬가지다. 부모나 선생님이 좋다고 이것저것 다 요구하면 자신만의 향기가 무엇인지, 어디를 향해 달려가야 하는지 모른다. 아이들은 아직 자신의 뿌리를 바로 세우지 못하고 흔들거리는 나무임을 어른들은 꼭 알아야 한다. 아이들이 어떤 일을 할 때 즐겁고 재미있어 하는지, 그 일을 찾을 수 있도록 부지런히 기회를 제공하고 세심하게 관찰하는 일이 부모님이나 선생님이 해야 할 몫이다.

봄꽃들은 그걸 가르쳐 준다. 내가 가르치고 있는 아이가 개나리인지 진달래인지, 장미꽃인지 목련꽃인지 살펴보라고 말하는 것이다. 성미가 급한 아이, 손놀림은 둔해도 생각이 깊어 영민한 아이가 있는가 하면 뭐든지 눈에 보이게 써야 기억하는 아이도 있다.

내 눈에는 샛노란 수선화가 제일 예쁘고 청순한데 우리 반 아이들은 목련꽃의 깨끗함을 더 좋아했다. 그 꽃잎이 뻥튀기를 닮았다고 시를 쓰는 준희의 예민한 감수성 앞에서 나도 탄복을 했고, 꽃들이 친구라며 사랑한다고 고백하는 고운 마음을 쓴 아이들의 시를 읽노라면 선생님은 내가 아니라 아이들이다.

나는 그저 그 장소로, 물가로 아이들을 데려다주면 되는 것이다. 부모님과 선생님이 할 일은 바로 아이들에게 멍석을 깔아주는 일이다. 주인공은 아이들이다. 자식들의 생각보다는 부모의 생각으로 아이들의 꿈과 미래를 재단해서는 안 되는 것이다.

봄바람에 목련꽃이 지고 있다며 꽃잎을 들고 애처로워하는 아이들의 슬픈 표정이 예쁘다. 자기 이름이 달린 화분의 꽃을 보며 날마다 사랑한다고 속삭이는 이 아이들의 사랑스러움을 세상의 무엇과 바꿀 수 있을까? 그 아이들을 슬프게 하는 일들이 날마다 지면을 장식하는 현실이 슬프다.

지난밤에 엄마 아빠가 다투었다고 공부 시간에 집중을 하지 못하는 아이는 하루 종일 불안한 기색이 역력하다. 할머니 밖에 안 계신 일요일엔 심심하다며 혼자 걸어서 읍내에 가서 컴퓨터게임을 하러 간 아이에게는 유괴범 같은 나쁜 어른들이 있으니 조심하라고 겁을 주며 마음이 아팠다.

학원에 가서 공부하랴, 집에서는 학습지를 하느라 놀 시간이 없다는 아이는 너무 경직되어 있어서 웃는 일도 별로 없다. 이제 겨우 2학년인데 세상은 온통과 경쟁과 뒤지지 않기 위한 전쟁터 같다. 놀 시간을 줘도 어울려 놀 줄 모르는 아이가 있는가 하면, 놀 시간조차 없다는 2학년 아이들에게 '봄'은 언제일까?

우리 인생의 봄은 너무 짧다. 누구에게나 있었던 그 어린 시절이 짧아서 더 아쉬운 봄!

내일이면 4월의 문이 열린다. 3월은 4월을 위해 부지런히 앞마당을 쓸고 다녔다. 세상의 꽃이란 꽃은 다 나와서 잔치를 벌이는 4월이다. 이 땅의 우리 아이들에게도 그렇게 화사한 4월이기를 빌어본다. 4월에는 우리 아이들이 좀 더 많이 놀 수 있었으면 좋겠다. 초등학교는 기초 기본 학습이 중요하고 건강이 중요하며 아름다운 추억을 많이 저장하는 시기여야 하는데 이 땅의 아이들은 초등학교부터 무거운 가방에 짓눌려 있다.

놀 시간조차 부족한 아이들인데 놀이터에서 공원에서 심지어 자기 아파트 앞까지 유괴범이 흉기를 들고 기다리는 세상이 되었으니 아이들 보기가 부끄럽다. 세상의 어른들은 모두 의심하고 보라고 가르쳐야 할 판이니 참 슬픈 세상이다. 남자 아이들이 제일 좋아하는 직업, 경찰관 아저씨마저 아이들 편이 아니라니 아이들에게 미안하다. 그래서 차마 그 말은 하지 못했다. 다만 자기 몸은 스스로 지킬 수 있도록 밥도 많이 먹고 튼튼해져야 한다고 힘주어 말해 주었을 뿐.

바른생활 시간에 배우는 친절의 범위는 어디까지이며, 어른들에게 예의 바른 태도를 가지는 것은 어디까지인지 정확한 매뉴얼이 필요한 때이다. 이웃집 아저씨도 길을 물어보는 어른들에게도 친절해서는 안 된다고 배워야 하는 우리 아이들의 '봄'에게 참 미안하다.

아이들을
놀게 해 주세요

오늘도 민혁이가 결석이다.

일요일에 교회에 다녀오다가 넘어져서 손바닥을 꿰맸다고 한다. 명범이는 화장실에 다녀오다가 다쳤는지 목이 아파서 조퇴를 했다. 아직 신체 발육이 진행 중인 탓이라 아이들이 잘 다친다. 무릎이 까진 영민이, 발바닥이 유리에 베인 고은이, 아토피로 고생하는 나리. 건강보다 더 중요한 게 없음에도 불구하고 아이들이 자꾸 다쳐서 마음이 아프다. 아니면 집에서 여러 개씩 학습지를 하느라 지쳐서 학교 공부 시간마저 지루해하는 아이들은 다음마저 아픈 것 같다. 틀에 박힌 일상을 사는 아이들이 참 많다. 학교가 끝나기가 바쁘게 학원으로 달려가는 아이들의 얼굴에는 즐거움이 없어 보인다. 2시간 끝나고 노는 시간을 기다리는 재미로 사는 것 같아 안타깝다.

그러니 비가 오거나 전체 모임이 있는 날이면 아이들은 내게 아우성이다. 놀 시간을 안 준다며 소리를 지르는 것이다. 아이들이란 그저 많이 놀아야 된다고 생각해서 숙제도 최소한으로 줄여서 주는 내가 학부형님들에게는 못마땅할지도 모르겠다. 1학년이면 글씨를 읽을 줄 알고 간단한 단어를 쓸 줄 알면, 그 외의 것은 기본 생활 태도나 예절을 몸에 익히고 친구랑 사이좋게 지내며 티 없이 자라게 해주는 일이 더 중요하다고 생각한다.

학습지와 학원을 하느라 하루에 4가지 공부를 한다는 아이는 공부

시간에도 목이 아프다며 칭얼대곤 한다. 공부를 하다가도,

"선생님, 갑자기 소리 지르고 싶어요. 물건을 던지고 싶어요. 내 다리가 이상하게 아파요."

하며 하소연 한다. 다른 아이들보다 지적인 능력이 우수한 그 아이는 피곤한 기색이 완연하다. 그리고 유난히 소리를 잘 지른다. 놀이 시간이 부족한 탓이다. 아이들이 아이들답게 자라지 못하고 어른들의 대리만족으로 힘든 시간을 보내는 탓이다. 아이답지 않게 지나치게 꼼꼼하거나 실수를 두려워하며 실패에 대한 걱정이 많은 것이 특징이기도 하다.

이제 겨우 1학년인 아이들이 이처럼 학원 공부와 학습지의 홍수 속에서 학교 공부마저 힘들어하는 현실이 마음 아플 뿐이다. 아이들이 스트레스에 노출되어 있으면서도 부모의 교육열이라는 이름 아래 혹사당하는 현실이 슬프기만 하다. 제발 아이들이 아이들답게 행복한 어린 시절을 구가하며 많이 놀게 해 줄 수는 없는 것일까?

학교를 바꾸는
나눔의 공식

당황스러움으로 시작한 교직생활

1980년 10월 25일, 48명의 담임교사로 교직에 첫발을 들여놓은 날의 풍경은 25년이 지난 지금도 어제 일처럼 떠오른다. 마치 첫사랑을 잊지 못하는 연인들처럼……. 첫 날은 가을대운동회였고 둘째 날은 토요일이었는데 바닷가로 가을 소풍을 갔었다. 그런데 필자의 기억은 셋째 날에 집중되어 있다. 마침 학력진단평가 시험지가 준비되어 있어서 아이들에게 시험지를 나눠준 10분 뒤, 다 풀었다는 아이들의 말에 공부를 잘해서 금방 끝낸 줄 알고 좋아하던 필자는 시험지를 들고 교장실로 달려가고 말았다. 48명 중에 한글을 깨우치지 못한 아이들이 15명이었는데 1학년도 아닌 4학년 아이들이니 그만 겁이 나서 교장선생님께 학교를 그만 두겠다며 울었던 기억만이 새롭다. 그 때는 교사가 부족해서 우리 반 아이들은 드 달 이상 옆 반과 함께 공부를 해왔으니 아동수용소에 가까운 실정이었던 것이다. 교장 선생님은 얼마나 답답하셨을까? 어렵사리 배정받은 초보교사가 부임한 지 사흘 만에 그만 두겠다며 울어버렸으니. 아이들 걱정이 커서 눈물을 보일 정도라면 한 달만이라도 가르쳐 달라고 설득하셨는데, 아버지처럼 인자한 교장 선생님의 따뜻한 격려가 여기까지 오게 만든 시작이 되었다. 최남단의 바닷가 마을에서 늦가을에 만난 그 아이들과 해지는 줄도 모르고 책을 읽히고 받아쓰기를 하며 한글을 깨우치게했다.

그렇게 4학년을 마무리할 무렵, 동네 학부모님들이 음식을 장만해 와서 교실에 차려놓고 전 직원을 초대하는 '사건'이 생겼다. 12학급에 전교생이 500명에 가까운 학교이니 직원 수도 많았는데 정성스럽게 준비해 온 음식으로 때 이른 책거리를 한 것이다. 이유는 단 한 가지였다. 5학년 때에도 계속해서 담임을 맡아달라는 부탁을 하고 싶어서. 전 직원이 음식촌지를 받은 때문이었는지 필자는 우리 반 48명을 그대로 데리고 5학년을 맡았고 그 아이들 중 2명의 결혼 주례까지 서주는 인연으로 지금도 만나고 있다. 교직의 출발은 힘듦과 갈등 속에 눈물을 많이 보인 나약한 모습이었다. 가족들과 너무 멀리 떨어진 외로움, 학습 결손이 심한 아이들을 끌어올리며 애태우던 시간의 나열이었으니 결코 아름다운 출발은 아닌 셈이다.

감사의 크기만큼 행복한 교직생활

필자는 인터넷신문 「한교닷컴」의 리포터로서 복식학급인 우리 1, 2학년 다섯 명의 이야기를 미주알고주알 써서 올리는 재미로 살고 있다. 20여 년 동안 줄곧 가르쳐 온 5, 6학년을 뒤로 하고 올해 처음 맡아본 1, 2학년 아이들과의 만남은 나를 새로운 세계로 안내해 주고 있기 때문이다. 아이들의 눈높이와 생각 수준에 맞추느라 늘 쉬운 언어를 구사해야 하는 어려움, 순진하고 엉뚱한 질문과 대답에 웃느라 보내는 시간이 많아졌으니, 오히려 아이들에게 배우는 것은 내 쪽이다. 단순함과 밝음, 투명하게 세상을 보는 눈을 배우고 있기 때문이다. '어른은 못쓰게 된 어린이'이니 고치고 다듬어서 이제 겨우 아이들의 이야기를 알아듣게 되었다. '아름다운 시작보다 아름다운 끝을 선택하라'고 충고하는 발타자르 그라시안의 속삭임에 동감하는 즐거움으로 그 어느 해보다 아이들이 주는 행복함을 기록하는 즐거움으로 보낸 2005

년이었다. 또 어미가 육아일기를 쓰듯 아이들의 학교생활을 글과 사진으로 남겨 헤어지는 날 두 권의 책을 아이들 품속에 안겨 줄 수 있게 되었으니, 아름다운 끝을 시작하게 되었음을 감사한다.

솔직히 산골 분교에 와서 아이들과 나눈 3년 동안의 기록만 되돌아봐도 몇 날 며칠을 웃으며 살 수 있을 만큼 행복하기 때문이다. 좋아하는 아이들과 사랑을 나누며 살아온 3년, 앞서 살아온 22년 동안 교직에서 받은 상처와 아픔까지도 다 들어내고 새살이 돋았기 때문이다. 이 글을 쓰는 지금도 교실에 있다. 바깥은 한겨울 매서운 바람이 유리창을 건들지만 아이들이 남기고 간 이야기들이 필자를 불러놓고 자판으로 데려가 놓아주지 않는 탓이다. 낮에는 가르치는 일이 행복하게 하고 밤에는 아이들 이야기를 남기는 즐거움이 자정까지 이어지곤 한다. 내일이면 컴퓨터를 들여다보고 자기들 모습을 확인하며 즐거워 재잘대는 귀여운 참새들. 때로는 강아지이기도 하고 토끼처럼 큰 눈을 껌벅이며 웃음을 담고 바라보는 맑은 거울에 나까지 투명해지곤 했던 시간들. '감사함의 크기만큼 행복하다'던 타고르의 말대로 필자는 세상에서 가장 행복한 선생이다. 교직, 그 아름다운 선택에 후회는 없다.

법을 위반하는 행위인 수업침해

한국인의 특성을 조사한 자료에 의하면(2000년 교육부 인성정책자문위원회) 근면성이 좋은 국민인 반면 나쁜 습성으로는 부정직, 이기주의, 불공정이 판치는 전체적으로 불신사회라고 한다. 그러니 학교도 사람으로 이루어진 조직이니 어느 만큼은 그러한 나쁜 습성이 있다고 본다. 정직하지 못한 회계처리나 인사부정, 권위나 자리에 연연한 극단적 이기주의, 신뢰감이 없는 불공정의 관행이 학교라고 예외적으로 없을 리가 있겠는가? 현직교사로서 겪었던 어려움은 수업 때문에 오는 어려움이라기보다는 직장 분위기나 가치관의 차이에서 오는 것이다. 초등 선생님들의 대부분은 교실에서 아이들과 수업하는 시간을 가장 행복하게 생각한다. 공부할 수 있는 여건을 잘 만들어주는 리더를 만나고 수업침해를 법을 어긴 것만큼이나 깍듯하게 조심해 주는 관리자를 만나는 행운이 그리 많지 않은 것이 문제가 아닌가 한다.

8년 전에 모신 교장 선생님은 교직원들 사이에서 고약한 분으로 소문이 나 있었다. 오랜 동안 장학 직에 몸담으며 확고한 교육 철학과 리더십을 소유한 분이었는데 필자가 모신 분 중에서 가장 인상 깊은 분이다. 아침에 출근하여 교장실에 들르면 첫 마디가 "빨리 교실에 들어가십시오. 선생님보다 아이들이 먼저 와 있으면 안 되지요."였다. 그런 분이니 수업 침해를 염려해서 아침 시간에 교실에 아이들을 두고 회의하는 일은 일체 없었으며, 혹시나 급한 공문을 들고 교장실에 들어가면 충고를 들어야 할 만큼(모든 공문은 수업 종료 후 결재 가능) 엄격하셨다. 혹시라도 학습지를 복사하는 경우에도 점심시간이나 하교 후에만 가능했으니 그 분이 얼마나 아이들을 귀하게 여긴 분인지 알 수 있다. 학교 아이들이 외부행사에서 우수한 성적을 내어 그 부모가 감사의 표시로 식사 초대를 하는 경우에 응했다가는 난리가 날 정도였다. 그 뿐이 아니었다. 혹시 아이들이 운동장에서 놀면서, 복도를 지나치면서 큰 소리를 지르면 담임선생님까지 함께 지도를 받는 부끄러움을 선물하신 유별난 분이었다.

"선생님이 저렇게 소리 지르라고 가르치셨습니까? 지나치게 목소리가 큰 것도 일종의 병이라는 걸 모르십니까? 아동 지도에 좀 더 신경을 써 주세요. 그 아이의 불만과 문제점이 무엇인지 찾아보세요."

교실 중심의 장학 방침 고수돼야

다음 날 학사 일정을 위해서 교실에 아이들이 남아 있지 않은 4시 이후에야 영역부장과 학년부장을 소집하여 간단한 협의를 마치고 다음날 일정을 미리 게시한 후 퇴근하여 아침부터 회의 소집으로 선생님들이 교실을 비우는 일은 없게 하는 일은 가장 기본적인 교무회의였다. 그러니 아이들과 선생님이 이른 아침부터 독서를 하거나 공부를 할 수 있어서 학교도 차분하고 질서정연했다.

어쩌다 방학 때 교장실을 들어가 보면 손때 묻은 교육 전문서적과 일본판 서적들이 즐비하여 엄청난 독서력에 감동하곤 했다. 말을 극히 아끼면서도 아주 중요한 부분은 확실하게 전문서적의 내용을 소개하고 해석하여 강의에 가까운 조언을 메모하며 듣던 직원협의 시간들이 참 그립다. 그 시간은 늘 교육학을 다시 공부하는 기분이었으니 신선한 충격이었다. 전체 교직원 회의는 일주일에 단 한 번, 그것도 금요일 오후 4시 30분이며 5시를 넘기는 일조차 드물었다. 혹시 퇴근 시간 이후에 학교에 남아서 근무하는 선생님에게는 핀잔을 주셔서 근무 시간 동안 최선을 다하지 않은 구능의 소치라며 면박을 주시니 일이 많은 분들은 일감을 들고 퇴근하거나 점심시간까지 쉬지 못하곤 했었다.

선생님들을 인자하게 대하지는 않았지만 누구에게나 공평하고 본인이 없는 자리에서는 어떠한 경우에도 험담하지 않아서 교직원들끼리도 화목했었다. 충고할 일은 혼자만 조용히 불러서 아무도 알지 못하게 꾸지람하고 공이 없는 데도 큰 상을 받게 하지 않으며 칭찬은 공개적으로, 꾸중은 남 몰래 하라는 교육자가 지녀야 할 상벌의 규칙을 엄히 지킨 덕분에 50명에 가까운 교직원들이 화목할 수 있었다고 생각한다. 아이들도 선생님이 특정한 아이를 싫어하면 덩달아서 그 아이를 싫어한다. 내 집에서 귀한 자식이 밖에서도 대접받는 것처럼, 관리자의 편애나 편 가르기는 직장 분위기를 죽이는 데 치명적이다.

아이들을 철저하게 훈육하고 바르게 키우길 바라셨고 교실수업은 교사의 생명이니 혹시라도 공문이 늦어지면 책임질 테니 수업부터 끝내고 오라셨으니 수업 시간에 결재를 위해서 교실을 비울 수도 없었고 수업 시간에는 면담조차 인정되지 않았던 그 엄격함이 그립다. 정년퇴임의 자리까지 거절하고 조용히 살아가시는 모습은 영락 조선시대의 선비 같으신 분이었으니 교육자에게는 그처럼 꼬장꼬장한 자존심도 있어야 된다고 생각한다. 학부모에게 식사 초대를 받거나 졸업식 날 회식 같은 것은 꿈도 꿀 수 없게 하고 당당한 교사의 자존감을 심어주셨던 분이다.

소풍을 가도 출장비로 점심을 주문하여 학부모의 부담을 사전에 차단할 만큼 철저해서 오히려 학부모님들이 안절부절 못할 정도로 선생님들의 콧대를 높여주신 분이다. 그럼에도 불구하고 직원 친목일이 되면 강당에서 밤 8시가 되도록 내기 배구를 하며 전 직원이 웃고 떠들며 끈끈한 동지애로 뭉칠 수 있게 은근히 뒤에서 부추기던 장난스러움도 있었다. 내기에 진 팀이 시합에 건 돈으로 저녁을 사게 하고 다음에 다시 도전하게 만들어서 한겨울에도 강당에서 배구를 하던 일이 생각난다.

업무는 분위기에 따라 극복 가능

그런 깐깐함과 확실한 교육철학을 지닌 리더 덕분에 전남의 명문초등학교로 이름을 날렸던 2년 동안 참으로 많은 것을 배웠다. 어쩌다 동학년 티타임이 1, 2분 늦어져서 들키기라도 하는 날엔 날벼락이 떨어졌으니 최고의 시어머니를 모시고 살면서도 아무도 불평할 엄두를 못냈었다. 확고한 원칙과 교실중심의 장학 방침을 고수하는 관리자를 모시는 것은 선생님들의 행복이기 때문이다. 심지어 교내인사까지도 교직원 인사위원회에서 조정하고 업무와 학년 배정을 점수화 하여 공개함으로써 투명성을 간직하여 교직원 간의 불화의 소지를 미리 차단하였으니 앞서가는 교육행정을 펼친 셈이다. 본인이 원하지 않는 이상 연속하여 고학년을 맡게 하는 일이 없었고 업무의 경중을 따져서 수업시수가 적은 학년은 당연히 업무량이 많았다. 그러니 나이를 앞세워 업무를 회피하기보다 오히려 선배교사들이 더 열심히 일하는 풍토를 조성하고 서로 돕는 역할 분담이 철저했다.

필자는 6학년을 2년 연속 했는데, 그 이유는 6학년을 같이 했던 두 분 선생님들의 의견이 같았기 때문이었다. 우리는 6학년 3개 반을 교과 전담으로 구성하여 음악, 미술, 체육을 교과담임제처럼 운영하며 각자의 특기를 살려 학년을 이끌었다. 수학경시대회를 지도했던 필자는 수요일조차 5시까지 6학년 수학 반 아이들을 지도하느라 제대로 배구를 못했으며, 점심시간에는 교수용 TP자료를 만드느라 바쁘면서도 각자의 역할분담에 만족하며 즐겁게 살 수 있었다.

업무란 함께 일하는 구성원들이 서로 아끼고 격려하며 도와주는 직장 분위기가 얼마나 좋은 가에 따라 충분히 극복될 수 있다고 생각한다. 직장 내의 분위기가 늘 누군가의 눈치를 살피고 서로 험담하여 신뢰하지 못하게 하거나 편 가르기를 하여 내 사람, 네 사람을 만들면 어떠한 조직도 살아남지 못한다. 특히 교직에서 교사의 자존감을 흔드는 관리자를 만나는 것은 아이들에게도 이익이 될 수 없다고 생각한다. 학교는 선생님이 즐거워야 아이들이 행복한 특수한 조직이다. 그 명제 앞에서는 어떠한 논리를 앞세워도 괴변이라고 단언한다. 학부모 앞에서 학교 선생님들을 폄하하는 관리자나 선생님은 이미 그 자리에 설 자격이 없다고 생각한다. 학교에서는 호되게 질책하고 충고해서 바르게 가르치되 서로의 상처나 아픔은 최대한 참아주고 묻어주는 어버이나 형님 같은 관리자의 모습을 보여주셨던 8년 전 그 교장 선생님이 참 그립다.

교사가 교실에 머물 수 있도록 해야

교육은 개혁을 한다고 변화하는 것이 아니다. 수업을 잘할 수 있도록 교사들을 고무시키고 자존감을 키우며, 교사가 아이들에게만 사랑을 쏟을 수 있도록 철저하게 믿어주고 여건을 조성해주는 '교실중심' 체제가 되었을 때 가능하다. 선생님을 흔들고 교실에 머무는 시간을 빼앗으며 수업보다 업무 중심으로 가는 상황이 연출되면 이미 개혁은 물 건너 간 것이다. 교육은 한 시간 한 시간 수업을 통해서, 선생님과 아이들이 눈을 맞추고 앎의 기쁨과 가르침의 환희가 만나는 '예술적 경지'나 '절정적 체험'의 순간이 모여서 커지는 한 그루의 나무인 것이다. 교실수업을 지원해 주고 꾸준히 장학활동을 펼치며 사기를 진작시키는 일이 활기찬 교직문화의 전부라고 생각한다. 그러고 보니 몇 년 전 함께 근무한 선생님이 최근에 교감 선생님으로 승진해 가셨는데 그 학교 선생님들이 입에 침이 마르도록 자랑하는 모습이 생각난다. 선생님들이 처리해야 할 공문의 대부분은 그 교감선생님이 거의 다 해 주신다는 것이었다. 급한 공문을 하느라 수업을 못 하는 악순환의 고리를 끊고 교무보조와 함께 처리해 주시면서도, 본인은 수업을 하지 않으니 그런 일을 돕는 것을 당연히 생각하신다는 것이었다. 현재와 같은 수직적인 위계질서가 존재하는 교직 풍토에서 그와 같은 관리자는 흔히 볼 수 있는 풍경은 아니어서 선생님들이 부러워하는 것만은 사실이다. 선생님들은 공문이나 업무를 할 때보다 아이들과 수업하는 시간이 더 행복하기 때문이다. 급한 공문을 처리하느라 잃어버린 아이들의 시간은 찾을 곳이 없고 선생님이 바빠서 빈자리가 생기면 안전사고마저 도사리는 교실의 아픔을 너무나 잘 아시니 그럴 수 있었을 것이다. 선생님들이야 바쁘건 말건 컴퓨터 화면을 들여다보며 시간을 보내는 관리자보다 훨씬 더 멋진 교감 선생님이다. 그것은 아름다운 겸손이므로.

2001년 2월 국내에서 상영된 영화 〈아름다운 세상을 위하여(원제 Pay it forward)〉는 누구나 아름다운 세상을 만드는 힘을 갖고 있음을 보여주는 잔잔한 감동을 선사한 영화였다. 새 학기를 맞은 사회교사는 학생들에게 '우리 주위를 둘러보고 세상을 바꿀 수 있는 방법을 찾아 실천하라'는 숙제를 낸다. 엄마와 단둘이 외롭게 살고 있던 트레버는 한 사람이 3명에게 사랑(선행)을 나누면 그 3명은 각각 또 다른 3명에게 좋은 일을 하게 돼 마침내 그 수가 기하급수적으로 늘어나 세상 모든 사람이 선행을 주고받게 된다는 이론을 제시한다.

바로 그 교감 선생님은 오늘도 그 학교 선생님들에게 도움을 주기 위해 소년 트레버처럼 나눔의 공식을 전파하고 계시리라. 자신이 근무하는 학교나 교실, 아이들이 내가 오기 전보다 살기 좋은 곳으로, 서로 믿고 의지하는 공간으로 변화되었다면 그것이 진정한 성공이 아니겠는가?

멋진 리더를 소망한다

김병준 교육부총리 입각으로 언론 매체들은 날마다 시끄럽다. 그 잣대는 두 가지로 대별된다. 다른 부서도 아니고 교육부 수장인 만큼 엄격한 도덕성이 요구되니 사퇴하라는 의견과 논문 중복 게재나 표절은 대학가의 오랜 관행이니 청문회 결과를 두고 보자며 유보를 선택한 의견이다. 그러나 대세는 사퇴론으로 가고 있어 보인다.

대학가의 개혁과 구조조정을 내세우는 김병준 교육부총리는 현 정부의 버팀목이어서 여론에 밀려 낙마할 경우 막대한 타격을 입을 수밖에 없는 상황이어서 '버티기 작전'을 고수한다고 보는 시각이 많다. 교육부총리 자신도 논문에 연루된 사안에 대하여 사과하면서 '열심히 일해 보고 싶다'는 각오를 보이며 애착을 보이고 있으니 안타깝다.

21세기는 골드칼라의 시대라고들 한다. '고도의 지식과 더불어 창조력, 통합력을 지닌 개성인, 청렴성을 갖춘 도덕인'을 지칭하는 말이다. 어느 때보다 공교육의 위기론이 심각한 사회문제로 대두된 현실 앞에서 나는 '멋진 리더'를 갈망한다. '교실붕괴', '학교붕괴', '교권추락'과 같은 절망적인 단어들을 연일 들으며 살아가는 현장 교사로서 혜성 같은 리더를 갈망하는 것은 당연하지 않을까?

우리 사회의 각 분야에서 도덕적 둔감성의 위기에 빠진 가장 큰 이유는, 그 동안 학교교육이 지식중심 교육에 치우친 나머지 도덕교육을 소홀히 하였기 때문이라고들 한다. 지성과 양심의 전당이어야 할 대학과 대학 교수의 논문은 중복 게재나 표절은 보통의 일이며 엄정한 잣대를 들이댈 경우, 살아남을 교수가 얼마 되지 않을 거라는 웃지못할 이야기들이 가상공간에 흘러넘친다.

우리나라 대학과 논문의 현실이 그렇다 하더라도 앞에서 끌고 갈 교육부 수장만은 어디에 내놓아도 흠결이 없었으면 하는 게 현장 교사로서 희망사항이다. 사회적인 덕망까지는 바라지 못해도 손가락질을 받으며 도마 위에 오르내리며 교육 현장을 슬프게 하지 않았으면 하는 것이다. 해결해야 할 문제들이 산적한 교육 현실을 앞에 두고 키를 쥔 선장이 진두지휘를 하기도 전에 열쇠를 잡을 자격까지 의심받는 상황이 매우 서글프다.

'이제는 지위로서 군림하던 시대는 지나갔다. 인간적인 매력과 영향력을 바탕으로 자신의 추종자를 만들어내야 한다'는 피터 드러커의 말에 전적으로 동감한다. 이미 드러난 사실만으로도 도덕성에 타격을 입은 교육부총리가 임무를 열심히 수행한다 하더라도 얼마나 설득력이 있을지 걱정이 된다.

아버지의 권위가 사라진 가정에서 자녀 교육의 뼈대가 약하고, 선생님의 권위가 사라진 교실에서 터져 나오는 우려의 목소리를 넘어, 초중등 교육과 대학을 아우르는 교육부 수장의 리더십을 생각하면 걱정하지 않을 수 없다. 리더십의 기본은 신뢰에서 비롯된다. 신뢰는 곧 도덕성이며 가장 기본적인 요구 사항이다.

고도로 정보화된 세상은 유리알처럼 투명해져서 과거가 불분명하고 깔끔하지 못하면 두고두고 비난의 화살을 면하기 어려운 세상이 되었다. 특히 국가를 책임지는 높은 자리에 오를수록 그 잣대는 더 엄정해야 한다고 생각한다.

한편으로 생각하면 교육계를 이끌어갈 '스승'이 이렇게도 없는 가를 자문해 보며 한숨이 나온다. 정치를 떠나 마음을 비우고 백년대계를 이끌어갈 국가적 인재를 찾기 위해 `삼고초려`를 해야 겨우 모셔올 만한 그런 멋진 리더를 꿈꾼다면 너무 큰 욕심일까? 교육이 수단이 되어서도 안 되고 정치가들이 들락거리며 세를 과시하는 무대여서는 더욱 위험한 발상이다.

첫 단추부터 마음 찜찜한 교육부 수장에 관한 뉴스는 마음을 비우고 한 학기를 반성하며 재충전을 위해 연수로 시간을 보내는 많은 선생님들과 교육에 거는 기대가 큰 학부모들을 불안하게 한다. 물난리로 고생하는 사람들, 경제가 풀리지 않아 실업난에 고생하는 사람들, 불볕더위에도 열심히 일하는 사람들에게 희망을 주는 교육 소식을 기다려 본다.

국가적인 어려움과 빈곤 속에서도 교육입국으로 길러낸 인재들이 넘쳐서 경제발전의 원동력을 일구어낸 '교육'에 대한 희망을 다시 지펴야 할 때라고 생각한다. 위기는 곧 기회라고 생각하고 사회 각계각층에서 터져 나오는 충고와 조언을 심사숙고하여 무엇이 교육계의 발전을 위해 올바른 선택인지 대통령과 교육부총리는 시원한 선택을 하였으면 하는 마음 간절하다.

과감한 육아휴직,
국가가 선도해야

어제는 23년 전에 가르친 제자가 찾아와서 참 즐거운 시간을 보냈다. 같은 반에서 공부한 두 제자가 함께 오기로 한 시간에 맞추어 점심을 준비하는 기쁨은, 내 손길은 더위에도 아랑곳하지 않고 도마 위에서 긴 시간을 보내게 했다. 전화나 문자메시지만으로는 보고픔을 참을 수 없다며 여름방학이 가기 전에 시간을 내달라는 어리광을 받아주기로 하던 날부터 아이처럼 만남을 기다렸다. 친자식보다 내게 더 정성을 쏟는 또 다른 제자는 내 건강을 걱정하며 제일 좋은 과일이니 혼자만 잡수시라며 처음 본 과일까지 한 아름 안고 들어서던 순간, 나는 시집 장가보낸 자식을 맞은 듯 부산을 떨었다. 서울에서 강진까지 그 먼 거리를 달려온 제자는 몇 년 전 주례를 서주었는데 아들 하나를 두고 있는 가장이다. 삼십대 중반이니 이제 한창 바쁘게 사는 그에게 습관처럼 던지는 말은,

"둘째 아이는 언제 가질 계획이지?"

"저도 하나 더 낳고 싶은데 아내가 자신 없어 합니다. 같이 일하다 보니 육아를 힘들어합니다."

그러면서 그는 내 곁에 있는 동안 자녀교육에 대한 이야기를 참 많이 했다. 다섯 살 난 아들을 위해 책을 읽어주고 날마다 목욕을 시킨다는 말을 들으니 좋은 아빠 노릇을 잘 하고 있어 안심이 되기도 했다. 그래도 자식을 더 두고 싶은 욕심이 희망사항으로 그칠까봐 걱정

이 되었다.

 나는 내 인생에서 가장 감사한 일이 교직에 몸담고 살 수 있었던 일이라고 생각한다. 제자들과 함께 부대낀 시간들은 먼 후일 이렇게 알곡으로 돌아와서 나보다 큰 키를 자랑하는 좋은 나무로 나의 버팀목이 되어 생각지도 않았던 기쁨이 되어주고 있기 때문이다. 그럼에도 불구하고 내 인생에서 가장 힘들고 후회가 되는 일은 내 자식을 기르는 기쁨을 누리지 못하고 어미 노릇을 다 하지 못한 아픔을 간직하고 있다.

 두 아이 모두 출산휴가조차 한 달도 못 채우고 6학년 담임으로 복귀하여 수유하며 울었던 시간, 남의 손에 맡겨 키우며 자식들의 중요한 순간을 함께 해주지 못한 미안함은 세월이 흐를수록 눈물샘을 자극하며 마음고생을 해야 했다. 어버이의 보람과 기쁨은 품안에서 자식을 기르며 눈을 맞추고 옹알이에 답하는 순간들에 있음을 알면서도 누리지 못한 아쉬움을 채울 수 없으니……. 남의 자식을 기르는 기쁨을 내 자식을 품에서 기르지 못한 미안함과 상쇄시키며 스스로를 위안해 보아도 자식들에게 미안한 마음은 그대로 남아 있었던 것이다.

 그럼 점에서 본다면 한국교총이 중앙인사위원회와 교육부에 건의한 '육아휴직, 취학 전 자녀로 확대하라'는 기사(2006.8.21)는 결혼을 앞둔 예비 부모나 어린 자녀를 둔 여교원의 마음을 기쁘게 하는 기사였고 멀리 내다보는 정책이라는 점에서 두 손을 들어 환영하는 바이다.

 현재의 만 1세 미만에만 한정된 여교원의 육아휴직 요건을 일반 공무원과 같이 만 6세 미만의 초등학교 취학 전 자녀로 확대 실시한다면, 실시하는 과정의 인력수급 문제나 경력 인정 문제, 예산 문제나 따르므로 진통이 예상된다. 그러나 정책 입안의 취지가 행복한 가정을 만들고 즐겁게 일하는 직장 분위기를 조성하여 장기적인 국가발전을 위하는 일이라고 확신한다.

지금 우리나라는 선진국보다 더 극심한 저 출산 비율(1.08)을 보이고 있어서 국가발전에 어두운 그림자를 드리우고 있다. 출산보조비를 지급하거나 짧은 기간의 육아휴직만으로는 일과 육아를 병행하며 아이를 더 낳아서 기르라고 하기에는 설득력이 부족하다. 이제 육아는 한 가정과 개인의 일이라기보다는 국가적인 사업이라는 시각으로 접근해야 한다고 생각한다. 극심한 저 출산을 국가정책으로 타개하며 여성 1인당 자녀수를 1.9명으로 이끌며 미래의 성장잠재율을 높이는 커다란 자산으로 '출산과 육아정책'에 둔 프랑스의 사례를 주시할 필요가 있다.

미국은 선진국 중에서 '자녀 양육이 쉬운 사회'라는 인식을 심어주고, 일하는 기혼여성에 대해 세제혜택은 물론, 고용·승진에서 차별을 금지하는 등 여성의 경제활동 참가를 보장하여 높은 출산율(2003년 합계출산율 2.04명)을 보이고 있다. 여성의 자아실현과 육아를 보장해주는 적극적인 '육아정책'을 국가기관부터 선도해 나갈 수 있기를 간절히 바란다. 더 나아가 2세 교육을 책임지는 후배 선생님들이 나와 같은 육아의 고통을 겪지 않으며 어머니로서 느끼는 보람과 기쁨으로 충만하여 더욱 행복한 교실을 꾸리게 되기를 바라며, 과감한 육아휴직 확대로 저 출산을 해결하고 국가경쟁력까지 높일 수 있는 정책으로 자리 잡기를 바란다.

장애아동 통합교육,
하루가 급하다

교육인적자원부는 29일 장애인의 교육권을 획기적으로 보장하기 위해 특수교육진흥법 개정안을 마련, 공청회 등을 거쳐 9월 중 입법예고한 뒤 국회에서 법안이 통과되는 대로 실시할 방침이라고 밝혔다.

개정안에 따르면 특수교육지원대상인 장애학생이 일반학급에 통합교육을 받기를 원할 경우 특수교육운영위에서 배정한 장애학생을 학교측이 거부하면 학교장을 1년 이하의 징역 또는 500만원 이하의 벌금에 처하도록 처벌규정이 강화된다는 내용이다.

나는 특수교육이 절실한 아동과 함께 살면서 우울증에 가까운 마음의 병을 앓으며 1학기를 보냈다. 학교를 옮겨간 곳에서 처음으로 1학년을 맡던 날, 입학식 내내 한 아이를 안고 어르며 땀을 뻘뻘 흘려야 했다. 그렇게 시작된 1학기 119일 동안은 정말 시행착오로 점철된 시간이었다. 통상적으로 장애아동이 있는 학교에는 특수학급이 있고 특수교사가 있어서, 하루 1~2시간 정도는 일반학급에서 생활하고 나머지 시간은 특수학급에서 따로 공부를 하기 때문에 하루 종일 일반학급에서 데리고 사는 어려움을 덜 느낀다. 그것도 18명의 1학년 아동들이 학교생활에 처음 적용하는 시기인데 천방지축 제 맘대로인 장애아동과 아침 8시부터 오후 4시까지(누나의 하교 시간까지) 살아야 하는 생활은 나의 교직생활을 통째로 흔들었다.

그 아이만을 위한 교육프로그램은커녕, 다른 아이들의 교육과정 운영에 막대한 지장을 초래하며 생활지도와 교육과정 운영의 기본마저 흔들렸던 1학기의 삶은 다시 또 2학기에 시작해야 하는 마음은 천근만근이다. 물론 장애아동이 일반학급 아동들과 함께 살아야 한다는 대명제에는 전적으로 찬성한다. 서로를 이해하고 배려하는 마음을 기르며 공동체 정신을 기르는 데에는 통합교육만큼 좋은 프로그램이 없기 때문이다. 문제는 통합교육의 전제 조건이 수반되지 않은 채 나처럼 적지 않은 일반학급 아동과 함께 모든 학교생활을 수행하는 경우이다. 다행히 우리 반 학부모들은 장애 아동과 함께 공부를 하고 있는 현재의 상태를 내놓고 불만을 터뜨리기보다 동정하는 편이 더 많아서 다행이다. 통합교육을 위해서는 장애아동만을 위한 프로그램과 인력이 필연적으로 제공되어야 원만한 교육이 이루어질 수 있다.

솔직히 말해서 나는 1학기 교육과정을 제대로 이수했다고 자신 있게 말할 수 없을 만큼 아이들을 교실 밖으로 데리고 나가기를 주저했다. 통제불능인 장애아동에게 신경을 쓰느라 의도된 교육과정을 제대로 진행시켜 본 적이 없기 때문이다. 그것은 장애아동 본인의 학습권 뿐만 아니라 다른 아동들의 학습권이 침해되었다는 뜻이며 잘 가르치고 싶은 나의 권리나 의지까지 침해를 당한 것이다. 오죽하면 이 모든 잘못을 내 탓으로 돌리며 교직을 그만둘 생각을 여러 번 했던 1학기였다.

지금 우리 학교에는 특수교육이 필요한 아동을 위한 어떤 프로그램이나 인력이 없다. 그렇다고 학급 당 학생수가 적은 것도 아니다. 내일 당장 개학인데 나는 지금 학교 가기 싫은 아이들처럼 등교기피증을 앓고 있다. 아이들과 즐겁게 행복하게 공부하고 싶은데 그 아이 꽁무니를 따라다니며 다칠까봐 불안해하고 찾으러 다니는 일을 반복하는 사이에 다른 아이들의 누적된 학습결손과 안정된 학교생활을 보장해 주지 못하는 걱정이 앞서기 때문이다.

교육인적자원부는 지금, 당장 9월 1일부터 현재 통합교육을 하고 있는 학교를 조사하여 교육프로그램을 제공하고 인력을 배치하여야 한다. 이는 장애아동과 일반학급 아동, 학급담임의 정신건강을 위해서 모든 것에 우선해야 한다고 생각한다. 장애를 지녀서 제대로 배우지 못하는 것도 서러운데 다른 친구들에게 무조건 이해를 해주라고 동정을 구하게 해서는 안 되며, 더욱이 피해를 주어서 기피하게 만들어서는 더 안 되지 않겠는가?

장애아동을 처음부터 분리하여 가르치는 방식에는 원천적으로 반대하지만 그들만의 프로그램을 제공하는 특수교사의 도움을 받으면서 일반학급 아동들과 함께 생활하는 '통합교육'에는 전적으로 찬성한다. 그러나 지금과 같이 아무런 대책도 없이 일반학급 아동들 사이에 넣어서 장애아동과 담임교사, 친구들 모두를 힘들게 하는 일만은 없었으면 하는 마음 간절하다.

즐거운 마음으로, 행복한 설렘으로 아이들 곁에서 서로 사랑하는 아름다운 모습으로 어울려 살아가는 교실을 꿈꾸고 싶다. 내일이 개학이지만 내 마음은 참 어둡다. 아이들을 행복하게 해주기보다는 '아동 수용소'나 다름없는 교실이기 때문이다. 안전에 신경을 쓰느라 좌불안석이니까.

보육프로그램이
절실한 아이들

　1년을 마감하며 추수를 앞든 요즈음, 하루가 어떻게 지나가는지 모르고 있다. 정규 수업 후에 '방과 후 학교' 수업을 들으러 오는 학생들을 지도하고 나면 금방 4시가 되고 밀린 공문서 처리에 교실 청소를 끝내면 퇴근 시간이다.

　1학년 담임으로서 무엇보다 중요한 일이 '문자 해득'임을 생각하면 마음이 바쁘다. 20명 중에서 떠듬떠듬 글을 깨치는 아이들이 있으니 날마다 남겨 놓고 일대 일로 가르쳐주지 않으면 진도가 나가지 않는 아이들이다. 그나마 그 아이들은 대부분 한부모가정이거나 조부모 밑에서 사는 아이들이니, 집에서는 거의 도움을 받지 못하는 것이다.

　그 아이들은 이미 마음의 상처가 깊어서 교우관계나 사회성을 길러주고 공동체에서 살아가는 자세를 습관들이는 것만으로 버거웠었다. 부모로부터 버림을 받았다는 사실 때문에 자존감에 상처를 입은 아이들, 한쪽 부모가 있다 하더라도 시골에 보내진 채 무관심과 방치 속에 몇 년을 살아온 아이들이다.

　심지어는 1년 동안 급식비를 내지 못하는 것은 물론 집에 가면 글씨를 아는 사람이 한 사람도 없는 조부모 슬하에서 유치원 과정까지 마쳤어도 자기 이름도 제대로 못 쓰고 1학년에 들어온 아이들까지 있었다. 1학년 과정에서 글을 깨우치지 못하면 그 결손이 얼마나 크고 학교생활을 힘들어할지 너무나 잘 알기에 '학습 부진아 구제'는 어떠한 교육 활동보다 최우선이라고 생각하며 살아왔지만 각종 행사(운동회, 학예회 등)나 출장, 방과 후 학교에 밀려 뒷전이었던 것이다.

1학년은 방과 후 학교를 부진아 구제나 보육프로그램으로 운영하는 것이 더 바람직하다고 생각한다. 내 반 아이들은 정규 수업만 마치고 얼른 하교시키고 고학년들을 받아서 방과 후 운영하다보니 주객이 전도되어 학급 담임 본연의 임무를 방기한 셈이 되고만 것이다.

한부모가정이나 조부모가정이라 학교에서 더 맡아주기를 바라는 실정임에도 불구하고 그 소망을 들어주지 못한 무능한 담임으로 1년을 보낸 것이다. 정부의 방침에 밀려 내 반 아이들 부진아 구제보다 방과 후 학교에 시간을 보내며 살아온 지난 1년을 생각하며 겨울방학을 하기 전에 글을 완전히 깨우쳐 주려고 하니 내가 더 바쁘다.

집에 빨리 가고 싶어 하는 아이들을 사탕으로, 포인트로 달래어서 글공부를 시작한 요즈음이 1년 중 가장 행복한 시간이다. 낱말 쓰기도 힘들어하던 1학기에 비해 이제는 문장으로 받아쓰기를 하며 완벽한 문장을 한 줄씩 써 가는 모습을 보면 가슴이 뭉클한 기쁨에 나도 모르게 꼬옥 안아주며 칭찬하는 시간이 참 행복하다.

아이들이 글눈을 떠가는 모습을 그 자리에서 보는 기쁨을 무엇에 비길까? 글로는 쓰지 못해도 동화 '강아지 똥'을 글자 하나 틀리지 않고 줄줄 외우므로 다른 아이들을 다 보낸 2시부터 4시까지 다 외운 그 동화를 하루에 세 문장씩 써 보고 칠판 앞에 나와서 혼자 써서 틀리지 않게 하는데 2시간이 걸리지만, 앎의 기쁨에 즐거워하는 모습을 보며 내가 '선생'임을 감사하는 순간이 참 행복하다.

하기 싫어 우는 아이에게,

"○○야, 네가 글씨를 알아서 잘 읽고 쓰는 게 선생님 소원이란다. 너는 밥도 잘 먹고 이도 잘 닦고 친구들과 사이좋게 지내는 착한 아이야. 글씨만 다 알면 더 좋겠구나. 조금만 참고 해 보자. 응?”

　선수학습으로 벌써 영어를 배우고 피아노를 익히며 읽기 힘든 책도 곧잘 읽는 아이들이 있는가 하면, 최저 생계비조차 없어서 허덕이며 정에 굶주리고 사랑에 목말라서 자기 자신만 돌봐주기를 바라는 이 아이들은 학교가 지켜주어야 하는 것이다. 알림장을 읽어 줄 부모조차 없는 아이들, 아침밥을 거의 굶는 아이들. 그들에게 필요한 것은 바로 따스한 사랑이며 보듬어 줄 손길인 것이다.

　방과 후 학교는 바로 그 아이들을 위한 프로그램이어야 한다고 생각한다. 방과후학교의 정신이 본래 취지대로 내실 있게 운영되어서 사회적 안정망에 비상이 걸린 아이들을 지켜주는 든든한 정책으로 자리매김 하기를 간절히 바라고 싶다.

법과 현실 사이

"여보세요? 저는 ○○입니다. 선생님이세요?"

"그래, 잘 지냈니? 우리 ○○가 제일 먼저 전화하는구나. 고맙다."

"예, 선생님이 보고 싶어서 전화했어요."

"나도 보고 싶어. 그 동안 할머니 말씀 잘 들었지?"

1학기 내내 내 속을 가장 많이 다치게 한 아이가 전화도 제일 많이 했다. 미운(?) 정이 더 무서운 모양이다. 1학년이라 숙제는 조금만 내주고 건강하게 지내고 오라고 했는데 그나마도 덜 했다며 걱정을 한다. 철이 든 모양이다. 숙제 걱정을 하며 미리 전화까지 하는 걸 보니.

개학이 코앞으로 다가왔지만 마음이 즐겁지가 못하다. 어제 학교에 가서 교실을 대강 정리하면서도 예전 같은 설렘이 없어 걱정이다. 내가 걱정하는 이유는 한 가지 때문이다. ○○처럼 주위가 산만한 아이나 아직도 글을 깨우치지 못한 아이 때문이 아니다. 그런 아이들은 시간을 두고 노력과 정성을 기울이면 성과를 보일 수 있기 때문이다. 문제는 특수교육 대상인 아이 때문이다.

○○는 엄연히 특수교육을 받아야 하는 아이임에도 불구하고 일반 학급 속에서 공부하며 통합교육을 받고 있는 것이다. 말이 통합교육이지 그 아이는 교실이라는 공간에 '수용'되어 살고 있으니 본인도 힘들고 제대로 돌보아 주지 못하는 나도 마음이 아프다.

함께 살아가는 아이들도 어리다보니 이해해 주기보다는 무시하거나 구박하는 경우가 종종 생겨서 갈등을 겪었던 1학기였다. 아무 때나 아무 곳이나 돌아다니고 소리 지르는 일이 보통이며 자기 것과 남의 물건을 구분하지 못하고 친구들의 책이나 내 책까지 가지고 다녀서 곤란을 겪으며 수업 시간이 늘 좌충우돌이었다.

그 아이만을 위한 학습도구와 자료가 필요하고 교육과정이 있어야 함에도 일반 학급 아이들에게 적응할 수 없는 그 불편함을 감내하는 ○○가 가엾어서 학교 측에 상의해 보았지만 특수교육 대상 아동이 1명인 경우에는 다른 학교와 합해서 운영하는 순회교사제도 뿐이라는 것이다. 그것도 인근 학교에 그런 아동이 있어야 가능하다는 것이 아닌가?

특수교육진흥법 제13조의 2에는 '특수교육대상자가 1인 이상 12인 이하인 학교에 특수학급을 설치한다.'고 되어 있으며, 교육기본법 제3조(학습권)에는 '모든 국민은 평생에 걸쳐 학습하고, 능력과 적성에 따라 교육받을 권리를 가진다.'라고 되어 있으나 현실을 그렇지 못하다.

2006년 8월 22일자 「매일경제」 사회면에는 '우리나라 장애아 4명 중 3명은 학업 포기'라는 큰 제목을 달고서 장애인 교육의 현실을 아프게 드러내 보여주고 있다. 공부하고 싶어도 제대로 된 특수학교나 특수학급을 만날 수 없어서 일반학급에서 통합교육이라는 이름으로 함께 살아가는 그 아이들이 받는 상처는 말로 다 할 수 없으리라. 특수교육 대상 어린이가 단 한 명만 있어도 특수학급이 있어야 한다는 대한민국의 헌법은 법전 속에만 있으니 장애를 지닌 어린이와 청소년들이 설자리가 없는 현실.

나는 2학기에도 특수교육 프로그램이 필요한 ○○에게 특수교육은 커녕, 친구들이나 선배학생들에게 무시당하지 않으며 사람대접을 받게 해주는 기본적인 인권마저 지켜줄 자신이 없어서 슬프다.

그 아이만 지킬 수 없는 내 위치에서 다른 열여덟 명 아이들의 일상을 책임져야 하기 때문이다. 다만 그 아이가 다치지 않게, 제대로 밥을 먹게 하며 친구들과 어울려 살아갈 수 있게 해줄 뿐이니 학습이나 변화를 보장해 주지 못하는 힘없는 선생이라 속이 상한다.

아이들이 귀한 세상임에도 불구하고 대접받지 못하는 아이들이 많아서 마음이 아프다. 결손 가정에서 힘들어하는 아이들, 장애를 지녔으니 특별한 교육여건이 필요한 아이들, 가난과 질병으로 고통 받는 아이들.

그럼에도 불구하고 남은 2학기 동안 우리 ○○가 1학기 보다 더 많이 웃을 수 있도록 마음이나마 작은 노력을 다하고 싶을 뿐이다. 2학년 때에는 특수학급이 설치되어 사람대접을 받을 수 있도록 백방으로 힘써 보리라.

7차 교육과정이 추구하는 수준별 교육과정은 바로 장애아동을 위한 교육 프로그램, 열악한 조건을 지닌 아이들을 위한 프로그램을 가진 교육과정이라고 생각한다. 지적 수준의 수준별 교육과정을 넘어설 수 있는 진정한 '교육과정'이 필요한 때이다.

통합교육을 담당하는 힘없는 담임선생인 나는 법과 현실 사이에서 내 아픔을 이렇게나마 토로할 수 있지만 부당한 대우에도 말 한마디 하지 못하고 당하고 사는 수많은 장애아동의 아픔과 좌절은 더 이상 부모와 아이들의 몫이 되어서는 안 된다. 양극화의 가장 끄트머리에는 장애아동과 그 부모가 있는 현실. 한달에 몇 백만 원하는 엄청난 사교육을 받는 아이들이 있는 저 반대편에는 특수학급조차 없어서 고생하는 장애아동을 지켜줄 사회 안전망에는 구멍이 뚫려 최저 수준의 교육권마저 포기하는 이 나라의 교육 현실이 슬프다.

초등학생,
수은 중독의 심각성

　얼마 전,「한겨레신문」은 다음과 같이 우리나라 초등학생의 수은 중독의 심각성을 알리고 있다.

　"국립환경과학원이 지난해 전국 26곳의 초등학생 2천 명을 대상으로 소변 속 총수은농도를 조사한 결과, 독일의 어린이들보다 3.6배나 높았고 일본의 경우보다 두 배 이상 높은 수치를 보였다."

　이 같은 중금속 오염의 심각성은 이미 세계적으로 수백만 명의 어린이들에게 치명적인 뇌손상을 일으키고 있다고 한다.

　"미국과 덴마크 과학자들은 화학오염물질에 의한 자폐증, 주의력결여증후군, 지체장애, 뇌성마비 등의 증상이 어린이들 사이에 증가하는 것을 '소리 없는 유행병' 이라고 부르고 있으며, 과학자들은 뇌에 피해를 주는 202가지 공업화학물질을 밝혀내고 이에 대한 사용통제를 요청했다. 사우스덴마크대학 환경의학과 필리페 그랜드장 박사는 뇌는 아주 섬세한 부분이기 때문에 미미한 손상도 심각한 결과를 초래할 수 있다며 수은과 납 등 몇몇 물질만 통제되고 있지만 나머지 200여 개 화학물질이 미치는 심각성은 아직 알려지지 않고 있다.

　200여 개 공업오염물질 중 지금까지 과학자들은 납, 메틸수은, 비소, 폴리염화비페닐, 톨루엔 등에 의한 중독증세를 밝혀냈다. 납 중독이 지능지수 저하, 주의력저하, 협응운동성 저하, 공격성 증가 등을 부르는 것으로 알려져 있는 수준이다. 하지만 화학물질에 중독 돼도 수년에서 수십 년 동안 증세가 나타나지 않기 때문에 증세와 원인의 인과관계를 밝히는 것이 쉽지 않다.”

- 2006년 11월 10일자 「내일신문」에서 발췌

연세 효가정의원 황민철 박사는 “어린이의 경우 중금속에 중독되면 성장이 잘 안되고 폭력적으로 변해 거친 행동이나 욕설을 하고 떼를 심하게 쓰는 등의 증세를 보인다. 어린이가 과행동을 보인다면 일단 중금속 중독을 의심해보고 검사를 해보는 것이 좋다”고 권했다. 성인은 40대, 어린이는 유치원 연령대에 중금독 중독검사를 하는 것이 좋으며 인체 내의 중금속을 검사하는 방법으로 소변검사, 혈액검사, 조직검사 등이 있으나 가장 보편적으로 사용되는 방법은 머리카락을 이용한 모발검사라고 한다. 머리카락은 체내 미네랄 상태나 유해 중금속 축적 상태를 혈액이나 소변에 비해 정확히 알 수 있을 뿐 아니라 검사 방법이 쉬워 부담이 적다.

이미 축적된 중금속을 제거하는 것은 인체의 기능을 원활히 유지하기 위하여 필수적이다. 황민철 박사에 의하면 “해독방법은 장의 경우 먼저 쌓여있는 숙변을 제거하고 유산균과 식이 섬유소를 공급해 장이 스스로 활동할 수 있도록 만들어준다. 간 해독은 간에 좋은 녹차와 주스를 섭취하도록 환자의 식습관을 조절해주고 시리마린 등의 건강보조식품을 꾸준히 섭취할 수 있도록 한다. 비타민C와 마그네슘 등의 약물을 투여해 체내 중금속이 소변으로 배출시켜주는 혈액해독 과정을 거쳐야 하고 치료가 끝났다고 방치하면 다시 중독증세가 나타날 수 있으니 중금속 중독을 막을 수 있는 생활 습관을 갖는 게 무엇보다 중요하다. 첫째는 먹고 마시는 습관에 관한 것이다. 수돗물은 그냥 마시지 말고 꼭 끓여 마시되, 물을 끓일 때 옥수수나 결명자 등을 넣어 미네랄이 풍부한 해조류와 마늘, 양파를 충분히 섭취하는 게 좋다. 배출기능과 혈액순환을 좋게 만들기 위한 운동도 필수다. 1주일에 3~4회 이상, 한번에 최소한 30분 이상 걷기 등의 유산소운동도 효과적이다. 특히 술과 담배는 400여 가지의 화학물질을 함유하고 있어 그 자체만으로도 발암을 유발하는데 체내에서 중금속과 결합하던 위암 발병을 더욱 촉진시키는 작용을 한다."고 하니 우리 어린이들이 유해 환경에 노출되지 않도록 학교와 가정에서 세심한 주의가 필요하다.

이제 보니 지난 1년 동안 주의력 산만 아동들 속에서 행복한 교실을 만들지 못하고 교육과정 이수에 급급하며 힘들어했던 이유를 알 것 같다. 아이들이 산업화의 희생물이 되어 '소리 없는 유행병'으로 각종 질병에 시달리는 현실을 막아야 하지 않겠는가? 가정과 사회에서 술과 담배에 노출되지 않도록 철저한 보호 대책을 펴야 하지 않겠는가? 이제 새 학년, 새 어린이들에게 중금속으로부터 자신을 보호할 방법을 구체적으로, 귀에 딱지가 앉도록 아침 독서 활동처럼 가르쳐야겠다.

이럴 때 힘들어요

여름 방학을 하루 앞둔 어느 7월 중순. 밤 10시가 다 되어 갈 무렵 받은 전화 한 통은 나를 충격으로 빠져들게 했다. 인사말도 없이 거두절미하고,

"선생님, 저 ○○엄마입니다. 오늘 △△엄마로부터 우리 ○○가 학교에서 고집을 많이 부린다는 말을 들었습니다. 그런 말을 엄마인 제게 먼저 해주셨으면 안 될까요? 너무 속이 상해서 전화합니다."

"네? 저는 △△엄마를 만나 그런 얘기를 한 적이 없는데요? 오늘 ○○가 고집을 부린 건 사실이에요. 그 동안 그런 적이 많았지만 점점 좋아지고 있어서 크게 걱정하지 않았고 이제 겨우 1학년이잖아요. 담임으로서 충분히 지도할 수 있다고 생각합니다."

"그래도 그런 일을 엄마인 제가 모르고 다른 사람에게 듣는 게 속이 상합니다."

"이상하네요. 내가 아이들 엄마에게 그런 말을 한 적도 없고 학교에도 엄마들을 오시게 한 적도 없는데 어떻게 그런 말이 전해졌지요? 20년이 넘은 교직 생활에서 이런 전화를 받기는 처음입니다. 저도 황당합니다."

잠자리에 들 시간에 걸려온 전화는 나를 당황스럽게 한 것은 물론이고 마음이 상해서 속까지 울렁거릴 지경이었다. 일이 어디서부터 비롯된 것인지 가닥을 잡을 수 없는데 전화를 건 엄마는 이야기를 끝낼 분위기가 아닌 듯했다.

"○○엄마, 저는 아직까지 이렇게 학부모의 항의전화를 받아본 적이 없습니다. 제가 너무 놀라서 우황청심환이라도 먹어야겠습니다. 미안합니다. 전화를 끊겠습니다. 상황을 알아보고 내일 이야기합시다."

솔직히 너무 황당하고 기가 막혀서 얼마나 속이 상했는지 그날 밤 내내 거의 깊은 잠을 이루지 못했다. 아이들의 잘잘못을 학부모에게 일일이 전화해 본 적도 없고 학급 일로 학부모를 나오게 하는 일도 하지 않기 때문에 사건의 전말을 알기가 어려웠다. 아무리 늦은 밤이었지만 그런 말을 전했다는 △△엄마에게 확인 전화를 하지 않을 수 없는 상황이었다.

△△엄마는 아이가 학교에서 있었던 일을 엄마에게 말하는 과정에서 ○○가 수업 시간에 고집을 부리고 공부를 하지 않았다는 것을 말하길래, 그 말을 ○○엄마에게 했다는 것이었다. ○○는 평소에도 자기가 하기 싫어하는 그림을 그리거나 글씨를 쓰는 일에는 시간을 보내고 놀거나 엎드려서 잘 하지 않는 버릇이 있었다. 그러다가도 다 하지 않으면 다른 놀이에 참여시키지 않거나 늦게 하교를 시키면서 하게 하면 끝내는 버릇이 있는 아이였다.

그 고집을 부리는 시간이 점점 단축되어가고 있었기에 굳이 학부모에게 알리지 않고도 고칠 수 있겠다는 확신이 들었던 터였다. 커다란 문제점이 아닌 이상 필요 이상으로 학부모에게 전화를 하여 힘들게 하고 싶지는 않았다. 더욱이 ○○엄마는 아기까지 출산하여 벅차게 살고 있음을 잘 알고 있던 터라 늘 ○○를 달래며 학교생활에 적응시키려고 노력해 온 내 마음을 몰라주어 오히려 서운했다.

날마다 마지막까지 점심을 먹는 아이, 밥 수저에 반찬을 올려주며 마지막까지 기다려주느라 다른 아이들 하교지도까지 힘들 만큼 정성을 쏟은 시간이 100일이 넘었는데, 이제 와서 잘 적응하고 있는 아이가 대견해서 날마다 칭찬까지 해주며 친해졌는데 그런 전화를 받고 보니 교직에 대한 회한까지 밀려왔다.

전날 밤 속이 상해서 잠을 제대로 청하지 못한 데다 아침마저 입맛이 없어 먹지 못하고 출근하여 여름방학식을 하면서도 내 마음은 한없이 우울했다. 아직도 나의 정성이 부족하니 그런 전화를 받는 거라고 치부하면서도 억울하고 서글퍼져서 아이들과 차분하고 따뜻하게 헤어지지 못했다. 아이들 한 사람 한 사람 껴안아 주며 1학기 107일 동안 공부하느라 고생했다고, 방학 동안 건강하게 지내다 오라고 말하면서도 내 마음엔 먹구름이 일렁였다. '이렇게 힘들게 살아야 하는 가'하는 자괴감이 나를 억누르고 놓아주지 않았다.

아이들이 가고 난 빈 교실을 혼자서 청소를 하려고 하니 다른 날보다 유난히 쓰레기가 많아 보였다. 의기소침해서 기운조차 없었지만 언제나 그랬던 것처럼 혼자서 책상과 의자를 다 옮기고 교실을 쓸고 있으니 ○○엄마가 아기를 업은 채 음료수를 들고 찾아 왔다. 눈가엔 물기까지 달고서······.

"선생님, 죄송해요."

"아기까지 업고 힘들게 오셨나요. 전화로 하셔도 될 텐데."

"△△엄마가 우리 아이가 공부 시간 내내 고집을 부리고 아무 것도 하지 않았다고 해서 저는 심각하게 고민했어요."

"20분 쯤 고집 부리다가 나중에는 다 했어요. 연필이 없다거나 지우개가 없다며 고집을 부리곤 하지요. 오랜 시간 고집을 부렸다면 당연히 연락해야지요. 요즈음 ○○가 얼마나 잘 하는데요. 밥도 잘 먹고 숙제도 잘 해오고 발표도 열심히 해요. 특히 아이 심성이 착하고 정직해요. 그림 그릴 때 늦게 시작하는 것은 2학기 때는 작은 종이를 주어서 종이에 대한 두려움을 없애 보렵니다. 어젯밤 잠을 이룰 수 없었습니다. 아직도 제 정성이 부족함을 탓했습니다. 그러나 2학년 때는 그렇게 전화하시지 마세요. 충분한 대화가 필요합니다. 밤늦은 시각에 무턱대고 하고 싶은 말만 일방적으로 하시면 안 됩니다. 그리고 일단 학교와 담임을 믿으십시오."

"죄송해요. 저도 어젯밤에 울면서 잠을 이루지 못했어요."

"저도 자식을 키워 본 부모 입장에서 ○○엄마 마음 잘 이해합니다. 아이들이 집에 가서 미주알고주알 자기 입장에서 본 대로 달한 걸 가지고 부모님들이 곧이곧대로 듣고 흥분하시면 안 됩니다. 겨우 1학년 아이들 말만 듣고 학교와 선생님을 믿지 못하면 서로 힘듭니다."

그러면서도 ○○엄마는 다시 눈물을 훔쳤다. 나는 제자뻘인 ○○엄마를 위로하며 달랬다. 가져온 음료수를 아이와 엄마에게 권하며 하던 청소를 거의 다 끝내는 동안 자리에 앉지도 못하고 청소를 해야 했다. 학교 시정에 맞춰야 했기 때문이었다.

겨우 1학년짜리 꼬마가 자기 친구가 수업 시간에 고집을 좀 피운 걸 가지고 집에 가서 20분 동안 고집 피운 게 아니라 하루 종일 고집을 피웠다고 말한 걸 듣고 그 엄마는 서로 친한 사이라서 걱정하는 마음으로 전달해서 웃지 못할 일이 벌어진 것이다.

아이들은 아이들일 뿐이다. 특히 1학년 수준의 아이들은 사실과 상상 속에서 사는 우주인과 사람의 중간 단계라는 걸 알아야 함에도 학부모들은 자기 자식의 말은 100% 믿기 마련이다. 본의 아닌 거짓말도 매우 잘 하는 단계라는 걸 인정하지 않는 것이다.

그럼에도 불구하고 나는 이번 일을 계기로 많은 걸 배웠다. 학부모와 신뢰감이 형성되지 않았기 때문에 담임선생님에게 먼저 상담을 해 보기도 전에 미리 판단을 하여 고민을 하게 했으니 내 잘못이 더 크다는 사실을 깨달은 것이다. 새삼스럽게 학부모님들과 대화창구가 없다는 사실을 깨달은 것이다. 심지어 청소를 도와드리고 싶다는 학부모님의 발걸음까지 막아 버린 상태이니 말이다.

2학기에는 하루에 한 명씩이라도 개인별 알림장을 활용하여 아이의 문제점이나 충고할 점을 교환하도록 해야겠다. 전체 알림장만으로는 개별적인 도움을 청할 수 없기 때문이다.

20명의 나의 천사들은 여름방학식날 선생님이 왜 그렇게 힘이 없었는지 모르리라. 그 사이에 내 품에 안기지도 않고 빠져나간 몇 명의 아이들이 마음에 걸린다. 그래도 작은 손가락을 걸며 약속하던 ○○의 대답이 나의 귓전을 맴돈다.

"○○아, 방학 동안 동생을 키우는 엄마가 힘드시니까 심부름도 잘 하고 네 스스로 공부할 수 있지? 2학기에는 필통도 잘 가지고 다니고 더 잘 하자, 응? 손가락 약속!"

"네, 선생님. 2학기를 기대할게요. 안녕히 계세요."

○○엄마의 눈물과 더 열심히 가르치겠다는 나의 약속으로 오해의 산을 넘어 이해와 신뢰의 강에서 다시 만났으니 2학기의 도약을 믿어 의심치 않는다. 학생과 학부모, 선생님은 교육을 성공시키기 위해 삼위일체가 되어야 함을 생각하니 혼자 끙끙 앓지 않고 직접 담임에게 전화를 해서 오해를 푼 ○○엄마가 새삼 고맙게 생각되었다. 그리고 아이들은 자기들이 듣고 싶은 말만 듣거나 말의 일부만 들어서 혼자 상상하여 생각하니 늘 조심해야 함을 명심해야겠다.

자식을 잘 기르고자 하는 부모 마음이나 제자가 잘 되기를 바라는 선생의 마음은 결코 둘이 아니다. 무엇보다 진심이 통해야 한다. 잘못되었거나 오해를 받을 때는 내 정성이 부족했음을 생각하고 돌이켜 볼 일이다. 그래서 교직은 늘 새로운 마음이 필요하다. 나는 늘 그 자리에 있지만 만나는 아이들은 늘 새로운 아이들이니 늘 하던 대로가 아니라 그들에게 맞는 맞춤형 선생이 되어야 한다.

틈새 관리로 신뢰 회복을

노벨경제학상을 수상한 케네스 애로 교수는 윤활유 기능을 하는 신뢰 메커니즘이 있어야 사회의 질이 높아진다고 했다. 신뢰를 사회적 자본으로 본 것이다.

오늘날 공교육으로 대변되는 학교교육이 그 성과에도 불구하고 자주 매를 맞는 이유를 들여다보면, 교육 당사자 간의 '틈새관리' 부족에서 기인한다는 생각이 든다. 선생님과 학생 사이의 틈새, 학부모와의 틈새, 학교와 지역사회의 틈새가 벌어져서 돌이킬 수 없는 관계로 악화되는 경우를 자주 본다.

아주 작은 틈새를 간과한 것이 화근이 되어 학교와 선생님이 학부모와 학생으로부터 신뢰를 받지 못하게 되면 사사건건 언론의 도마 위에 오르는 교육 정책이 그렇고, 선생님의 부주의한 한 마디가 인간관계의 틈새를 넓혀서 상처를 주고받는 사이로 악화되기도 한다.

명품 물건과 짝퉁을 구분하는 방법으로 손꼽히는 것이 원재료에서 기인하기도 하지만 결정적인 것은 마지막 공정 단계인 마무리 솜씨라고 생각한다. 장인 정신이 부족하다는 이야기이다. 자기 둘건의 브랜드 가치를 높여서 100% 무결점 상품을 만들고 사후 서비스까지 완벽하게 보장 받게 하는 시스템이 갖추어진 것이 명품이다. 겉모습만 번지르르한 가짜는 금세 들통이 나게 되어 있다.

이제 교육계에도 혁신의 바람이 불어서 명품을 향한 질주가 시작되었다. 이제 우리들의 봉급을 주는 사람들은 정부가 아니라 학부모라는 '고객'임을 생각해야 한다는 뜻이다. 『부의 미래』를 쓴 엘빈 토플

러는 변화가 느린 곳으로 학교를 가리켰다.

학교를 혁신하는 일은 곧 '선생님을 교실로 보내는 일'이다. 철저한 사제동행으로 채워야 한다는 뜻이다. 넘쳐나는 공문의 홍수로부터 교사의 수업권을 지킬 수 있을 때, 학생과 선생님 간의 틈새는 벌어지지 않는다.

6학급인 우리 학교는 선생님을 공문으로부터 해방시키기 위해 교무실이 더 바쁜 학교이다. 교감 선생님과 교무보조 직원이 근무시간 내내 바빠서 점심시간 휴식조차 제대로 챙기지 못할 만큼 공문서를 처리하는 데 시간을 보낸다. 그 목적은 바로 학급 담임 선생님들이 맡고 있는 각종 공문을 처리하기 위해 동분서주하기 때문이다. 우리는 교육혁신의 목적지를 '교실수업 개선'으로 보고 있다는 뜻이다.

이제 겨우 2학기를 시작한지 4일째이지만 학교의 거의 모든 시스템이 방학의 느슨함으로부터 탈피했다. 행사 시간을 최대한 줄이기, 모임시간 억제하기, 메신저를 활용해 정보 전달 시간 절약하기, 각종 정보의 공유 시스템으로 교직원 간의 틈새를 줄였기 때문이다.

왕초보 선생님이 50%를 차지하고 있지만 원활한 정보 공유와 교무실의 완벽한 협조 체제로 시행착오를 줄여서 가시적인 성과를 보이고 있는 것이다. 이러한 노력은 지난 1학기에 이미 인정을 받은 바 있다.

혁신사례 발표를 통해서 강진군 교육청에서 초등학교 부문 최상위 평가를 받은 것이다. 관리자는 선생님들의 절대 시간 확보를 위해 늘 머리를 짜내어 도울 생각을 하고 선생님들은 질 좋은 수업을 위하여 학생들과 거리를 좁히며 틈새를 관리하고 있음을 인정받은 것이다.

아침 독서 시간부터 방과 후 학교 시간까지 질서정연하게 움직이는 모습은 우리 학교의 혁신 주제인 '시간을 소중히 하자'로 귀결된다.

바로, 지금, 여기에서, 소중히 한 시간은 곧 학생들에게 투입되기 때문이다. 학생들은 선생님들의 가장 무서운 고객이며 서비스의 대상을 넘어 '배려'의 대상이어야 함을 잊지 않기 위해 모두 노력하는 중이다.

학교 혁신은 거창한 구호에서 출발되는 것이 아니라 학생과 학부모라는 '고객'을 만족시키는 수준을 넘어 감동시키고야 말겠다는 실천 의지가 중요하므로 만족과 감동의 틈새를 줄이려는 노력이라고 생각한다.

이제는 틈새관리로 공교육의 신뢰를 회복할 때이다.

외모지상주의로
멍드는 동심

내가 초등학교 5학년이던 어느 날, 우연히 거울을 보던 나는 내 얼굴에 실망한 나머지 심각하게 고민했던 적이 있다. 까만 피부에 깡마른 얼굴, 사춘기가 시작되었던 그 시기에 거울을 보고 내 얼굴에 실망한 나는 어느 날 한 가지 결심을 했다.

'넌 얼굴이 예쁘지 않으니 마음만이라도 예쁘게 가꿀 수 있도록 좋은 책을 많이 읽어서 속사람을 가꾸자'고. 돌이켜 보면 열심히 공부를 하게 된 시기도 그때부터였다. 더구나 결정적으로 나를 강타한 사건이 생겼다. 학생회 간부로 출마를 했던 그 날의 충격을 잊을 수 없다.

평소에 발표에 자신 없어했던 내가 출마자 소견 발표를 하러 친구들 앞에 섰을 때였다.

"우와! 콧구멍 크다!"

연단 아래에 있던 친구 하나가 나를 놀린 것이다. 내 외모에 대하여 특히 얼굴에 자신감을 잃게 했던 그 사건이 있은 후 나는 정말 아이들 앞에서 발표할 엄두를 내지 않게 되었고 다른 사람보다 항상 낮은 자리를 좋아하게 되었다. 심지어는 결혼한 이후까지도 다른 사람과 대화를 할 때도 약간 고개를 숙여서 내 콧구멍이 들여다보이지 않게 하려고 의도적으로 노력하곤 했다.

그래서 나는 우리 반 아이들이 얼굴 모습이나 신체의 특징으로 친구들을 놀리거나 상처를 주는 행동은 바로 그 자리에서 충고해 주고 다시는 못하게 하곤 했다. 내 경험으로 보아 친구들의 장난어린 놀림은 오랜 시간 자존감에 상처를 주기 때문이다.

요즈음 사회적으로 문제가 되고 있는 '외모지상주의'는 어른들이 심각하게 고민해야 할 때라고 생각한다. 외모지상주의란 '외모를 인생을 살아가거나 성공하는 데 제일 중요한 것으로 보는 사고방식'을 가리키는 말이다. 외모(용모)가 개인 간의 우열뿐 아니라 인생의 성패까지 좌우한다고 믿어 외모에 지나치게 집착하는 경향 또는 그러한 사회 풍조를 말한다. 우리나라에서도 2000년 이후 외모지상주의(루키즘)이 사회 문제로 등장하였는데 대표적인 예로 얼짱 문화를 들 수 있다.

텔레비전에 등장하는 연예인이나 미스코리아 선발대회 등은 은연중에 외모지상주의를 지향하게 한다. 작은 얼굴, 날씬한 몸매, 서구적인 얼굴을 가진 사람들로 넘치는 텔레비전 프로그램과 광고를 보며 얼짱, 몸짱이 아닌 보통 사람들까지 그 대열에 나서도록 은근히 부추긴다.

건강을 유지하기 위해 체중을 조절하고 운동하는 것을 넘어서서 무리한 다이어트와 성형중독증으로 고생하기도 하고 심지어 외모를 비관하여 자살하는 청소년까지 생기게 만든 외모지상주의. 문제는 자아 정체성이 확립되지 않은 어린이들까지 외모지상주의의 대열에 끼도록 부추기고 있다는 사실이다. 정서적으로 가장 예민해서 책이나 대중매체의 영향을 많이 받는 시기가 초등학교 때이다. 이때는 스펀지와 같아서 뭐든지 곧이듣고 쉽게 받아들이는 경향이 있다. 아름다운 정서를 함양하고 자신을 알아가는 좋은 책과의 만남으로 인격을 형성해가는 시기이므로 특히 책이 끼치는 영향이 지대하다. '남친을 사로잡는 법', '남친을 사로잡는 뷰티파일', '몸매 짱이 될 테야' 등과 같이 제목부터 선정적인 어린이 도서들이 대형서점이나 학교 앞 문구점에서 팔리기도 한다는데, 더욱 큰 문제는 일부 공공 도서관에서조차 어린이 교양도서로 추천까지 되고 있다는 사실이다. 신체의 특정 부위를 작거나 크게 하기, 피부 미인 되기 등과 같이 감수성이 예민한 어린이들까지 몸매 만들기의 대열로 들어서게 하고 있다.

어린이는 어른의 축소판이 아니다. 초등학생 정도의 어린이에게 필요한 외모 가꾸기용 책이라면 '왜 음식을 골고루 먹어야 하는가' '건강한 생활 습관'을 위한 내용이면 된다. 책의 내용을 비판적으로 수용할 능력이 부족한 어린이들에게 자신의 몸을 부정적으로 보고 무비판적으로 따라 하기 쉬운 선정적인 어린이 도서가 주는 폐해를 묵과해서는 안 될 것이다. 세상에서 하나 뿐인 자신의 몸을 소중히 하고 생명을 주신 어버이가 주신 몸을 감사하게 생각하는 마음이 앞서야 할 어린 나무인 어린이들이다. 그 어린이들이 자신을 소중한 개성을 지닌 인격체로 받아들이기도 전에 어른들의 축소판이 되게 해서는 안 된다.

건강해지기 위해 음식을 조절하고 운동을 하는 수준을 넘어서서 신체를 기계 다루듯이 도구로 사용하게 하는 일은 없어야 한다. 모든 사람이 다 모델이나 연예인이 될 필요가 없으며 미스코리아나 영화배우가 될 필요는 없지 않은가? 그 사람들은 그 직업을 수행하는 데 그런 외모가 필요한 것뿐이라고 가르쳐야 한다.

오히려 중요한 것은 자신감을 갖거나 내면을 가꾸는 것이 더 소중함을 부모와 어른들이 나서서 가르쳐야 한다는 점이다. 어찌 보면 외모 지상주의는 정신적인 가치를 소중히 하였던 전통적인 동양 사상이 서구의 물질문명에 밀려 생겨난 돌연변이와 같은 것이다. 머리카락 한 올마저도 부모가 주신 소중한 것이라 하여 함부로 하지 않았던 조상들의 생각까지 이어 받지는 못하더라도, 자신의 몸을 원망하거나 함부로 하며 몸짱 만들기를 부추기게 하는 어린이 도서로부터 자녀들을 보호하고 어린이들의 마음을 다치지 않게 하는 일은 어른들의 몫이다.

선정적인 방송 프로그램으로부터 어린이들을 보호하여 상업적이고 낯 뜨거운 영화나 책, 매체들로부터 어린이들을 보호하는 일은 아무리 강조하여도 지나치지 않다고 생각합니다. 제임스 알렌은『생각의 정원 가꾸기』에서 외모도 환경으로 보고 다음과 같이 말했다.

"자신이 어떤 사람이 되느냐는 자신이 만드는 것이다. 마음은 내적인 성품과 외적인 환경을 만든다. 생각이 자신의 성품과 환경과 건강을 지배한다. 나무가 씨앗에서 싹터 나오듯 인간의 모든 행동도 생각이라는 숨겨진 씨앗에서 생겨난다. 씨앗이 없다면 나무가 생겨날 수 없는 것처럼 생각이 없다면 행동 또한 나타나지 않을 것이다. 생각을 다스리고, 인격을 형성하고, 주위 여건과 환경 그리고 운명을 창조하고 결정하는 것은 오직 자기 자신이다. 완벽한 몸매를 갖기 원한다면 생각을 잘 간직해야 한다."

우리들의 사랑스런 어린이들이 외모지상주의의 피해자로 남지 않도록 어른들이 각성해야 할 때이다.

담임제에 대한
작은 생각

요즈음 우리 반 아이들과 사는 일은 행복 , 그 자체이다.

아침 8시를 갓 넘기면 교실에 들어와 거의 자동적으로 책을 펼치는 모습이 참 신기하다. 좋은 습관을 만드는 데 결코 적지 않은 시간을 투자한 결과이다. 아침에 등교하면 모든 일을 중지하고(짝끼리 이야기 하거나 선생님에게 인사하는 것도 목례 정도로 그치고) 책에 몰두하게 하였다. 이제 그 결실들이 하나씩 보이기 시작하였다.

틈만 나면 쉬는 시간에도,

"선생님, 책 읽어도 돼요?"

"놀이 시간에 교실에서 책 보면 안 되나요?"

심지어 점심식사 후 시간까지 교실에 남아서 책을 보는 아이들 때문에 청소하기가 힘들 정도이다. 억지로 내보다시피해야 밖으로 나가는 아이들 모습을 보며 보람을 느끼는 요즈음이다. 이미 학교에서 정해준 필독도서 60권을 훌쩍 넘기고 200권 가까이 읽는 아이들까지 생겼다. 21명 거의 대부분이 3월부터 지금까지 아침마다 40분씩 책과 가까이 한 결과이다.

점심시간도 예외가 아니다. 모든 아이가 음식을 남기거나 투정을 부리지 않으며 점심을 잘 먹어서 보기만 해도 즐겁다. 밥을 먹게 하려고 한두 시간씩 교실에 데리고 들어와 식판과 전쟁 아닌 전쟁을 벌이기도 했고, 먹기 싫어하는 음식까지 억지로 먹이지 말고 적당히 하시지 아

이들을 귀찮게 한다는 학부모의 항의에도 아랑곳 하지 않고 담임으로
서 책무를 다한 결과이다.

이제 나는 이 아이들을 담임해야 할 시간이 길게 남아 있지 않다.
내 마음 같아서는 2학년 때에도 이렇게 좋은 습관이 이어지기를 간절
히 바란다. 어떤 시책은 담임이 바뀌면 아예 실천이 안 되는 경우도 생
기는 걸 본다. 그렇게 열심히 하던 아이들도 해가 바뀌면 언제 그랬나
는 듯 다른 모습을 보면 마음이 아프다. 적어도 아침 독서 태도나 식
사 태도와 같은 기본 습관은 담임제를 했으면 하는 게 내 생각이다.

'세 살 버릇 여든 간다.'는 속담이 결코 틀린 말이 아니다. 학교에서
아이들과 살다 보니 어렸을 때 형성된 습관을 고치기가 얼마나 어려
운 지 절실하게 깨닫곤 한다. 바쁜 부모님들이 아이들의 식사 습관을
제대로 길들여 주지 못해서 특정 음식에 거부감을 갖고 편식이 심한
아이, 외동이로 자라서 자기 밖에 모르는 아이들은 잘못을 하고도 사
과할 줄 모르며 다른 사람에게 피해를 주거나 힘들게 하는 일도 참 많
다. 교과목을 가르치는 일보다 인성 지도나 생활지도로 힘들어하는
선생님들이 많은 게 현실이다.

나 역시 식사 지도에 소신을 갖고 하루도 거르지 않고 편식 하지 않
고 예의 바르게 먹기를 1년 내내 지도해 오고 있다. 이제는 자동적으
로 습관이 된 아이들이 얼마나 예쁜지 모른다. 이렇게 좋은 습관으로
자리 잡힌 기본 생활 태도는 다음 학년에도 꾸준히 이어져야 함을 생
각한다.

담임선생님에 따라서 일관된 교육 방침이 다르기 때문에 차이가 나
는 것도 현실이다. 날마다 일기 쓰기를 지도하는 분이 있는 가하면 아
예 쓰지 않는 학급도 있다. 학년에 따라서는 음식을 버려도 지도하지
않는 담임이 있는 것이 현실이고 아침 독서 지도 역시 바빠서 아이들

과 함께 독서에 임하지 못하는 분도 있다.

가장 기본적인 생활태도나 인성지도 덕목에 관계된 교과목, 예를 들면 도덕, 국어, 수학과 같은 과목은 저학년 때부터 담임제로 하고 예능 교과나 실험 교과 등은 교과 전담제를 병행하면 좋겠다는 생각이다. 좋은 습관은 10살 이전, 즉 도덕성 발달 단계를 고려할 때 3학년 정도까지는 정직성이나 규칙을 준수하는 태도가 내면화되어야 함을 생각하면 2년 정도의 담임제가 좋다고 생각한다.

지금 우리나라의 교육은 학력이나 실력의 문제가 아니라 가장 기본적인 인격과 품성에 관한 고민을 해야 한다고 생각한다. '사람됨'의 바탕 위에 학력과 지력이 쌓일 때 진정한 교육의 힘이 나오기 때문이다. 입시 위주 교육으로 달리다 보니 보이지 않는 심성과 품성보다는 눈에 보이는 학력을 중시하는 풍조가 만연하게 되어 파생되는 문제점이 사회 문제로 등장한 것이다.

이제는 양보다 질적인 성장에 눈을 돌려야 할 때이다. 눈만 뜨면 사기 치는 정치인들의 소식, 뇌물로 얼룩진 대기업의 진실 공방은 이 나라 청소년들이 날마다 듣고 보는 새 소식이다. 커다란 사회 문제를 일으킨 사람들은 한결 같이 고학력과 소위 명문대 출신들이다.

학문은 자기 자신의 부족함을 채우고 자신을 돌아보기 위한 가장 좋은 지름길이다. 그 학문과 학벌이 자신의 겉모습만 포장하고 속빈 강정처럼 텅 비어 있다면 뭔가 잘못된 것이 분명하다. 가장 기본적인 신뢰감이나 책임감조차 결여된 채 남을 누르고 올라서기 위한 도구로 전락한 고학력이라면 다시금 생각해 볼 때라고 생각한다.

아이들의 인성도 교육에 의하여 충분히 변화시킬 수 있다. 바람직한 덕목을 꾸준히 연습하고 실천하다 보면 행동으로 나타나게 된다. 이런 점에 비추어 볼 때 인성교육과 좋은 습관 형성을 위해 초등학교 저학년 단계에서 2년이나 3년 정도의 기본 담임제는 바람직하다고 생각한다. 그리하여 수업 시간 수가 비슷한 1, 2학년은 2년씩 담임제로 하고 기능 교과만 교과 담임제로 하여 인력을 재배치하면 일관된 인성지도와 예체능 특기 지도에 도움이 되리라 생각한다.

머리만 큰 어른들이 많은 누스를 볼 때마다
그 잘못이 교육에서 비롯됨이 아닌 지 고민하다보니 생각해낸
나의 사견임을 전제로, 답답함을 토로해 본 글임을 밝혀 둔다.

스트레스 절정기 = 인생 황금기

"스트레스는 삶의 요구를 처리하는 메커니즘"이라고 『진보의 역설(에코리브리 펴냄)』은 설명한다. 소득이 높거나 성공한 사람들의 신체는 스트레스 유발 호르몬인 코르티솔을 다른 사람보다 많이 분비한다고 한다.

재미있는 연구 결과를 소개하자면, 남자는 30대, 여자는 20대에 스트레스를 강하게 느낀다고 한다. 포천중문의대 차병원 스트레스클리닉이 실시한 검사 결과이다. 20~30대를 인생의 황금기로 본 것이다. 사계절로 설명한다면 20~30대는 뜨거운 태양이 이글거리는 여름이라고 해야 할까? 사람에 따라 자신의 황금기를 보는 시각이 다를 수 있지만 가장 열정적으로 일을 처리하고 무서움 없이 달려드는 나이가 그때라고 생각해서 황금기로 본 것이라고 생각한다.

스트레스를 가장 많이 받는 시기가 곧 인생의 황금기라고 하니 힘든 시기를 잘 보내고 능동적으로 스트레스를 극복하는 자에게 두둑한 열매가 열린다는 뜻이리라. 그렇다면 남들보다 스트레스를 많이 받는 사람은 그 성장 가능성도 그만큼 높다는 뜻이니 자신에게 주어진 스트레스를 운명으로 받아들이기보다는 도전으로 받아들이라는 의미이다.

교직이 힘들다는 말을 많이 한다. 선생님을 존경하는 풍토는 사라져감에도 불구하고 초, 중, 고 학생들이 가장 선호하는 직업의 1순위가 '선생님'이라는 통계를 보며 묘한 감정을 느끼는 것도 사실이다. 참고로 내가 가르치는 초등학교 1학년 아이들 중 50% 이상이 교직을 선호한다. 특히 여자 어린이는 절대적으로 교직에 몰려 있다. 남자 아이들의 대부분이 경찰관이나 소방관이며 자주 바뀌는 데 비해 여자 어린이들은 변화가 없다.

급변하는 세상 속에서 교직도 예외가 될 수 없으니 세상의 흐름을 따라가는 소극적인 자세로는 우리 선생님들이 받는 스트레스는 직업병을 유발하기 쉽다고 생각한다. 세상의 흐름을 선도할 수 있는 자세로, 보다 도전적인 자세로 교단에 서는 의식이 필요하다고 생각한다. 과거를 회상하며 추억을 곱씹기보다는 변화하는 현실을 직시하고 미래를 주도할 지혜로 무장해야 한다고 생각한다.

이제 막 교단에 선 새내기 선생님들이 세상 밖에서 교직을 바라보던 때와 너무나 판이한 아이들의 모습에 좌절하는 모습을 참 많이 본다. 어른들의 일탈 행동보다 더 심한 모습을 보며 교직을 선택한 자신들의 판단에 대하여 정체감을 확립하지 못하고 힘들어하는 모습이 안타깝다. 어른 뺨치게 욕을 하는 모습, 후배의 용돈을 지능적으로 갈취하는 놀라운 수법, 초임교사에게 대들고 뒤에서 수군대는 모습을 보며 교단에 서기 위해 그토록 노력하고 보낸 시간에 의미를 부여하였던 삶마저 회의하곤 한다.

적어도 1980년대에 교단에 섰던 나의 경우와 판이하게 달라진 교단인 것만은 분명하다. 나는 48명을 가르치는 담임이었지만 아이들이 기어오르거나 욕지거리 하는 모습을 본 적이 없다. 그 때 아이들에게는 가난과 무지, 환경의 열악함을 이겨내려는 공통분모로 훈계와 배움의 교감이 잘 이루어졌다고 생각한다.

지금 교단은 그 때보다 절반 이상 줄어든 학생 수를 가지고도 더 힘들어하는 것이 현실이다. 그대는 가부장적 권위가 인정되었으며 선생님을 치고받는 무례함(?)은 상상조차 할 수 없었다. 상황이 나빠진 데에는 교직을 수행하는 선생님들에게도 문제가 있음을 간과할 수 없다.

거듭나지 않고는 상황을 개선할 수 없다고 생각한다. 어느 직업군보다 높은 도덕성과 인간적 사랑을 지닌 품성이 요구되는 교직의 특수성을 한 순간도 잊지 않으며 몸으로 실천해야 비로소 '교육'의 싹을 틔우는 곳이 교실이다.

교직은 정신적 스트레스가 많은 직업에 속한다. 퇴직 후에 건강하게 생존하는 비율도 다른 직업군에 비하여 낮다고 한다. 직업병에 시달리는 선배님들을 많이 본다. 사람을 기르는 보람만큼 사람에게 시달리는 양면성을 지닌 교직의 스트레스를 이기려면 정신력이 강해야 한다.

아이들은 늘 새로운 아이들인데 내 그릇은 늘 그 그릇이어서는 곤란하다. 최소한의 구조 변경 정도는 해가 바뀔 때마다, 방학 때마다 해 두어야 한다고 생각한다. 급변하는 세상의 이치를 전하는 다양한 신간 서적을 부지런히 읽는 일, 건강한 몸을 유지하여 학기 중에는 아플 일도 없게 하는 일 정도는 가장 먼저 생각해야 할 구조 변경 방법이라고 생각한다.

교육에 관한 뉴스는 정치 이야기만큼이나 지면을 장식하는 소재이다. 우리나라만큼 교육에 열정적인 나라도 드물다. 잘 한 것은 교육 덕분으로 돌리기에 인색하면서도 잘못한 일은 모두 교육 탓으로 돌리기도 잘 한다. 그만큼 스트레스를 받는 곳이 교육계이다. 바꾸어 말하면 국민의 관심사에서 교육 문제는 늘 '황금기'인 것이다.

나는 이렇게 스트레스를 받는 교직을 사랑한다. 다시 태어나도 교직을 선택할 것이다. 나의 나무에서 해마다 싹을 틔우고 꽃을 피우며 200여 일 동안 자란 열매들을 안고 세상 밖으로, 한 학년씩 위로 오르는 아이들을 보는 즐거움은 자식을 기르는 어버이의 그것과 같기 때문이다. 마음 아프고 힘든 과정이 없이, 뙤약볕 내리쬐는 한여름의 고통 뒤에 튼실한 알곡으로 자라는 것은 아이들도 마찬가지였다.

선생님들이여! 그대에게 오는 스트레스는 곧 인생의 황금기를 선사하는 달콤한 유혹이라고 즐거이 받아들입시다. 그리하여 당신의 나무에 주렁주렁 열릴 그 옹골찬 열매들을 수확하는 기쁨으로 오늘의 스트레스를 기꺼이 이겨냅시다! 뿌린 씨앗은 반드시 열매가 맺히나니! 선생님, 당신의 고뇌만큼 아이들의 열매는 튼실합니다.

나는 몇 점짜리 선생일까?

내가 근무하는 학교는 6학급이다. 그런데 요즈음 괜히 눈치(?)가 보여서 괴롭다. 6명의 교사와 유치원 교사 1명이 서로를 평가해야 하는, 다면평가 대상이기 때문이다. 나 스스로 다른 선생님들을 본의 아니게 평가해야 하고 나도 그 평가의 대상이 된 것이다.

이건 아니다. 가장 인간적이어야 할 곳에서 가장 비인간적인 방법으로 누군가를 평가하고 평가받는 이 같은 처사에 나는 결코 동의할 수 없다. 근무평가에는 전혀 반영되지 않는다고 누누이 말하지만 석연찮고 기분 나쁜 것은 숨길 수 없기 때문이다.

1년 동안 선생님들 각자가 이루어낸 실적과 성과물을 근거로 자필 평가서를 근거로 하여 서로가 객관적으로 평가하는 것이라고 하지만 너무나 비인간적인 방법이라고 생각한다. 성과급을 정할 때도 말이 많고 마음이 상하는 경우가 있는데 다면평가는 너무 심하다.

다면평가에 불응하면 어찌 되는가? 다만 내가 평가받는 것은 어찌할 수 없지만 나는 어떤 선생님도 평가할 수 없다. 어떤 한 선생님의 교육 철학과 소신, 그가 이루어낸 교육을 눈에 보이는 잣대로만 평가할 수 있을까? 제자들에 대한 열정과 애정을 실적물(상장이나 대회 출전 등)로 계산할 수 있는 걸까?

가르치는 학년 수준에 따라 감당해야 하는 고뇌도 다르고 주어진 업무도 다 다른데 어떻게 국가에서 주어진 추상적 잣대로 재라는 것인지 내가 가진 상식으로는 감당할 수 없기 때문이다.

이렇게 비인간적인 방법으로 교단을 황폐화시키는 것에 나는 결코 동의할 수 없다. 서로가 서로어게 등급을 매기는 것은 지극히 위험한 방법이다. 차라리 아이들에게 하는 것처럼 객관식 시험을 치르게 하거나 수행평가를 시킬 일이다. 마치 웅변대회에 나간 학생들이 받은 점수 중에서 최고 점수와 최저 점수를 뺀 점수로 석차를 매기는 방법을 쓴다고 한다.

나의 상품성이 시장 바닥에 나온 배추 한 포기와 다를 바 없으니 얼마나 슬픈 일인가? 요즈음은 벌레 먹은 채소라야 무농약이거나 참살이 식품이라 하여 더 대접 받는 세상이다. 겉모습만 번지르르 하면 일단 의심부터 하는 게 채소나 과일을 고르는 기준이 된 세상이다. 상사나 동료 교사에게는 벌레 먹은 배추이지만 제자들에게는 무농약 배추인 선생님이라면 평가 결과는 정반대가 될 것이다.

다면평가의 목적은 결국 학생들에게 훌륭한 교육을, 최상의 선생님이 되어주기를 바라는 국가적, 사회적 요구의 결과라고 생각한다. 그러니 그 교육을 책임지는 최전방에 선 선생님들이 다면평가 그 자체가 지닌 선의의 목적마저 무조건 반대하는 것은 교육을 바라보는 다수의 국민들과 학부모들에게 설득력이 약한 것만은 분명하다. 반대를 위한 반대로 비칠 염려가 있기 때문이다.

얼굴 모습이 다 다르듯이 각 선생님이 가진 품성과 개성도 다르다. 어떤 선생님은 무엇을 해도 말없이 조용조용 해서 내성적이고 수줍어서 사회성이 없어 보이지만 그가 맡은 학급을 보면 어느 반보다 반듯하고 아이들 지도도 잘한다.

그런데 반대로 외향적이고 활발하여 애교스런 선생님은 늘 눈에 띄게 행동반경이 넓어서 시선을 끈다. 그런데 그 반을 살펴보면 체계가 잡혀 있지 않고 소란스럽다. 원칙이 없는 것이다. 눈에 보이는 것만 믿었다가는 평가 결과가 뒤집히는 것은 당연하다.

부끄러운 말이지만 아이들에게는 좀 소홀하면서도 상사나 선배 선생님, 주변 사람들에게 곰살맞게 굴거나 다정한 선생님보다 고지식하고 내성적이며 뚜렷한 소신으로 아이들을 잘 이끈다면 어떤 쪽에 무게가 실릴까?

평가력은 가장 최고 수준의 지적 분야이다. 그러기에 엄정한 잣대가 필요하다. 철저하게 증거를 들이댈 수 있어야 하며 피해자가 생겨서도 안 된다. 근무평가 제도를 대폭 보완하거나 평가 도구를 개발한 뒤에 평가하라고 해야 맞다고 생각한다.

추상적인 몇몇 항목만 가지고 오차가 천차만별인 잣대를 가지고 키를 재라고 하는 것은 어불성설이다. 국가관의 기준이 어디에 근거를 두었으며 학습지도의 능력을 어떤 잣대로 잴 것인지 기준을 밝혀 놓고 해도 참으로 어려운 일인데 기일 안에 상부의 지시사항이니 모두 다 상호 평가서를 내게 하는 일은 명색이 '교육'을 하는 학교에서 있어서는 안 될 일이다. 하더라도 서로 얼굴 붉히거나 상대를 깎아내리지 않으면서 인간적인 방법으로 해야 한다고 생각한다.

공정한 평가를 해야 하니 어찌할 수 없이 부득이 하게 해야 한다면 최소한의 측정 도구나 표준안을 제시해야 한다. 그리고 평가의 목적이 분명해야 한다. 평가를 받은 당사자가 자신의 부족한 부분을 개선하는 데 도움을 주지 않는 감정적 평가라면 서로에게 불신과 상처만을 안겨 주게 되는 결과를 초래할 것은 불을 보듯 훤하다.

날마다 표정 관리를 하며 살아야 한다면 얼마나 슬픈 교단일까? 각자가 가진 잣대가 지닌 오차의 한계와 범위가 다르고 인생관이나 교육관도 다 다른데 거기서 나 오는 측정치는 신뢰할 만한 것일까?

지금과 같이 추상적이고 인정적인 다면평가는 교단을 살벌하게 하는 아주 비인간적인 행위라고 생각한다. 다만 교단이 지금보다 더 발전적이고 바람직해지는 데 꼭 필요한 방법이라면, 공정한 평가를 하기 위한 체의 구실을 하기 위한 것이라면 좀 더 심사숙고하여 다수가 인정할 수 있는 객관적인 평가도구를 만들고 측정 가능한 기준을 제시하여 불필요한 오해와 갈등의 소지를 차단해야 할 것이다.

아무리 좋은 정책도 탁상공론으로, 추상적으로 뜬구름 잡는 방법으로는 설득력이 약하다. 오히려 우리 스스로 서로를 믿지 못하고 계산된 인간관계를 형성하거나 파벌을 조성하여 진솔해야 할 교단의 특성을 약화시키지 않을까 크게 염려된다.

나는 요즈음 갑자기 씁쓸해졌다. 다면평가 말이 나오던 날부터 유난히 살갑게 인사를 잘 하던 선생님을 보며 슬퍼졌기 때문이다. 본인이야 전혀 아니어서 그렇게 느낀 내 잘못이 크기를 바라는 마음이지만 말이다.

평교사인 나는 승진할 마음도, 필요성도 못 느껴서 조용히 사는 편이다. 그러다보니 가끔 한참 어린 후배 선생님들에게 소외감마저 느낄 때가 있는 게 사실이다. 딸 같은 후배 선생님들에게 훈계하거나 충고를 하는 일조차 삼가하고 오로지 동료교사로서의 위치만 지키려고 노력하며 상담에 응하는 정도일 뿐이다.

늘 하는 말로 평가의 목적에서 피드백을 생각하지 않으면 안 된다. 평가 그 자체로 끝나는 것은 발전적인 대안이 아니기 때문이다. 상처를 받기 위해 결과물을 내서야 되겠는가?

그런 점에서 다면평가를 하는 경우에는 그 결과를 반드시 공개해야 한다고 생각한다. 부족한 부분을 고치려면 당연히 처방전이 필요하다. 부작용을 염려해야 하는 다면평가라면, 자신감이나 도덕성, 공정성이 결여된 평가라면 서로를 후벼 파는 다면평가에는 반대해야 마땅하다.

수업평가를 할 때에도 최소한의 기준과 근거에 의하여 실제 수업 장면을 평가하듯이, 다면평가어서도 한두 차례가 아닌 다양한 상황에서 누적된 평가가 될 수 있는 평가 도구를 학교별로 머리를 맞대고 공동 사고를 거쳐 평가 항목을 만들고 사전 심의 과정을 통해 미리 제작하여 학기 초부터 예시하는 것도 한 방법이라고 생각한다. 그 학교 실정에 맞게, 학교장 책임 하에 전체 교사가 참여하여 평가 항목을 토론하고 설정하는 발전적인 방법을 찾거나 평가 항목을 무기명 설문지 형태로 제작하여 익명으로 하는 방법을 어떨까?

나는 요즈음 교실에 들어가면 행복하지만 교실만 나서면 우울해진다. 자기 평가서를 써서 내 상품을 시장에 내놓는 일이 두렵다. 내가 나를 홍보하거나 광고하지 않고 진솔하게 있는 그대로 치장하지 않고 맨 얼굴로 쓰는 일에 자신이 없다. 고객(다른 선생님)들이 바라보는 내 상품의 가격이 얼마짜리인지 알 수 없으니 적정 가격을 쓸 수 없으니 공개 입찰이라도 해야 할까?

그렇다고 내 상품 가격을 알고 싶거나 누가 몇 점을 주었는지 알려고 하지도 않을 것이다. 낮은 점수를 주었다면 모두 내 탓일 것이기 때문이다. 정히 점수를 받는다면 우리 반 아이들이 주는 점수만은 하늘처럼 믿을 것이다. 우리 반 아이들은 거짓말을 할 줄도 모르는 착한 아이들이기 때문이다. 이제 글자를 읽을 줄 아는 아이들이니 아이들이 알아들을 수 있는 문항으로 문제를 만들어 '선생님 평가'를 받아보고 싶다.

우리 반 아이들과 나는 여전히 사랑하는데 교실 밖 풍경은 겨울보다 더 춥다. 교실의 12월은 수확의 계절이다. 그런데 갑자기 내린 다면평가의 된서리로 교실마다 알곡을 앞에 두고 농부들은 추곡수매를 거절당한 농민처럼 벌판에 서 있다. 사람을 기르는 곳에서 점점 인정이 통하지 않는 대형 마트의 냄새가 난다.

이제 학교는 시장일 뿐인가? 다면평가, 그 바람직한 평가 방법을 기대한다.

든든한 교육정책을!

겨울방학 시작과 함께 직무연수에 참가 중이다. 그런데 이번 겨울방학은 설렘이 없다. 겨울방학 떠 읽으려고 몽땅 사들인 책을 보다가도, 좋아하는 연수 프로그램의 강의를 들으면서도 흥이 나질 않는다. 뭔가 가슴이 막히고 체한 느낌으로 답답하다.

이런 답답함은 나만의 느낌일까? 학교일로 답답한 것도 아니고 어느 해보다 우리 반 아이들과 행복했던 2007년이었으니 교실 문제도 아니다. 가족들도 잘 지내고 건강하다. 내부적인 요인이 아니라는 판단이 든 것은 역시 대통령선거가 아니었나 싶다. 연일 발표되는 '교육문제'가 나를 우울하게 했음을 부인하기 어렵다.

교육부를 해체한다느니, 초등학생까지 학업성적을 공개한다느니, 교육문제도 시장경제 원리로 간다는 살벌한(?) 소식들은 교육개혁을 표방하며 7차 교육과정의 정신을 현장에서 실천하려고 노력해 온 현직교사들에게는 너무나 파격적이다. 아니, 놀라움을 넘어 두려움이 앞선다.

선생인 나는 공무원이므로 국가에서 요구하는 교육방법과 시책에 따라 자세를 바꾸어 교단에 서면 되는데, 마음이 어두운 이유는 무엇인가. 변화의 속도가 가장 느린 곳이 학교라고들 하지만 정권에 따라 일희일비하며 얼굴을 바꾸지 말아야 할 곳도 학교라고 생각한다. 왜냐하면 학교는 시장이 아니기 떠문이다. 학교와 아이들, 선생님과 교실이 상품을 찍어내는 공장이 아닌 이상, 시장경제의 논리로 몰아가는 것은 너무나 위험한 발상이다.

이제 겨우 글눈을 뜨고 동화책을 읽으며 '공부란 즐거운 것'이라며 행복한 얼굴로 겨울방학에 들어간 초등학교 1학년 우리 반 아이들이 당장 내년부터 수시로 학업성취도 평가를 치르고 성적을 공개하여 석차를 매기는 현실이 눈앞에 다가온 것이다.

3불 정책이 폐지되고 대학 본고사가 부활되는 상황이니, 그렇잖아도 교육문제에 가장 민감하게 반응하는 우리나라 학부모님들은 초등학교 1학년 아이들에게까지 성적 제일주의로 내몰게 되는 것은 불을 보듯 환한 일이다. 대학입시 문제는 고등학생의 문제를 넘어 초등학생이나 유치원생까지 선수학습으로 내몰게 될 것이다.

학업 성적을 공개했던 과거의 교실 모습 속에는 행복한 추억이 별로 남아 있지 않다. 매달 전 과목 지필평가를 치르고 결과에 따라 상장을 주었으며 아이들의 인격은 성적 여부에 따라 은연중에 등급이 매겨졌던 아픈 현실로 다시 돌아가야 한다는 사실이 참으로 마음 아프다.

모든 시험에 100점을 맞을 수 없는 현실에서 아이들은 상처와 좌절감으로 무너져 갈 것이다. 아니, 살아남기 위해 1등을 하기 위해 친구나 우정, 사랑과 배려와 같은 덕목은 잊어야 할지도 모른다. 아침마다 좋은 책을 읽기보다는 시험 문제를 하나라도 더 외우고 써야 할 것이다. 고전을 읽기보다는 문제집이나 학습지를 더 많이 보게 될 것이다.

그런 점에서 지난 10월에 방한했던 핀란드 교정협의회 피터 로슨 회장의 말은 새겨들을 필요가 있다.

"경쟁은 스포츠에나 필요하지, 교육엔 필요 없다. 경쟁을 붙일 경우 반짝 효과는 있을지 몰라도, 학생들은 학업에 대한 흥미와 자신감을 잃어 장기적으론 학습효과를 떨어뜨린다."

아이들은 모두 각기 다른 나무나 꽃들처럼 모두 다르다. 똑같은 방법으로 길러내는 콩나물이 아닌 것이다. 글은 잘 못 써도 수학을 잘

하는 아이가 있는가 하면, 시험은 잘 치르지 못하지만 운동은 매우 잘하는 아이도 있다. 개성과 소질이 다 다른 아이들을 학업성취도라는 이름의 잣대로 재어서 등수를 공개하여 상품처럼 획일화시키는 교육정책에 결코 동의할 수 없다.

특히 시골 학교나 가난한 학생들의 좌절감을 무엇으로 달랠 수 있을까? 앞 다투어 달려가는 자사고와 특목고를 바라보며 상대적 박탈감으로 학창 시절을 보낼 대부분의 학생들을 위해 국가와 지방자치단체, 학교와 부모님들은 무엇을 해 줄 수 있을까? 평준화의 틀을 깨지 않는다고 했지만 그것을 믿는 사람은 없어 보인다.

내가 근무하고 있는 강진군에서는 지역 학교를 살리기 위해 전 군민이 십시일반으로 인재육성 장학기금을 20억 이상 모아서 각급 학교를 지원하고 있다. 지자체와 군민이 지역 인재를 육성하기 위해 눈물겨운 노력을 하며 지역 인재가 타 지역으로 나가지 않도록 몸부림을 치고 있는 것이다. 이 같은 현실에서 특목고나 자사고가 난립되면 지역 인재를 빼앗기며 살아남을 시골 고등학교는 드물다.

자식들의 학업을 위해서라면 물불을 가리지 않는 세계적인 학부모가 사는 이 나라에서 낙후된 시골과 지방이 공동화 되는 속도는 감당할 수 없을 것이다. 특히 재정자립도가 매우 낮은 지역의 교육재정을 생각하면 양극화의 가속도는 예측마저 할 수 없다.

어떤 정부가 들어서도 최소한 교육정책만은 뼈대를 유지한 채 점진적으로 개선해 나가야 한다고 생각한다. 잘 사는 나라를 표방하며 경제를 앞세운다 하더라도 교육정책만은 대다수 국민들이 마음 놓고 자식을 기를 수 있게 해야 한다.

초등학교부터 대학교까지 99%가 공립이며, 모든 과정이 무상이고 교재비나 생활비의 일부까지 제공한다는 핀란드의 교육 정책은 그저 부러움의 대상이다. 모든 사람이 자신의 출신과 경제적 배경과 관계없이 타고난 재능을 최대한 발휘하도록 국가가 기회를 제공하는 것은 교육정책으로 삼는 핀란드에서는 나라에서 치르는 자격시험만 통과하면 어느 대학이든 지망할 수 있고 대학도 서열이 없다고 한다. 더욱이 국가의 수반이 바뀌어도 교육정책이 바뀌는 일이 없으니 전 세계의 부러움을 사기에 충분하다.

곧 들어설 새 정부의 밑그림을 그리는 인수위에 교육 전문가가 아닌 경제전문가들이 교육정책을 주도하고 있다는 사실만으로도 불안하고 믿음직스럽지 못하다. 현장경험이 전혀 없는 경제학자에게 교실을 내놓고 아이들과 학교를 상품처럼 보게 하는 현실이 너무 서글프다. 아이들은 잘못 조립하면 다시 뜯어 고칠 수 있는 시행착오의 물건이 아닌 '숨 쉬는 인간'이며 이 나라의 미래임을 잊지 말았으면 한다.

그런 점에서 대운하정책보다 더 조심스럽게 접근해야 할 일이 교육정책이라고 생각한다. 국민을 섬기겠다고 누누이 다짐한 이명박 대통령 당선인께서는 이제라도 교육 정책에 대해 심사숙고하시길 간절히 바란다.

그 동안의 교육 정책이 완벽했다거나 시행착오가 없었던 것은 아니지만, 과거의 틀을 완전히 뒤집는 역주행만은 삼가 주실 것을 간절히 바라고 싶다. 그 동안의 교육 정책을 믿고 따라온 학부모와 학생, 학교와 선생님들의 다리를 꺾어 좌절하게 하는 정책만은 거두어 주기를!

이제라도 핀란드와 같은 교육시스템을 위한 터를 닦고 주춧돌을 세우며 길게 보는 교육정책을 수립했으면 좋겠다. 이제 선진국 문턱을 바라보면서도 보이는 현상에 집중한 나머지, 본질적인 문제를 도외시 하는 잘못을 범하지 않았으면 한다.

아직도 늦지 않았다. 교육의 힘은 나라의 미래이다. 교육은 한해살이 꽃이 아닌, 인간의 수명을 능가하며 수백 수천 년을 사는 아름드리 나무이다. 잠시 반짝이는 정책으로 인기를 얻거나 갑자기 이득을 보는 집단이 생겨서는 곤란하다.

가난해서 사교육을 받지 못해도, 시골 학교 학생이어도, 교육 문제로 억울한 꿈나무와 학부모가 생기지 않는 믿음직한 정책으로 지금보다 더 후퇴하지 않기를 바란다. 양극화의 피해자로 좌절하고 속울음 울면서도 이 땅을 지키며 살아가는 대다수 국민이 느끼는 교육 불안 심리를 잠재워 주기를!

민주주의는 '경청'의 문화이다. 이제라도 현장의 소리에 귀를 기울이기를 기대한다. 교단을 대표하는 선생님들의 소리, 당사자인 학생과 학부모의 소리, 교육계 원로들의 충언, 교육학자들과 진솔한 대화를 통해 서두르지 말고 웃으며 아름답게 백년대계의 설계도를 그려서 국민적 지지를 받는 '섬김의 리더십'을 온몸으로 보여주기를 간절히 바란다.

밥상머리 교육

선생님이 쓰는 교실 일기 - 만남 2일째 -

"에이, 또 맛없는 반찬이다!"

"토할 것 같은데 어쩌지?"

급식실에서 식판을 받기가 무섭게 미리부터 음식과 담을 쌓는 우리 반 아이가 내뱉는 말이다. 그 아이가 하는 말의 대부분이 부정적인 언어다. 친구들에게도 그런 말을 많이 쓰다 보니 자주 티격태격 다투고 울상을 짓는 게 다반사이다. 아직 가정방문을 하거나 학부모 총회를 통해서 부모님을 만나지 못했으니 가정적인 요인은 찾을 수 없다. 그런데 아이를 유심히 관찰해 보면 욕심도 많고 의욕적이어서 한 번 말한 것은 꼭 지키려고 노력하는 모습이 마치 스펀지 같다.

나는 우선 한 가지씩 차분하게 접근하기로 했다. 먼저 밥 먹는 태도부터 긍정적인 자세가 되도록 노력하고자 했다. 음식에 대한 고마움에서부터 배고픈 사람 사람들 이야기까지, 하나씩 조용히 접근해 가기로 했다. 영리한 아이라서 금세 내 의도를 알고 적응하려는 모습도 귀엽다.

"은지야, 아프리카 아이들은 우리 돈 백 원으로 한 끼 식사를 할 수 있단다. 이렇게 좋은 음식을 먹으면서 먹기 싫다고 투정을 부리면 되겠니? 이 음식을 먹게 해주려고 부모님은 추운 데서 일을 하시고, 조리사님은 맛있게 요리를 하시지. 특히 우리를 위해 동물과 식물들은 열심히 자라주었지. 은지는 밥도 너무 적게 먹는데 그렇게 먹으면 키가 크지 못하고 공부할 힘도 부족해요. 우리 머릿속의 뇌는 밥을 제일 좋아하거든?"

좋은 말로 하다가 그래도 먹기 싫다는 투정을 부리면 겁주는 말도 함께 하며 강온작전을 펼치기도 한다.

"그렇게 먹기 싫으면 은지는 학교 급식 대신 도시락을 싸가지고 다닐래? 그러면 바쁘신 엄마가 얼마나 힘드실 텐데. 그리고 학교에서처럼 날마다 골고루 음식을 하는 것도 힘들고……."

한참 이야기를 하면 아이는 자기도 모르게 식판을 거의 비운다. 그럴 때는 얼른 칭찬과 격려를 날린다.

"이제 보니 밥을 제일 잘 먹는구나. 선생님 식판보다 더 깨끗하네?"

나는 밥을 잘 먹는 건강한 아이가 긍정적이고 밝은 아이가 된다는 신념을 가지고 있다. 그리고 점심시간도 교육의 연장이므로 식사 예절도 함께 가르치는 자리이다. 그러다보니 나부터 음식을 버릴 수 없으니 먹을 만큼만 받고 받은 음식은 반드시 다 먹는 모습을 보여준다. 그리고 어른이 먼저 수저를 든 다음 감사함을 표한 다음 수저를 들게 한다.

"선생님, 먼저 드세요. 잘 먹겠습니다."

"그래 너희들도 맛있게 감사한 마음으로 잘 먹으렴."

옛 어른들은 밥상머리 교육을 중시하였다. '먹는 것'으로만 끝나지 않는 학과 공부의 연장이 되어야 할 식사 시간에 이런저런 이야기를 조용조용 나누며 다른 사람과 대화하는 태도도 가르쳐야 한다. 숟가락을 바르게 잡는 일, 젓가락질을 제대로 하게 하는 일, 식사를 끝내고 숟가락과 젓가락을 조용히 놓게 하는 일에 이르기까지 학습의 연장이다. 그리고 양치질도 꼼꼼히 잘 해야 충치를 예방할 수 있으니 끝까지 관찰하지 않으면 이도 닦지 않고 놀러 가는 아이가 생긴다.

아이들 수가 많아서 식사 지도 하느라 제대로 밥을 먹기 힘들었던 예전 학교에 비해 한결 가족적인 분위기로 조용한 급식실이 여간 좋다. 아이들 한 사람 한 사람이 모두 귀한 대접을 받는 시골 학교보다 크고 웅성대는 왁자지껄한 대규모 학교가 좋다며 도시로 몰려가는 교육 현상이 마음 아프다. 이제 겨우 만난 지 이틀째인데 벌써 차분하게 잘 따르며 밥을 잘 먹으려고 노력하는 은지의 모습에서 파릇한 새 봄의 따스한 희망을 본다. 밥을 잘 먹어서 긍정적인 아이로 커가는 은지의 모습도 기록으로 남겨 은지에게 선물하련다.

사람다운 사람

선생님이 쓰는 교실일기 -만남 7일째-

미국의 제 20대 대통령 가필드(1831~1881)가 초등학교 시절 선생님께서 "너희들은 장차 어떤 사람이 되고 싶으냐?"고 물었을 때, 소년들은 "위대한 학자가 되겠다, 세계 갑부가 되겠다, 훌륭한 정치가가 되겠다, 용맹한 장군이 되겠다." 등 각자의 포부를 말했다고 한다. 그런데 가필드만이 "사람다운 사람이 되겠다."고 대답했다고 한다.

"아무리 높은 자리에서 큰일을 하고 명성을 세상에 떨쳤다고 해도 그 사람됨이 인간다운 인간이 아니라면 개나 소와 같은 동물과 다를 바 없기 때문에 나는 사람다은 사람이 되는 것이 무엇보다도 큰 소원입니다."

국민들의 큰 기대를 받으며 위풍당당하게 들어선 새 정부를 맞이한 지 이제 보름이 지났다. 그런데 그 정부를 끌고 갈 수장들의 면면들이 언론에 회자되면서 말들이 많다. 글로 옮기기에는 부적절한 단어들이다. 배를 끌고 갈 선장들이니 국민들의 지대한 관심을 받을 수밖에 없다. 예로부터 '인사(人事)가 만사(萬事)'라고 했으니 그것은 바로 '사람됨'을 말하는 것이다. 나는 그 분들이 이룩한 부와 명예, 지위를 탓할 생각은 없다. 다만 평범한 국민 누구라도 열심히 노력하면 내 자식들도, 내 이웃들도 저렇게 훌륭한 자리에 설 수 있겠다는 희망으로 바라볼 수 있는 분들이었기를 바라고 또 바랐다.

나는 요즈음 『세종처럼(박현모 지음)』이라는 제법 두툼한 책을 읽는 중이다. 우리 반 아이들에게 아침 독서하는 태도를 심어주기 위해서는 나부터 책 읽는 모습을 보여 주는 것 이상으로 효과적인 방법이 없기 때문이다. 교직의 어려움은 무엇이든지 몸으로 보여야 한다는 점이라고 생각한다. 말로 가르치는 시대는 이미 지났다. 그러기에 내가 실천할 수 없는 것은 아이들에게 말하지 않으려고 노력한다.

세종 임금은 너무나 많이 알려져 있어서 많이 알고 있을 것 같지만 의외로 피상적인 상식에 그치는 경우가 많다. 텔레비전 드라마의 영향도 있고 새로운 정부와 비교해 가면서 읽어가는 재미가 쏠쏠하다. 특히 조선왕조실록을 사이사이에 담으면서 오늘날의 리더십과 정치 현실을 함께 엮어내는 묘미까지 맛볼 수 있어서 좋다. 내가 알고 있는 역사적 사실이 식민지 사관에 길들여져 배운 것들로 상당히 왜곡되어 있었음을 깨닫게 되는 것도 많은 게 사실이다.

태종이 우여곡절 끝에 충녕을 세자로 세우면서 첫째로 부탁한 대목은 새 정부에도 통하는 대목이라고 생각한다.

"누구를 세자로 세우느냐 하는 것은 인심을 얻거나 잃는 관건이다. 따라서 원량(元良)을 가리어 나라의 근본을 바로 잡으려 할진대 오직 공정해야 한다."고 강조하고 있으니 이는 나라의 지도자가 되려면 '그 마음에 지극한 공정함이 있는 것'이 매우 중요하다는 뜻이다. 만약 그렇지 않고 사사로운 마음을 가진 사람이 중요한 자리에 앉게 된다면 그 나라는 그 순간부터 혼란에 빠지고 국력은 쇠퇴할 것이기 때문이다.

태종은 충녕에게서 그의 '지극히 공정한 마음'을 높이 평가했기 때문이다. 이 같은 잣대는 비단 고위 공직자에게만 필요한 덕목은 아니리라. 이 나라의 모든 공직자에게 필요한 덕목이며 교실을 지키는 선생님에게도 꼭 필요한 덕목이라고 생각한다. 선생님이 사사로운 정에 이끌리면 아이들을 편애할 것이고 심지어 성적조작이나 금품수수 등으로 물의를 빚기도 하니 그 폐해는 실로 막중하기 때문이다.

아이들이 지닌 환경과 개성을 있는 그대로 보되 마음 깊은 곳에 '지극히 공명정대한' 잣대를 드리우고 그 아이에게 맞는 격려와 칭찬, 배려와 다독임, 충고와 염려로 다가선다면 인간관계의 가장 기본인 신뢰를 얻을 수 있으니 가르침의 초석을 든든히 할 수 있게 되는 것이다.

내가 가르치는 아이가 '무엇이' 되기를 바라기 보다는 '어떻게' 되기를 더 중요시해야 된다고 생각한다. 이제 국민소득 2만 불을 넘긴 그런대로 잘 사는 나라의 축에 들어간 대한민국이다. 그런데도 사람들의 표정은 지금보다 훨씬 가난하던 시대보다 덜 행복해 보이는 것은 내 안경이 잘못된 것일까? 상대적 빈곤감이 더 큰 탓이라고 생각한다. 상생보다는 경쟁의 논리와 일등주의에 길들여져서 누군가와 끊임없이 비교하고 비교당하며 살아온 탓이라고 생각한다.

끝이 좋으면 다 좋다는 의식은 수단과 방법을 가리지 않고 누르고 밟고 이겨도 좋다는 비윤리적인 문화를 은연중에 묵인하게 하였으니, 편법과 부당한 방법으로라도 명예와 부를 누리고 지위를 차지하려는 온갖 비리와 샛길이 난무하는 형국이다.

우리 아이들이 살아갈 21세기에는 더 이상 비도덕적이고 비윤리적인 일들이 일어나서는 안 된다고 생각한다. 미국 대통령 가필드처럼 '사람다운 사람'이 대접받는 세상을 만들지 않으면 안 된다. 학교에서 가르치고 배우는 교육의 가장 중요한 가치는 바로 '사람다운 사람'에 있다. 국어, 수학을 공부하는 목적도 노래를 부르고 운동을 하는 것도 영어를 배우는 일도 결국은 '전인 교육'으로 귀결되니 풀어 쓰면 '사람다운 사람'이 아닌가.

요즈음 아이들은 부모님과 함께 텔레비전을 보는 일이 많다. 그러다

보니 어른들의 세계를 어른들만큼 듣고 배운다. 어찌 보면 뉴스만큼은 아이들이 보아서는 안 되는 소식들로 넘친다. 이는 곧 어른들을 바라보는 시각이 왜곡될 소지가 참으로 많다. 착하고 바람직한 일들은 교과서 속에나 있으니, '사람다운 사람'을 보려면 감동뉴스만 보게 해야 될 판이 되었다.

우리 반 아이들에게 어른들이 보는 드라마나 연속극은 초등학생이 보아서는 안 되는 프로그램이라고 누누이 말하고 당부하지만 먹히지 않는다. 부모님과 같이 보기 때문이다. 비정한 어른들의 세계를 다룬 드라마나 엽기적인 소식들이 넘쳐나는 뉴스들을 아무런 집장치도 없이 보고 듣는 요즈음 어린이들이 안타깝기 그지없다.

그래서 교실에서 자주 쓰는 말이 있다. 다른 사람이 좋지 않은 일을 하는 것을 보거나 들으면 '나는 저러지 말아야지. 저런 사람이 되지 않으려고 좋은 책을 많이 읽고 좋은 생각을 해야지. 나쁜 것을 보고 자기도 따라 하면 그 사람만도 못하게 된다. 좋은 일인지 아닌 지 판단하려면 공부를 해서 좋은 생각을 키워야 하는 거란다.'라고

좋은 일은 늘 노력을 해도 잘 안 되지만 좋지 않은 일은 노력하지 않아도 손쉽게 배우고 익숙해진다. 좋은 소식은 1%라면 바람직하지 않은 소식은 뉴스라는 이름으로 날마다 아이들의 눈과 귀를 더럽힌다. 탑을 쌓기는 어렵지만 허물기는 쉽다. 아이들에게 좋은 책을 읽게 하는 일도, 점심을 감사하게 깨끗하게 잘 먹게 하는 일도, 복도에서 조용히 다니게 하는 일도 하루만 거르면 금세 표가 난다.

'사람다운 사람'을 기르기가 힘든 세상이다. 사람들은 넘쳐나지만 바라보고 배울 '사람'들이 턱없이 부족하다. 가장 가까이에서 본이 되어야 할 부모님은 안 계시거나 너무 바쁘다. 모두 '경제'에 매달려 앞만 보고 달리기에 바쁘다. 아니, 그 달려갈 일자리조차 부족하다. 이제 겨

우 우리글을 일깨워 읽기 책을 또박또박 읽고 동화책을 보며 즐거워하는 아이들이지만 때로는 우리글을 읽어도 무슨 뜻인지 맥락을 잡지 못하는 아이들에게 집에서는 들어본 적도 없는 '영어'를 배워야 산다고 몰아세우는 어른들이다.

어쩌다 교실영어라도 한마디 하면서 영어에 친숙하게 하려고 하면, "선생님, 스트레스 받아요. 우리말로 해요." 하는 아이들이다. 우리 아이들은 모두 사람이니 '사람다운 사람'이 되어야 한다. 그 아이들이 원하는 '선생님'이나 '경찰관'이 되기에 앞서 착하고 고운 심성을 지닌 한 '사람'으로 자랄 수 있도록 나는 다시 『세종처럼』을 읽는다. 우리 반 아이 5명 중 3명의 장래 희망이 선생님이니 나의 일거수일투족이 모두 본이 되는 교실.

세상의 어른들이 아이들과 자식들을 두려워하는 세상이 되길 빌어본다. 그들이 보고 배울 멋진 사람들이 정치가가 되고 장관이 되었으면 참 좋겠다. 그 분들을 자랑스러워하면서 본받는 인물로 삼아 인생의 지표로 삼을 수 있었으면 참 좋겠다. 위인은 책 속에만 있지 않다는 것을 보여주는 어른들이 많은 대한민국을 꿈꿔본다. 언제나 그 자리에 서서 의연한 저 월출산처럼 큰 바위 얼굴 같은 아름다운 리더로 이 아이들을 키우고 싶다.

가르침과 그르침 사이

"악의 잎사귀를 천 번 잘라내기보다

악의 뿌리를 한 번 뽑는 것이 낫다."

- 헨리 데이비드 소로

교육은 국가를 지탱하는 마지막 보루

최근 보도되고 있는 서울시교육청의 비리 사태는 한마디로 수치스럽다. 인터넷 세상에서는 모든 것이 투명하다. 감춰서도 안 되지만 감출 수도 없는 세상이다. 감추어진 것은 반드시 드러나는 세상이다.

『뜬세상의 아름다움』에서 다산 정약용은 둘째 아들 학유에게 쓴 편지에서 "남들이 모르게 하려면 안 하는 것이 최고고, 남들이 못 듣게 하려면 말하지 않는 것이 최고다. 이 두 개의 문장을 평생 동안 외우고 다닌다면 위로는 하늘에 대하여 떳떳하고 아래로는 집안을 지킬 수 있다. 세상의 재앙이나 우환, 천지를 뒤흔들며 자신을 죽이고 가문을 전복시키는 죄악이 모두 몰래 하는 일에서 빚어지는 것이다. 일을 하거나 말을 할 때는 반드시 치열하게 반성해 보아야 한다."고 했으니 결코 일어나서는 안 될 일이 벌어진 것이다. 말로만 듣던 전문직의 비리에 도마 위에 올랐으니 이젠 악의 뿌리를 근절시키는 데 주저하지 말아야 한다. 교육혁신을 부르짖고 개혁을 외쳐도 세상 어느 조직보다 느린 곳이 교직이라고들 한다. 세간에서 공교육이 죽었다고 야단을 쳐대는 상황에서 있어서는 안 될 비리마저 터져서 교육계가 초상집이다. 더군다나 비리 혐의로 직위해제를 당한 학교장이 자살로 삶을 마감한 학교의 선생님들이나 학생들, 학부모가 받을 충격과 상처를 어찌 한단 말인가. 교직은 신뢰를 먹고 산다. 불신은 대단히 비싼 대가를 치른다. 비리에 연루된 전문직이 극히 일부의 이야기라고 생각하고 싶다. 오히려 열심히, 투명하게 일하며 교육현장을 돕기 위해 애쓰는 전문직이 더 많다고 생각하고 싶다. 어떤 조직이든 문제성이 있는 사람이나 체제는 늘 있기 마련이라고 합리화 시킬 수 없는 곳이 교육계이지 않은가! 교육은 사회를 선도하는 마지막 보루이기 때문이다. 어떤 이유에서든 용납될 수 없는 것이다.

어떤 직종보다 높은 도덕성이 요구되는 교직

"악한 시스템이 만들어낸 악한 상황이 선한 사람을 악하게 만든다.(-미국의 심리학자 필립 짐바르도가 쓴 『루시퍼 이펙트』에서 발췌)"는 말에 비추어 본다면 문제는 더욱 심각해진다. 근본적으로 악한 시스템이 상존해 있었다는 뜻이고, 악한 상황 또한 늘 존재해 있었다는 가정이 가능해진다. 금품이라는 조건으로 승진을 향한 직선도로를 남들보다 빨리 진입하고자 한 사람은 결코 선한 사람이라고 할 수는 없겠지만 그러한 꼬임으로부터 떳떳하게 자신을 지킬 수 있는 사람이 얼마나 될까? 그렇다고 금품을 주고받으며 전문직장사를 한 사람들을 옹호할 생각은 추호도 없다.

이제라도 악한 시스템을 철저하게 박멸해야 한다는 뜻이다. 금품으로 전문직을 산 사람들이 눌러 앉은 교육청, 그 사람들이 학교로 나가서 무엇에 눈독을 들일지는 안 봐도 훤하다. 자기가 들인 만큼, 오히려 더 많이 그런 행위에 익숙할 것이기 때문이다. 그런 사람들이 학생들 앞에서 바르게 살자, 정직해라, 성실히 살아야 성공한다고 훈화를 했을 것이고 장학지도를 했을 것이다.

미꾸라지 한 마리는 맑은 물이 흐르는 연못을 흐리게 하기에 충분하다. 끊임없이 샘물이 흘러들어도 흐린 물이 정화되는데 걸리는 시간은 오랜 시간이 걸린다. 자연계의 이치가 이러한데 사람의 조직은 더할 것이다. 아무리 공들여 공교육을 살리려고 애쓰는 헌신적인 선생님과 전문직이 넘쳐나도 이런 비리 문제가 터지면 모든 것이 수포로 돌아가고 개탄의 목소리에 파묻히고 만다. 한꺼번에 매도되는 것을 막을 재간이 없는 것이다.

새 학년을 시작하는 봄이 코앞인데 마음은 한겨울이다. 힘들고 어려운 사람들, 불쌍하고 가엾은 아이들은 지난 겨울방학 동안 점심마저 굶었다는데 그 아이들을 챙겨야 할 어른들은 돈놀이로 세상을 어지럽히고 부끄럽게 감옥에 가야 한다니, 우리 아이들에게 무슨 말로 가르쳐야할까?

철저한 조사로 공직자의 청렴도 높여야

우리나라는 경제발전이나 사회 문화의 전반적 발전 속도에 비추어 공직자의 청렴도가 낮은 편이라고들 한다. 다른 곳보다 더 높은 청렴도를 이끌어야 할 곳은 학교나 교육청이어야 한다. 가르침을 실천하는 조직이기에 도덕성의 잣대가 엄정해야 하기 때문이다. 촌지를 밝히는 담임선생님은 아이들이나 학부모가 존경할 리 없고 잇속에 밝은 학교장을 신뢰하고 존경할 선생님 또한 없다. 학교 현장도 회계의 투명성과 집행과정이 많이 개선되고 맑아졌다고 자부한다.

그럼에도 불구하고 오래된 종기가 터지듯 불거져 나온 이번 비리 사건은 한 점 의혹 없이 밝혀서 그 뿌리를 잘라내고 다시는 악의 씨가 떨어져 생존할 수 없도록 시스템을 혁신적으로 바꾸어야 한다. 단순히 자리를 옮기거나 임시방편으로 여론이 잠잠하기를 기다리는 수법은 없어져야 한다. 다른 조직브다 더 엄정한 잣대로 고의성이 드러난 비리는 철저히 단죄하여 교단의 청렴도를 높여야 한다. 그 길만이 실추된 공교육의 위상으로 상처받은 교단을 지키는 길이다.

　가르침과 그르침은 모음 한 자 차이이지만 파급효과는 전혀 다르다. 가르침보다 모범이 앞서야 할 교직사회에서 그르침으로 교육현장을 흙탕물로 만드는 사람들을 철저히 가려내는 자성의 목소리가 필요하다. 내부고발이든, 수시감사든 병든 조직을 살릴 수만 있다면 함께 나서야 한다. 깨진 유리창은 임시방편으로 붙여서 재활용해서는 안 된다. 새 유리창으로 갈아야만 한다. 그대로 두었다가는 대형사고로 인명을 다치게 한다.

2010. 2. 13 현직교사가 본 전문직 비리

부끄러운 교육 비리, 나도 공범

서글픈 교육 비리

"수학여행 뒷돈 교장 대거 적발, 대규모 징계사태 불가피"

요즈음 연일 터지는 교육계의 비리는 이제 정점을 향해가는 모양이다. 인터넷에, 텔레비전 방송으로 신문으로 대서특필되는 교육계의 비리 문제는 이제 하도 터져서 식상할 정도이다. 공정택 전 교육감이 이미 뇌물수수 사건으로 시끄럽던 교단이다. 그러니 일부의 문제라고, 모두 그런 것은 아니라고 강변해 봤자 말하는 사람만 더 우습게 된 현실이다.

나는 요즈음 교단에서 연일 터지는 비리문제를 접하며 이제야 올 것이 왔다는 생각을 하게 된다. 늦었지만 이제라도 철저히 밝혀서 뿌리를 뽑고 거듭나는 모습을 보일 때라는 생각이 간절하다. 결코 덮어서 더 큰 문제를 잉태하지 않도록 해야 할 때가 바로 지금이라고 생각한다.

경리를 보았던 3년차 교사의 비애

나는 교단 경력 3년차였던 해의 고난을 결코 잊을 수 없다. 2월 초에 첫 아이를 낳고 한 달도 쉬지 못하고 3월 첫날 학교에 나가니 6학년 담임에 경리, 봉급 관리, 비품 관리에다 과학부, 합창부, 수학경시부까지 맡기는 바람에 교무실에서 울고 말았고 그 해에는 방학조차 제대로 쉬지 못했기 때문이다. 가장 힘들었던 일은 바로 경리였다. 말이 경리이지 장부 정리 담당이 내 차지였다. 교장 선생님은 어디다 어떻게

돈을 썼는지 내게 증빙서류도 내놓지 않으면서 숙제처럼 장부정리를 맡겼기 때문이다. 아마 그때도 관행처럼 그리 했을 터였다.

그러니 지금 터지는 교육계의 비리는 그 때의 주먹구구식 회계장부에 비한다면 훨씬 깨끗(?)하리라는 슬픈 자조를 해보는 바이다. 교육청에서 손님(장학사 등)이 오신 날은 무조건 하얀 봉투부터 준비해야 했고 학교로 들어온 기념품은 물건을 산 것처럼 둔갑을 했으니, 시켜서 했다지만 수십 년이 지난 그 때 1년 동안 나는 비리를 눈감아준 공범 노릇을 한 셈이다. 아니, 따질 엄두도 내지 못했으며 어떻게든 그 상황을 도망치려고만 했던 기억이 난다. 내 손에서 나간 현금은 한 푼도 없으니 나는 숫자만 정리한 기계였으며 영혼이 없는 1년을 살았던 것이다.

그 1년 때문에 나는 오래도륵 아니, 지금도 관리직이나 전문직을 바라보는 시선이 맑지 않아서 괴롭다. 누군가 소급하여 그 때의 교육 비리를 문제 삼는다 하더라도 나는 할 말이 없다. 초보 3년차 햇병아리에게 경리를 맡긴 것은 아무리 변명을 해봐도 시킨 대로 한 죄 밖에 없으니 말이다.

출장비조차 안 주던 교장이 사도대상을 수상하다니!

더욱 놀란 것은 최근의 일이다. 지면을 통해서 알게 된 사실이었다. 1년 동안 당연한 출장비조차 지급해 주지 않던 어느 교장 선생님이 사도대상을 타는 신문 내용을 보고 나는 차라리 슬프고 민망했다. 우리 교단에 그렇게 '스승'감이 없었을까 하고 말이다. 공식적인 출장비조차 생략해서 다른 선생님을 대신하여 말씀드렸지만 깡그리 뭉갰던 관리자가 국민들이, 학부모들이, 학생들과 선생님들의 추앙을 받는 사도대상이라니! 이것이 우리 교육계의 모습이니 요즈음 터지는 교육 비리는 당연한지도 모른다.

학습준비물은 절반만 사 주는 게 관행이던 교장님, 지금은 어디에

지금이야 많이 좋아져서 학습 준비물을 꿀꺽하는 교장 선생님은 없으리라 본다. 하지만 수년전에는 그런 일이 암암리에 성행했었다. 학습 준비물은 교실의 '최저생계비'라는 신조로 생각했지만 그렇게 생각하지 않는 윗분들은 그 돈을 제대로 집행하지 않는 경우가 많았기 때문이다. 지금보다 훨씬 더 제왕적 권위를 자랑하며 선생님들을 짓눌렀던 관리자들, 그 분들은 벌써 이 세상 사람들이 아니거나 많이 늙으셨으리라. 극히 일부의 이야기겠지만, 나는 그런 행태를 보인 윗분들이 잘 지내신다는 소식은 들어본 적이 없다.

오히려 학교를 위해서 아이들을 위해서 청빈하게 사셨던 교장 선생님들은 어쩌다 안전사고가 나서 힘들게 되더라도 그 지역 학부모님들이 나서서 구제했다는 아름다운 소식을 접하기도 한다. 그런 분은 당신의 자제를 결혼시킬 때에도 선생님에게조차 비밀에 부쳐서 축의금조차 받지 않으실 만큼 청빈한 분을 모셨던 것을 자랑삼기도 한다.

다시 읽는 『이오덕의 교육 일기』

나는 요즈음 이오덕 선생님이 쓰신 『이오덕의 교육 일기』와 『참교육으로 가는 길』을 읽는 중이다. 그 분이 근무하던 그 때와 크게 달라지지 않은 교단의 모습에 한숨을 쉬면서도 아이들에게 죄짓지 않고 살려면 '혼이 살아 있는 교육'을 해야 한다는 절박함을 다시금 느끼고 싶어서이다. 학교장 자율학교를 외치는 요즈음, 그래서 걱정도 앞선다. '혼이 없는 교장 선생님'이 자율을 외치면 어찌 되는가? 하는 걱정 때문이다. 시행착오를 용납할 수 없는 곳이 학교라는 점을 감안한다면 교육계 비리를 원천적으로 막을 수 있는, 뼈를 깎는 대책이 요구되는 현실이다.

　부끄러운 교육계의 비리에는 나도 공범임이 분명하다. 과거 정당하지 못한 사안을 보고 크게 분노하거나 따져 묻지 못해서 시정을 요구하거나 항의하지 못하고 속병만 앓으며 지냈기 때문이다. 이런 점에서 본다면 내부 고발자를 법적으로 보호하면서도 비리가 생기지 않도록 할 수 있는 방안이 요구된다고 생각한다. 그러나 교직의 특성상, 내부 고발자를 통한 시정은 무척 힘들다고 생각한다. 한숨만 쉬고 있는 침묵하는 많은 선생님들의 안타까움을 이렇게나마 적고나니 오래 전 화났던 감정이 사라질 듯하다. 마치 '임금님 귀는 당나귀 귀'를 외친 이발사처럼!

성조숙증 아이들

1, 2학년 14명의 짓기 시간에 있었던 일이다. 우리 학교 아이들은 전교생이 4시까지 방과 후학 교 프로그램에 참가하고 1, 2학년은 다시 보육프로그램까지 참여한다. 나는 2학년 담임이라 전교생을 대상으로 두 학년씩 묶어서 짓기 지도에 참여한다. 학년 수준이 맞지 않지만 다양한 프로그램으로 학년 발달 수준에 맞추어 지도하려고 노력하는 중이다.

글을 모르는 아이, 떠듬떠듬 읽는 아이, 진도가 빨라서 심심해하는 아이 등, 학년 발달 수준이 한참이나 다른 1, 2학년을 함께 앉혀놓고 방과 후 짓기 교실을 여는 나는 늘 고민에 빠진다. 다 함께 즐겁고 유익한 짓기 시간이어야 하니까 말이다. 이제 겨우 '우리들은 1학년'을 공부하는 1학년 아이들이지만 아직도 책을 읽지 못하는 아이들을 데리고 글쓰기를 가르치는 것은 우리 반 2학년 아이들을 4시간 공부 시키는 것보다 더 힘들다.

글쓰기의 기본이 자기 생각 나타내기, 새로운 생각 끌어내기, 더 나아가 아름답고 솔직한 표현 찾아서 글로 표현하는 즐거움을 누리게 해야 함을 생각해야 한다. 짧은 글 쓰기, 상상되는 낱말 찾기, 끝말잇기 등 다양한 시도를 하면서 글쓰기를 좋아하는 아이들, 글쓰기를 두려워하지 않는 아이들로 키우고 싶은 게 나의 희망사항이다.

학년 수준을 맞추고 그 속에서도 생산된 글을 읽게 하고 격려하는 일, 새로운 표현 칭찬해주기 등, 글쓰기를 처음 대하는 1학년 꼬마들의 호기심을 자극하여 방과 후 학교 시간이 행복하지는 않더라도 최소한 싫어하지 않게는 해야 한다는 생각이 간절하다.

그래서 오늘은 1, 2학년 공통 주제를 주고 이야기를 나누거 자기의 생각을 펼쳐 보이는 공부를 시도했다. '사랑'이라는 낱말을 주고 눈에 보이지 않는 것을 1분 동안 많이 쓰기를 하며 상상력을 함께 길러 보고 싶었다. 처음에는 생각나는 게 없다던 아이들이 20초가 지나자 쓰기에 몰입하는 모습을 보였다.

'사랑'이라는 낱말에서 보이지 않는 것은 '하느님'이라며 '하'자를 써 놓고 '느'자를 물어보는 아이의 대견함에서부터 다양한 답들이 쏟아져 나왔다. 가장 순진하고 사랑스러운 1학년 아이들답게 상상 이상으로 좋은 답들이 나왔다. 그런데 내가 놀란 것은 '야한 생각'이라그 쓴 아이의 학습지였다.

그 아이인 '기'자로 끝나는 세 글자 낱말 쓰기에서도 '이무기'를 쓸 만큼 우수한 아이였다. 이무기의 뜻을 모르는 아이들이 질문을 하자, "이무기는 용이 진화하기 전"이라며 '진화'라는 단어까지 써서 깔끔하게 개념정리까지 해주어서 다시 한번 놀라게 했던 아이이기도 하다.

아이가 알고 있는 '야한'의 개념이 어디까지인지 궁금해서 물어보려다가 시간이 다 되어 마무리를 지으면서도 내내 걱정이 되었다. 어른인 내가 생각하는 것처럼, 속도가 붙은 성교육을 걱정할 정도가 아니었으면 하는 생각이 앞섰다. 1학년 아이의 머릿속에 저장된 '사랑이란 야한 생각'이라는 화두는 나를 고민하게 만들면서도 걱정이 되었다.

넘치는 성인 영화와 텔레비전 드라마 프로그램, 가수들의 노랫말과 춤 동작 등 언론 매체에 무방비 상태로 노출되어 있는 현실, 성폭력으로부터 아이들을 지켜내야 하는 요즈음 같은 세상에서 1학년 아이의 입에서 나온 '사랑이란 야한 생각'은 어쩌면 우리 교육이 현장을 보여

주는 모습일지도 모른다는 생각에 가슴이 답답했다.

　그 아이 머릿속의 세상에서 가장 아름다운 낱말인 '사랑'이라는 단어가 내가 걱정하는 것처럼 나이에 맞지 않게 생각그물을 짜고 있지 않기를 바라는 마음이 간절하다. 아무래도 1학년 담임선생님께도 말씀드려서 아이들이 유해 프로그램에 접근하지 않도록, 어른들의 프로그램에 접근하지 않도록 말씀을 드려야겠다.

- 출처 : 「오마이뉴스」 사랑은 '야한 생각' 이라는 아이, 어쩌죠?

전남교육소식, 명품이 되기를

「전남교육소식」 창간 1주년에 부쳐

'찾아가는 정보, 보이는 전남교육'을 모토로 창간해 10일 단위로 발행되는 「전남교육소식」을 기다리는 것은 이제 나의 즐거운 일상이 되었다. '들은 것은 잊어버리고, 본 것은 기억만 되나, 직접 해본 것은 이해된다.'는 공자의 말처럼, 교직원 명예기자로 활동하는 덕분이기도 하다. 벌써 36호까지 발행되었으니 감회가 새롭다.

현장교사인 나에게 「전남교육소식」의 느낌은 각별하다. 교육이라는 숲을 보게 해 주는 이정표와 알리미 역할은 물론, 나를 돌아보는 거울 역할까지 해주기 때문이다. 하루가 다르게 변하는 시대의 흐름을 조망하는 교육 정책이나 외국의 사례를 알려주는 통로이면서도 교육 정책 자료나 방향성을 시의적절하게 다루어 주어서 안심이 된다.

나아가 선도 학교나 우수 사례를 통해서 교실이라는 우물 안 개구리가 되기 쉬운 현실을 들여다보게 해주어서 참 고맙다. 전남교육을 위해 묵묵히 일하시는 많은 분들의 노고가 학부모나 교직원, 정책담당자의 펜을 통해 생생한 현장의 목소리로 되살아나고 있으니 그것도 감사하다.

청렴도 1위의 전남교육의 위상

"현대는 산소와 수소, 광고로 이루어졌다."는 어느 작가의 말처럼 광고는 곧 홍보다. 교육 분야에서도 마찬가지다. 전남교육의 위상을 홍보하는 한 장의 소식지는 백 마디 말보다 큰 힘을 발휘한다. 장만채 교육감 취임 후 16개 시·도, 150개 정부기관 중 청렴도 1위라는 기사가 실린 「전남교육소식」이 가장 인상 깊었다.

이는 전남교육 담당한 모든 기관과 교사, 학부모가 함께 노력한 성과다. 신뢰와 공정성이 조직의 초석임을 감안할 때 매우 고무적인 정책성과 앞에 전남교육에 몸담고 있는 현장교사로서 어깨가 으쓱해졌다.

2010년 12월 28일 교육감 신년 기자회견에서 밝힌 "전남교육 전체를 스크린, 문제점을 진단하고 당장의 성과보다는 교육시스템 개선에 노력해서 전남의 미래를 위한 텃밭을 잘 일구어서 〈더불어 배우며 미래를 일구는 인간 육성〉의 초석을 놓고 싶다."는 의지가 정책으로 반영되어 착실하게 실천되고 있음을 보여준 지표이기에 현장 교사로서 자존감도 높아졌다.

청렴도 하위라는 불명예를 씻기 위해 교육시스템 개선이 시급한 과제였기 때문이다. 미꾸라지 한 마리가 맑은 연못을 구정물로 만든 다음에는 정화시키는 데 많은 시간과 노력을 들여야 하니 「전남교육소식」은 미꾸라지를 잡는 노력까지 했으면 하는 것은 나의 간절한 희망사항이다.

「전남교육소식」 대한민국 명품 소식이 되기를

이처럼 전남교육의 초석을 다진 성과를 바탕으로 교육가족의 뜻을 올바르게 대변하면서도 교육을 향한 여론을 바른 길로 인도하는 언론의 기능까지 추구하며 칼보다 강한 펜의 사명을 다하는 「전남교육소식」이 되리라 확신한다. 교육적 기능과 언론의 기능이 조화롭게 융합하여 '더불어 사는 인성교육'을 지향하는 전남교육의 큰 나무에 주렁주렁 열린 품격 있는 미래 인재의 열매를 즐겁게 상상해 본다.

　「전남교육소식」이 '한 아이를 키우는 데는 마을 전체가 필요하다.'
는 말을 교훈삼아 교육기관과 학교, 학부모와 지역사회라는 교육환경
의 구성원들이 학생 한 사람 한 사람의 나무를 귀하게 가꾸는 소통과
상생의 다리가 되어, 전남교육을 너머 대한민국 교육소식을 대변하는
명품 신문이 되리라 기대해본다.

- 출처 : 「오마이뉴스」 전남교육소식, 명품 소식이 되기를!

학습 부진의 주 원인이 선생님이라면?

최근 발표된 핀란드 유바스큘라 대학의 박사 학위 논문(2012년 7월 3일자 「한국교육개발원」 해외교육 동향)에서는 학습 부진아의 주요 원인으로 '교사와의 관계' 혹은 '의사소통 과정에서 부정적 경험'을 꼽고 있어서 눈길을 끈다.

이 논문에서는 학생이 교사와의 관계에서 부정적인 경험을 할 경우, 학생의 공부에 대한 의욕을 저하시키며 수치심, 두려움 등의 부정적 감정을 일으킨다고 주장하고 있다. 이런 학생이 아무런 도움도 받지 못하고 혼자서 방치될 경우 학습 부진아가 될 위험이 크다고 결론짓고 있다. 간단히 말하자면 선생님이 가르치는 방법과 의사소통을 포함한 관계 형성의 기술이 부족해 학생에게 돌이킬 수 없는 공부 상처를 남겼거나, 그 상처를 치유할 도움조차 주지 않아서 학습 부진아를 양산한다는 두려운 질책이 담긴 보고서이다.

그 보고서를 접한 순간 가슴에 손을 얹고 반성해본다. 나 때문에, 내 잘못 때문에 학습부진아가 된 제자가 없었는지, 깊은 숨 몰아쉬며 되돌아본다. 완벽한 사람이 없듯, 완벽한 선생님도 없는 것이라고 스스로에게 면죄부를 주면 간단히 빠져 나올 수 있을 지도 모른다. 우리는 흔히, 성공한 사람들의 입에서 좋은 선생님을 만나서 자기 인생의 전환점을 맞이했다는 아름다운 사례를 들을 수 있다. 그것이 모든 선생님의 희망사항이라고 생각한다.

공부 상처 어루만지는 선생님이 돼야

학자에 따라서는 '학습 부진'이라는 용어 자체를 쓰지 말자는 의견도 있다. 그 용어 자체가 낙인을 찍기 때문이라는 것이다. 그 대신 '노력형 학습자(진보교육자들)'라고 하거나 '천천히 배우는 아이'와 같이 언어순화가 필요하다는 의견에 동의한다. '공부를 포기하고 싫어하는 아이'라는 말 대신, '열심히 하는데 성취가 나오지 않는 아이'나 '능력은 있는데 성취를 못하는 아이'로, 보는 시각만 바꿔도 좀 더 긍정적인 변화를 가져온다는 것이다. 같은 맥락에서 '학교 폭력'이나 '왕따', '집단 따돌림'과 같은 용어도 좀더 언어 폭력적이지 않은 단어로 바꿔 쓰면 좋겠다는 생각을 해본다. 1%만 바꾸어도 결과는 100% 달라질 수 있는 것이 교육의 가소성임을 생각한다면!

어찌 보면 학교의 선생님들은 공부를 잘해서 선생님이 됐기에 공부를 하고 싶어도 못하는, 공부 상처를 지닌 아이들의 마음을 이해하거나 배려하는 마음이 부족할 수 있다고 생각한다. '동병상련'의 아픔이 있을 때, 그 사람과 똑같은 상황을 직접 경험한 사람만이 진정으로 상대방의 아픔에 공감하고 이해할 수 있다고 생각한다. 그래서 '이해한다'라는 표현은 결코 함부로 쓸 수 없는 단어라고 생각한다. 자신의 체험이 아닌, 보거나 들은 경험만으로는 머리로는 이해하나 가슴으로 공감하지 못하기 때문에 상처를 주기 쉽기 때문이다.

그러기에 어떤 사건에 대해 인터넷상에서 악플을 다는 사람들은 대부분 같은 경험이 없는 사람들이기에 그처럼 사람을 죽이는 엄청나고 무책임한 댓글을 단다고 생각한다. 똑같은 아픔을 겪은 사람은 결코 남의 아픔에 함부로 말하지 못한다. 아무런 연민을 느끼지 못하기에 익명성의 그늘에 숨어서 난도질한다. 우리 아이들에게 선생님이 상처를 준 것을 개인적으로 만나서 말하거나 글을 쓰게 하는 일이 꼭 있어야 한다고 생각한다. 그것도 수시로. 선생님은 위한다고 했지만 역으로 상처를 받는 일이 얼마나 많은지 알지 않고서는, 의사소통으로 관계를 개선시키지 않고서는, 지금과 같이 잘하는 아이 중심, 서열을 매기는 학력사회에서는 대다수가 공부 상처를 받는 악순환이 계속될 것이다.

더구나 공부의 의미가 우리나라처럼 지필 평가 성적, 종이위에 나타난 숫자 중심의 학력사회에서는 불리한 아이들이 너무 많다. 굳이 다중지능 이론을 펼치지 않더라도 말이다. 운동 기능은 최고인데 수학은 싫어하는 아이처럼 타고난 씨앗이 다름을 인정해주지 않는 평가 체제로 12년 동안 공교육의 틀에서 받는 아이들의 상처를 생각하면 한숨이 나온다. 학습 부진아가 아니라 그 아이가 가진 씨앗의 종류조차 진단하지 못한 채 엉터리 주사만 놓고 있는 거라고 생각하니 가슴이 답답해진다.

바쁜 업무와 다인수 학급, 변화의 속도가 빠른 세상에서 선생님 노릇을 한다는 것은 뚜렷한 소명의식이 전제돼야 하고, 부단히 공부하고 새로운 교육철학을 섭렵하며 학생들보다 더 공부하지 않으면 앞서가는 아이들의 그림자만 밟으며 헤매게 된다. 최근에 불거지는 교단의 문제도 소통의 부재라는 진단을 보면 답이 나온다.

이제는 교사자격증만으로, 임용고사 합격만으로 교실에 제대로 설 수 없는 세상이 도래했다. 그것은 말 그대로 교실에 설 수 있다는 첫 단추이다. 두 번째 단추부터는 스스로 찾아가며 맡은 학생들의 개개인에 맞춘 자신만의 방법이 필요하다. 그래서 그런지 요즈음 어디를 가나 연수 열기가 높고 다양한 교육연구소나 동아리 활동이 전국적으로 활발한 것을 보면 매우 좋은 현상이라고 본다.

제자들의 변화하는 모습, 기록해 봐요, 의사처럼

앞서가는 핀란드의 교육 논문이 보여준 실태는 우리에게도 그대로 적용된다고 본다. 만약 같은 주제로 우리나라 학생들에게 조사를 한다면 학생들이 선생님에게 받는 상처의 사례는 공개하기 쉽지 않으리라 생각한다. 곪아 터진 상처를 그대로 두고 덮는 수술로는 환자를 낫게 할 수 없음을 생각한다면, 이제라도 오늘 내가 우리 아이들 한 사람 한 사람에게 어떤 말을 했는지, 어떤 격려를 했는지 기록하면 좋겠다.

그래서 나는 아끼는 후배 선생님들에게 늘 교단 일기를 쓰라고 조언한다. 그것은 자기반성이자 제자들에게 대한 최소한의 의무라고 말이다. 마치 의사가 환자를 진단하고 처방한 기록을 장기 보관하는 것처럼. 제자들의 상처를 위로하고 긍정적인 대화를 단 한 줄의 문장만이라도 기록해 종업식에 개인별로 나눠준다면 힘들 때마다 들여다보며 다시 앞으로 나아갈 수 있지 않을까? 자기를 진정으로 염려해 주는 단 한 사람만 있어도 먼 길 가는 동안 힘이 된다.

날만 새면 소중한 아이들이 삶을 포기하고 서로 물고 뜯으며 생채기를 내는 소식에 가슴 아프다. 상처 받은 아이들이 그 스트레스를 다시 서로에게 돌리며 폭탄 돌리기를 하고 있다. 그것은 어른들이 보여준 것이다. 아이들 탓을 해서는 결코 고칠 수 없다. 통계에 잡히지 않은 아이들까지 감안한다면 얼마나 심각한 수준인지 실감조차 못하는 것 같다.

그렇게 공부를 해서 살아남아도 일할 곳이 없는 젊은이들의 아픔과 좌절까지 생각하면 그야말로 국가적인 긴급 대책반이 꾸려져야 한다. 존재 그 자체만으로도 소중한 인생임을 알게 하는 교육, 비교와 경쟁이 아닌 진정한 공부를 위한 삶을 배우게 하는 고민을 할 때이다. 모든 부모와 선생님, 그리고 온 사회와 특히 세상을 이끌어가는 리더들이!

- 출처 「오마이뉴스」 학습 부진의 주원인이 선생님이라면?

열정이 있습니까?

인생의 장애물을 이긴 힘, 희망과 열정

그는 태어난 지 1년 만에 전쟁터에서 아버지를 잃었다. 그는 귀가 들리지 않는 어머니 밑에서 날마다 끼니 걱정을 해야 할 정도로 가난하게 자랐다. 그는 음식을 제대로 먹지 못해 영양실조에 걸리기도 했고, 1930년에는 폐결핵에 걸려 다니던 대학도 포기해야만 했다. 1937년에는 자신의 꿈이었던 교수 시험을 앞두고 결핵이 재발하여 시험조차 치르지 못했다. 아버지를 일찍 여읜 편모슬하에 장애를 가진 어머니와 지독한 가난과 질병으로 점철된 아픔. 그러나 그는 그 모든 것을 이겨내고 프랑스를 대표하는 작가로서 1957년 사형 문제를 반대한 글 〈단두대에 대한 성찰〉로 노벨 문학상을 수상했다. 그는 바로 알베르 카뮈이다.

카뮈가 살았던 시대에도 요즘 우리 시대의 아픔을 나타내는 '가난, 질병, 장애'와 같은 삶의 장애물이 넘쳤나보다. 어쩌면 그가 〈이방인〉 등과 같은 위대한 작품을 쓸 수 있었던 배경도 작가 자신의 처절하고 절절한 체험에 기인한다고 본다. 몸으로 체험한 것은 철저하게 각인되어 정신적인 근육으로 형성된다. 힘든 수렁 속에서 허우적거릴 때에는 고통이었지만 빠져 나오려는 필사적인 노력 뒤에는 장애물이 역전승의 도약대가 된다는 인생의 진리가 기다리고 있기에 살만한 세상이 아닌가 한다.

요즘 온 나라가 경제 문제와 각종 범죄 소식으로 우중충하다. 마음

놓고 살 수 없는 세상이 되었다고 절망하는 목소리가 넘친다. 가장 안전해야 할 가정에서부터 가장 신성하다고 여겨지는 종교 단체와 학교에 이르기까지 도려내야 할 바람직하지 못한 모습으로 연일 지면을 도배하고 있다. 분노를 조절하지 못하거나 자기 통제를 못하는 사람들이 '연가시'처럼 사회 곳곳에서 튀어나와 가정과 사회를 절망의 늪으로 끌고 가버린다. 당하지 않은 사람들도 슬픔의 '거울 뉴런'에 전염되어 마음에 상처를 받을 수밖에 없다.

그러니 날마다 스스로 정신무장을 하지 않으면 살기 힘든 세상이 되었다. 배고픈 시절보다 더 무서운 '무연사회'로 인한 '고독사'는, 가까운 나라인 일본만의 문제가 아닌 우리의 문제로 다가섰다. 오래 살면 좋을 줄 알았는데, 앞만 보고 뛰어서 잘 먹고 자동차를 굴리고 좋은 집에 살고 즐거운 여가 생활을 하면 행복할 줄 알았는데, 사람들은 더 어둡고 절망한다. 하루도 거트지 않고 흉악 범죄는 일어나고 억울한 죽음은 넘친다.

한국은 기회의 땅, 코리안 드림

문제는 자라나는 아이들이다. 어른들은 어려운 시대를 살아본 만큼 극복할 수 있는 마음의 근육이 어느 정도 축적되어 있다. 지금보다 더 가난한 시절, 더 힘든 시절을 돌아보며 스스로 위안을 삼고 다시 일어설 힘을 내어 자식들을 다독인다. 우리나라 부모님들은 회복탄력성이 매우 높다고 생각한다.

그러나 요즘 아이들은 처음부터 어른들 세대보다 고생을 코르고 자랐다. 자식에게만은 고생을 물려주고 싶지 않은 우리나라 부모들의 억척같은 삶의 의지와 높은 교육열에 힘입어 세계 최고 수준을 자랑하는 대학 진학률이 그 증거이다. 노점상을 하면서도 자식들은 모두 대학을 보내기도 하고 시골에 땅 몇 마지기만 가지고도 허리띠를 졸라매고 자식들을 교육시켜 인간 승리를 보여준 어른들이 참 많다.

인천공항에 가보면 코리안 드림을 꿈꾸며 한국을 찾아오는 외국인 노동자들을 보는 게 어렵지 않다. 이는 곧 우리나라가 기회의 땅이라는 걸 보여준다. 마치 아메리칸 드림을 꿈꾸며 미국으로 갔던 모습처럼. 어려움은 어느 시대, 어느 나라를 막론하고 개인이나 국가에게 필연적으로 따라 다니는 그림자이다. 마치 낮과 밤처럼. 북유럽 사람들이 가장 힘들어하는 계절은 바로 '백야'라고 한다. 밤에도 해가 지지 않아서 깊은 잠을 잘 수 없어 힘들고 반대로 밤만 계속되는 계절에는 햇빛을 볼 수 없어 우울해하고 힘들어한다. 인생도 마찬가지라고 생각한다. 밝은 태양만 있어서도 안 되고 어둠만 있어서도 안 되기에 밤낮은 동전의 앞뒤 면처럼 공존해야 살 만하다. 그러니 고난이라는 밤을 잘 지내면 행복한 밝음을 여지없이 보여주는 자연이 스승이다.

최고의 피서지는 책과 도서관

이제 여름방학을 맞아 휴식하는 계절이 되었다. 산으로 들로 바다로, 해외로 멋진 휴식을 꿈꾸며 부푼 계획을 세우는 계절이다. 몸도 마음도 마음껏 쉬면서 재충전으로 행복한 꿈을 생각하며 미리부터 설레기도 한다. 여행 가방 속에 넣어야 할 품목 1순위는 단연 책이었으면 한다. 그것도 역경을 이겨낸 위인들의 삶을 다룬 책이었으면 더욱 좋겠다. 배움이 자라는 학창 시절에 읽어야 할 위인들의 책은 아무리 강조해도 지나치지 않다고 생각한다. 그리고 할 수만 있다면, 아니 무조건 부모님들이 먼저 읽을 책을 챙겼으면 한다. 최고의 독서 교육은 바로 책을 읽는 부모의 모습이기 때문입니다. 더 좋은 방법은 부모와 자녀가 같은 책을 읽고 휴가지에서 독서토론까지 하면 금상첨화일 것이다. 육체를 위해 맛있는 음식을 먹는 것만큼 그 육체의 선장인 정신을 위해 좋은 음식으로 가득 찬 책을 휴가일 수만큼 읽었으면 한다. 책을 읽지 못하는 사람의 특징은 다급하고 몰입하지 못하며 고독의 즐거움을 모른다고 한다. 이 여름엔 어느 가정이나 학교, 직장, 휴가지에서도 좋은 책을 쌓아놓고 읽는 모습을 많이 보고 싶다. 그 길은 어려움을 이겨내게 하고 자신을 격려하는 마음의 근육, 뇌근육을 키우는 지름길이기 때문이다. 제 마음 같아서는 최고의 피서지는 도서관이라고 주장하고 싶다. 휴양지에 다녀온 시간만큼 도서관에 앉아 있는 시간을 채웠으면 참 좋겠다. 인생의 장애물로 힘들어하는 당신을, 책 속으로 초대한다. 당신에겐 열정이 있는가? 열정은 책이 주는 선물이다.

하버드 대학이 뛰어난 이유

도서관의 힘, 책의 힘

세계에서 가장 뛰어난 학생들이 모이는 대학교는?

38명이나 되는 노벨상 수상자를 배출한 대학교는?

97개나 되는 부속도서관과 무려 1,410만 권의 책을 소장한 대학교는?

루스벨트, 케네디를 비롯한 6명의 대통령과 헬렌 켈러, 록펠러, 빌 게이츠를 배출한 대학교는?

미국에서 가장 오래된 대학으로 1636년에 세워진 대학교는?

짐작하셨겠지만 하버드 대학입니다.

- 『힘이 되는 고사성어(박성철 지음)』

다시, 가을 앞에서

어느 해보다 무더운 날씨와 열대야, 집중호우로 많은 사람들에게 고통을 안겨준 여름이었지만 새벽 공기는 벌써 가을을 알리고 있다. 매미 소리 대신 풀벌레 소리가 들리고 창문으로 들어오는 서늘한 기운은 이불까지 찾게 하니까. 자연의 섭리는 오묘하여 인간의 힘으로 거부할 수 없음을 지난여름은 알려주었다. 계절은 어김없이 가을을 선물한다. 사람 또한 자연의 산물임을 망각하며 자연과 내가 따로인 것처럼 착각하지만 않으면, 인간만이 위대하다고 오만을 부리지 않으면, 살아가는 게 좀 더 수월할 것 같다는 생각이 드는 것도 계절이 주는 선물이다.

　새벽 공기를 마시며 자연스럽게 책을 가까이 하게 되는 가을을 사랑한다. '갈' 것을 생각하라는 자연의 스승이 주는 목소리가 들리는 가을이 반갑다. 인생의 사계에 비추어 본다면 가을은 장년이 아닐까 한다. 평균 수명이 80세에 이른 현대인들의 기대 수명에 비추어 4등분을 해보면, 봄은 20세까지 여름은 40세까지, 가을은 60세, 겨울은 80세쯤으로 어림하니 인디언 속담이 딱 들어맞는다. 그들은 60을 산으로 가는 나이라고 했다. 인생을 마무리할 준비를 하며 산다는 뜻으로 생각한다.

　봄은 인생의 파종기요, 여름은 성장기, 가을은 열매 맺기이며, 겨울은 그 열매를 먹고 나누는 시기라고 보았을 때, 가을은 살아온 인생을 반추하며 자신의 열매를 수확하는 시기이니 사색의 계절이라는 별칭이 잘 어울린다. 이 때 그 사색을 돕고 도약하게 하는 지렛대가 책이라고 생각한다. 요즈음 서상을 놀라게 하는 우발적이고 끔찍한 범죄가 많은 것도 책을 읽고 생각하는 삶을 살지 못해서 그런 것 같아 안타깝다. 학교 교육이 끝나면 책을 놓아버리는 사람들이 너무 많은 우리의 현실이 걱정이다. 몸과 마음의 휴식을 찾아 휴가를 가서 몸만 쉬게 하는 것은 아닌지 걱정이다. 마음의 휴식을 위해서는 책만큼 좋은 도우미가 없다. 그것은 삶의 지혜와 보물이 담긴 선인들의 경험을 거울삼아 인생을 살아가는 팁으로 가장 손쉽고 값싸게 얻을 수 있는 지름길이기 때문이다.

　휴가를 가기 전에도 어떤 책을 준비해서 읽고 올 것인지 계획을 세우는 것이 가장 먼저라고 생각한다. 몸보다 마음이 먼저이기 때문이다. 그것이 진정한 보양식이라고 생각한다. 밥을 먹듯이 연중 책을 읽는 사람이라 할지라도 그래야 한다고 생각한다. 자신을 소중히 여긴다면! 가을은 독서의 계절이라고 말한다. 다른 계절보다 더 책을 가까이

하자는 뜻이다. 사계절 내내 책을 읽어야 하지만 특히 가을에는 책에 심취해야 삭막한 겨울을 보내는 양식을 준비할 수 있다는 무언의 약속이 담긴 지혜로운 금언이라고 생각한다.

스마트 폰에 빼앗긴 독서 시간

그런데 현실을 보면 걱정이 앞선다. 텔레비전에 빼앗기는 시간이 독서 시간보다 많은 청소년들이 이제는 스마트 폰에, 카카오톡에 몰두하여 책과 멀어지고 있는 현실 때문이다. 물론 전자책을 즐겨보는 학생도 있겠지만 그보다 더 재미있는 것들이 즐비한 스마트 폰을 덮고 책을 펼치는 학생들이 많을 것 같지는 않다. 유치원생부터 주부에 이르기까지 거의 중독에 가까운 집착을 보인다는 보도를 보아도 그 개연성은 충분하다. 더구나 접하지 않아야 할 스팸성 지식이 넘쳐나서 컴퓨터나 텔레비전보다 더 위험할 수도 있음을 간과해서는 안 된다. 다양한 장점에도 불구하고 문제점이 드러나고 있으니 이제는 스마트 기기 교육이 시급하다. 세상의 모든 기기들은 장점과 단점을 가지고 있으니 자제력을 길러 장점을 더 많이 취하게 하는 노력은 여전히 교육의 대상이라고 생각한다.

그러니 가을이 되었지만 책보다는 스마트 폰을 손에서 떼지 못하는 모습들이 더 많아 걱정스럽다. 심지어 상대방과 대화 중에도, 식사 중에도 그걸 놓지 못하고 연신 만지작거리는 모습은 일상이 되고 말았으니 그 손에 책을 들고 읽게 할 묘안이 필요하다. 나는 스마트 폰의 기능 중에서 메모 기능을 가장 좋아한다. 도서관에서 책을 읽으며 인상 깊은 문장을 옮기거나 아무 때나 생각나는 글을 필기구나 메모장 없이도 사용할 수 있기 때문이다. 블로그 기능으로 충분히 활용할 수 있어서 참 좋다. 좋은 도구를 좋은 용도로 활용하도록 수시로 교육해야 할 것이 하나 더 늘었다. 컴퓨터가 등장하면서 게임 중독을 염려했는데 이제는 스마트 폰 중독을 예방하는 일에 선생님이 다시 나서야 한다.

서두에 인용한 하버드 대학의 힘을 도서관과 책의 힘으로 규정한 것은 결과론적이지만 현재 입증되고 있는 사실이기도 하다. 도서관과 책을 멀리하고 성공한 사람은 그리 많지 않다고 생각한다. 인류 역사를 이끌어 온 소수의 사람들은 동양과 서양을 막론하고 독서광이었다. 우리나라의 세종대왕이나 정약용, 이황, 이이를 비롯한 많은 위인들도 그렇다. 책은 마음을 바꾸게 하는 위대한 힘을 지닌 가장 지혜로운 도구이다. 그러기에 좋은 책을 많이 읽는 사람에게는 학교 교육이 필요 없다는 말까지 나왔는지도 모른다.

사랑하는 이 나라의 학생과 젊은이들이 스마트 폰의 중독에서 벗어나 좋은 책을 손에 들고 즐겨 읽는 풍경을 보고 싶다. 지하철에서 버스에서 학교 도서관에서, 그리고 집에서도. 마치 컴퓨터를 일정 시간만 사용하기로 약속하듯, 스마트 폰도 긴급한 연락 외에는 자기 스스로 일정 시간 사용을 자제하는 연습을 했으면 한다. 켜 두되 접속하지 않는 자기 통제력을 발휘하면 좋겠다. 도서관에 가보면 스마트 폰에 신경을 쓰느라 공부에 집중하지 못하는 모습들이 대부분이다. 수시로 문자를 보내느라 책을 제대로 읽지 목하는 모습은 참으로 안타까운 풍경이다. 책을 읽고 공부하기 위해 들어온 도서관에서조차 책에 몰입하지 못하는 진풍경은 슬프기조차 하다. 책 내용에 몰입할 수 없으니 생각이 자랄 수 없고 진중하지 못하니 끝까지 책을 읽어내지도 못하며 참을성도 약해지는 것이다.

이 가을에는 하버드 대학이 아니더라도 도서관을 찾아, 좋은 책을 찾아 스마트 폰을 꺼 두거나 책을 읽는 동안만이라도 카카오톡을 해제하는 방법을 써서라도 책을 많이 읽고 사색하는 학생들을 많이 보았으면 한다. 가상공간에서 함께 하지 못하면 외로움을 타거나 따돌림을 당할지도 몰라 카카오톡에 전전긍긍하는 모습이 잘못된 것임을 알게 하면 좋겠다. 그러기에 파스칼은 '인간이 불행한 까닭은 홀로 있지 못함 때문'이라고 했는지도 모른다. 고독을 사랑할 줄 아는 사람은 자신의 내면에 충실하므로 알곡을 만들 수 있음을 알게 해야겠다. 세상의 모든 식물들은 홀로 서서 꽃을 피우고 열매를 맺는다. 옆에 있는 것들에게 기대고 기생하여 성숙하지 않는다. 한 포기의 배추도 사과나무도 스스로 홀로 뿌리를 내리고 가을을 준비하며 태양을 향해 서 있음을!

불안증폭사회,
아이들이 위험해요

마더 테레사의 통찰

인생의 모든 경험과 관계는 나를 비춰 주는 영혼의 거울이다.

오늘날 가장 심각한 질병은 전염병도 아니고, 결핵도 아니다. 바로 무관심이다.

신체적인 질병은 의학으로 그칠 수 있으나, 외로움과 우울함은 고칠 수 없다.

이것을 고칠 수 있는 유일한 약은 관계 속의 사랑이다.

- 마더 테레사

지난 22일 서울 여의도에서 벌어진 칼부림 사건은 실직자인 자신의 처지를 비관하며 전 직장 동료에 대한 증오를 품었던 김씨는 미리 범행을 계획하고 무고한 행인들까지 무차별 공격한 '다중살인(Mass Murder)'이다. 미국 등에서 다중살인을 저지르는 이들 가운데는 해고·실직 등 사회경제적 곤궁에 처한 경우가 많으며 더 나빠질 게 없다는 관념에 빠진 이들은 범행 직후 자살하거나 태연히 체포당하기도 한다.

- 「한겨레신문」 2012. 8. 24

한국에서도 '절망살인' 또는 '절망범죄'가 본격화됐다는 진단이 나오고 있다. 최근 급격히 진행된 사회 양극화의 결과, 한계상황에 빠진 이들이 절망적 상황에 대한 분노를 특정 집단이나 군중을 대상으로 흉

악범죄를 통해 표출하고 있다는 데 문제의 심각성이 있다. 학자에 따라서는 그러한 사람들을 '신형 우울증'으로 분류하기도 한다. 모든 것을 남의 탓으로 돌리는 것이 그 특징이라고 한다.

불안증폭사회, 누구도 안전하지 않다

하루가 멀다 하고 터지는 성폭행 사건을 비롯한 다양한 범죄 사건은 줄어들기는커녕 점점 더 심각해지고 있으니 사회 전체가 불안증후군으로 시달린다. 퇴근길에 아무런 이유 없이 생판 모르는 사람에게 폭행을 당하는 일, 직장에서 예고 없는 해고로 거리로 내몰린 사람들이 겪는 가족 해체와 갈등은 이제 일상처럼 보도된다. 마치 당연한 일상처럼 사람들의 뇌리에 각인되어 가고 있다. 이제는 아침 운동을 조용히 느긋하게 하는 작은 여유나 저녁 식사 후 가까운 공원을 산책하는 일조차 용기를 내야 할 판이다.

그럼에도 불구하고 희망을 주는 소식들은 보이지 않고 서로 헐뜯고 싸우는 풍경들이 난무하는 모습은 여과 없이 눈과 귀를 공격한다. 매체들은 뉴스라는 형식을 빌려 잔인한 사건의 현장을 몇 차례씩 중계방송을 하듯 내보내며 하루에도 몇 번씩 몸서리치게 하는 것도 문제라고 생각한다. 은연중에 모방범죄를 유발하게 하는 것은 아닌지 걱정된다. 무의식중에 사람들의 뇌에 폭력성을 각인시키고 있음을 간과해서는 안 됨에도 불구하고! 그런 점에서 언론과 가상공간, 매체들은 불안을 증폭시키는 기폭제가 되고 있는 것은 아닌지 두렵다. 국민들의 알 권리가 소중하긴 하지만 그처럼 잔인한 폭력성 기사는 보도를 자제하는 사회적 합의 도출할 방법은 없을까. 대다수의 시민들과 어린 아이들의 충격을 덜어 주기 위해서. 사회적 위험으로부터 자신을 지킬 면역성이 약한 아이들이 가장 위험하다.

특히 국가나 거대 자본과 같은 특정 권력은 폭력 행위를 저지르고도 진정성이 담긴 사과는 커녕 죽음으로 내몰고도 아무도 책임을 지지 않음으로써 국민들의 잠재의식에 엄청난 상처를 주고 있다. 늘 피해를 당하는 사람들은 약자이고 법에 호소할 능력도 없으니 억울함조차 대물림하고 있지 않은가. 그렇다고 다중살인이나 절망범죄를 옹호하고자 함이 아니다. 우리 사회의 불공정성이 범죄의 씨앗을 키우고 있지는 않은지 반성하자는 뜻이다. 더욱 염려되는 것은 이 같은 사회 현상을 아무런 여과 없이 그대로 보고 듣고 자라는 우리 학생들이 받을 충격이다.

자신이 자라고 생활하는 동네를 안전하게 거닐 수 없고 성범죄가 활보하고 이웃을 믿을 수 없는 사회, 학교 주변이나 집 주변에 널린 정화 대상 시설들은 언제든지 우범지역으로 돌변할 수 있음에도 불구하고 학생들이 마음 놓고 여가를 즐기거나 행복을 누릴 시설은 찾기 어렵다. 집과 학교와 학원을 다람쥐 쳇바퀴 돌듯 오가는 일상 속에 컴퓨터 게임 중독도 모자라서 이제는 스마트 폰 중독까지 비집고 들어와서 마음의 안정을 찾을 시간조차 없다. 거기다 폭력성이 난무하는 영화나 드라마, 선정성이 넘치는 프로그램들은 청소년의 정서를 무차별 공격하며 중독 시키고 있지 않은가.

모든 학과 공부에 생명 존중 교육 선행되어야

이제는 동물적인 본능으로 자신의 안전과 생명을 지키는 가장 원시적인 인간의 모습을 지식보다 먼저 가르쳐야 할 판이다. 자신의 생명의 안전을 위해 어느 누구도 믿지 말고 스스로를 지키는 생명 교육이 필수가 되어야 한다. 그것은 학과 공부보다 인성 교육보다 먼저다. 내가 없는 세상에서 사랑과 행복이 무슨 의미가 있겠는가? 자신을 소중히 하는 일, 자기 자신을 사랑하고 존중하는 교육이 모든 교과에 우선해야 한다.

자신의 생명이 소중한 줄 알고 다른 생명도 소중히 하는 생명 윤리 교육의 당위성을 짚어야 할 때이다. 밖으로만 내다보는 눈을 안으로 거두어들여 자신의 내면을 보게 하는 교육, 정신적인 가치가 물질적인 가치보다 우선함을 절실하게 가르쳐야 한다. 정신적인 의지가 강한 사람은 외부의 충격에도 상황이 나쁠 때도 의연하게 살아갈 수 있기 때문이다. 세상은 늘 가변적이며, 세상의 중심이 자기 자신임을 가르치되 이기적인 인간이 되지 않는 상생의 교육까지 겸해야 한다.

이제라도 반성해야 한다. 가정이나 학교에서 지식 교육에 편향되었던 현실, 줄서기 교육으로 무한 경쟁으로 서로 상처를 주는 교육, 학벌 중심주의에 물든 인간 소외 교육을 반성해야 할 때다. 서두에 인용한 마더 테레사의 통찰은 삭막한 현대를 살아가는 우리 모두에게 꼭 필요한 일자천금의 지혜임에 분명하다. 자신을 소중히 하면서도 다른 사람과 관계 속의 사랑을 키우는 일만이 무관심으로 비롯되는 따돌림이나 학교 폭력, 이웃을 해치는 다중살인을 막는 예방책이다.

경제를 살리면 모든 게 다 해결되는 것처럼 몰아붙인 어른들, 학과 공부만 잘하여 좋은 대학에 가면 행복하다고 가르친 물질만능주의는 어떻게든 짓밟고 1등을 하여 박수를 받는 성적지상주의의 그늘에서 다수의 행복은 늘 상처 받고 울분과 분노로 마음의 상처를 지닌 채 불안정한 어른들을 양산하였으니 언제든 곪아 터질 문제였다. 우리 사회를 보면 마치 초등학교의 운동회에서 개인 달리기를 하는 모습과 닮았다. 신체 조건이 다 다른 대여섯 명의 학생들이 똑같은 트랙에서 달리기 경주를 하여 1등을 가려 상을 주는 풍경처럼. 이제는 다 같이 박수치는 운동회를, 모두 같이 손잡고 즐거운 운동회를 하듯 서로 아끼는 사회를 꿈꾸고 싶다. 사회 구성원들이 각자의 위치에서 할 수 있는 범죄 예방을 위한 노력을 공유했으면 한다.

제 2 부

사랑의 매에는 사랑이 없다

어떻게든 살아남아
다시 일어서야 했습니다

청천벽력 같은 소식에
5월 하늘도 흐린 오늘입니다.
제가 존경하는 당신이기에
언젠가 꼭 봉하마을에 가서
당신의 손을 꼭 잡아보고 싶었습니다.

인간승리의 표본이셨기에
낮은 자리에 앉기를 즐겨하셨기에
가난한 아이들을 위한 정책을 쏟아내셨기에

정치에는 그리 관심이 없었지만
제가 좋아하는 정직과 솔직함
아이들처럼 꾸밈없는 모습을 좋아했습니다.

권모술수가 넘치는 정치판에서
살아남기 위해서는
몇 장의 철판으로 얼굴과 양심을
덮어야 했습니다.

인간은 아무도 완벽할 수도 없고
완벽하기도 어렵습니다.
도덕성과 진실이라는
방패에 흠이 갔어도

스스로 잘못을 인정하고
낮은 자세로 국민 앞에 섰던 순간부터
스스로를 용서하셔야 했습니다.

죽음으로 진실을 말해야 하는
이 나라의 아픈 모습이 안타깝습니다.
어떻게든 살아남으셔서
힘들어하는 사람들이
바라볼 의미로 남으실 수는 없었습니까?

노무현 대통령님!
내일 당장 우리 2학년 꼬마들에게
무슨 말로 가르쳐야 합니까?

자살하는 사람들이 너무 많은
이 나라의 현실을 생각할 때
나라의 최고 어른이신 대통령님이
선택한 그 길은 너무도 뼈아프고 안타깝습니다.

고향으로 돌아가셔서

밀짚모자에 자전거를 타고 다니시며
환경 운동을 펼치는 농부의 모습을 보면서
참 행복했었습니다.

우리 국민도 자랑스러운 대통령의 모습이
국민과 함께 막걸리를 마시는 평범함이
참으로 아름다웠기 때문입니다.

가장 낮은 자리에서
가장 높은 자리에 오르기까지
보여주신 인간승리를 보며
아이들은 저마다 희망을 노래했습니다.
장래의 꿈이 '대통령'인 아이들이 늘어갔으니까요.

이제 그 아이들에게
뭐라고 가르칠까요?
어떤 일이 있어도
스스로 절망을 선택하면 안 된다고
죽음을 선택할 수 있는 자유는
인간에게 주어진 자유가 아니라고
하면 될까요?

어떻게든 살아남으셔서
다시 일어서는 모습
절망을 딛고 일어서는 모습을

간절히 염원했습니다.
제발 불행한 일만은 없었으면 했습니다.
당신이 선택한 죽음이
굵고 짧은 삶이라서
이 땅의 젊은이들에게
매력적으로 보일까 봐 걱정이 됩니다.

죽음을 선택한 비장한 그 자유를
아무도 흠모하여 따라오지 않도록
지켜주십시오.

대통령님이 꿈꾸셨던 '사람 사는 세상'을 위해
당신의 죽음이 초석이 되어
이 땅에 맑은 바람이 일고
백성을 아끼는 목민관이 넘쳐나도록
당신이 흘린 피로 지켜 주십시오.
삶과 죽음이 하나라고 믿으신 당신,
그 곳에서는 편안하시길 빕니다.

노무현 대통령님을 보내는 글입니다.
이 땅에서도 행복한 대통령이 많이 나오시길 빕니다.

2009년 5월 23일

세상에서
가장 슬픈 날이라던 아이들

2학년 12명 꼬마들이 그린 조기와 서거하신 대통령 할아버지께 쓴 편지

2009년 5월 26일 방과 후 학교 글쓰기 프로그램 시간에 있었던 일이다. 1, 2학년 17명에게 글쓰기를 지도하는 날이었다. '자기소개서'를 만드는 프로그램이었는데, 세상에서 가장 즐거웠던 일과 가장 슬펐던 일, 자기의 장점과 단점, 특기 등을 글과 그림으로 표현하는 공부를 하였다. 발표를 좋아하는 아이들이라 자기 작품을 들고 나와 소개하는 시간을 가졌다.

그런데 우리 반 재원이가 가장 슬펐던 날이 '대통령 할아버지가 돌아가신 날'이라고 해서 깜짝 놀랐다. 이제 겨우 아홉 살 꼬마에게 그렇게 슬프게 각인된 노무현 전 대통령의 서거 소식을 어떤 식으로든지 공부 시간에 다루어야 한다는 생각이 들었다. 어른들보다 더 감수성이 예민한 아이들에게 아픈 상처로 남았을 대통령의 서거 사건이기 때문이다.

그래서 국민장을 치르는 날, 아침부터 마음의 준비를 했다. 바른생활 과목과 연계시켜서 시사 교육도 하고 죽음의 문제를 다루기로 했다. 먼저, 나라의 소중함을 알게 하기 위해 태극기 사용을 지도하기 위해 물어보았다.

태극기도 없는 아이들

"얘들아, 자기 집에 태극기 있는 사람은 손을 들어볼까?"

12명 중에 단 3명의 아이들만 태극기가 있다는 답변에 깜짝 놀랐다.

"아니, 여러분은 대한민국 사람인데 태극기도 없어요? 오늘 집에 가면 태극기를 꼭 사 주시라고 알림장에 쓰세요."

그런 다음 태극기를 직접 만들어 보게 하고 슬픈 날에 달아야 하는 조기도 함께 만들어 보게 하였다. 수학 시간에 배운 길이 재기를 이용하여 깃 폭만큼 내려붙이게 하니 수학 공부도 되었다. 나라의 슬픈 날에는 조기를 달아서 마음을 표현하는 거라고, 나라가 있어서 좋은 점을 발표하게 했다.

차가운 이성보다 따스한 가슴이 필요해요

우리들은 국민장을 치르는 곳이나 봉하마을에 가서 위로하지 못하니 어떤 방법이 좋은지 물었다. 마침 국어 책에서 배운 '마을을 전하는 편지 쓰기'를 생각하며 우리는 돌아가신 대통령 할아버지께 감사와 위로하는 말, 나보다 힘들고 어려운 사람들을 아끼고 사랑하겠노라는 편지를 쓰기로 했다. 대통령 할아버지가 많은 사람들을 울리고 감동시킨 것은 바로 다른 사람들을 배려하고 바르게 살려고 노력했기 때문이라는 걸 말해 주었다.

그 동안의 우리 교육은 차가운 이성을 중시하고 가슴으로 사는 아름다운 마음 교육에는 소홀히 하지 않았나 하는 반성이 들었다. 다른 사람의 슬픔에 공감하고 위로를 보내기보다는 흠을 잡고 몰아붙이는 무서운 세상 속에 이 아이들이 살아가지 않기를 바라며 친구끼리 서로 아끼는 것부터 예쁘게 사는 모습이라고 가르쳤다.

새로 전학 온 아이를 받아들이지 못하고 흉을 보거나 따돌리며 같이 놀아주지 않는 모습, 착한 행동보다 국어 수학 만점 받는 아이들만 대접 받는 교실을 만들어서는 곤란하다는 생각이 들었다. 그렇다고 견디기 힘든 일 앞에서 죽음을 택하는 것은 결코 해서는 안 된다는 것도 충분히 지도했다.

예민한 사회 문제, 외면할 수 없어요

오늘 나는 우리 반 아이들에게 정규교육과정 속에는 없지만 '전직 대통령의 서거'라는 엄청난 사회 문제를 교실로 끌어들여 나라의 소중함, 어떻게 살아야 아름다운 인생인가 하는 철학적 문제, 아름다운 조화, 배려와 같은 덕목을 2학년 수준에 맞게 가르치면서 이 나라의 기둥으로 멋지게 살아갈 이 아이들의 모습을 상상하며 행복했다. 슬픔 속에서도 희망을 노래하고 그 싹을 키워 나가는 선생으로서 냉정함을 유지하기 힘들었지만 가신 분이 바라는 나라의 모습을 위해 싹을 뿌렸다.

그랬더니 오늘 점심시간에는 밖으로 나가며, "얘, ○○아, 우리랑 같이 놀자." 하면서 전학 온 아이를 챙기는 예쁜 아이들 목소리가 나를 행복하게 했다. 아이들은 무엇이 옳고 그른지 금방 깨닫는 아름다움 그 자체였다. 나도 우리 아이들처럼 편견 없이 세상을 사랑하고 싶다.

2학년 아이들의 편지

"대통령 할아버지, 저는 봉하마을에도 못 가서 우리 반 친구들이랑 조기를 만들고 편지를 씁니다. 저도 어른이 되면 가난한 사람들을 도와주겠어요. 소방관이 되어서 사람들을 많이 구해 주겠어요. 저는 더 예쁘게 살게요. - 덕진초 2학년 서재필"

"대통령 할아버지, 돌아가셔서 슬프지만 우리 선생님이 그러시는데 우리들이 더 열심히 공부하고 친구를 사랑하기를 바란다고 하셨어요. 내일은 시험인데 글씨도 더 예쁘게 쓸게요. 저를 응원해 주세요. - 덕진초 2학년 박사라"

세상에서 가장 슬픈 날이라던 아홉 살 아이들이 오늘의 이 상처가 곪지 않고 아름다운 진주로 키워 갈 수 있도록 더욱 사랑하고 섬세하게 관찰하며 슬픔이 치유될 수 있도록 긴장해야 함을 생각한다. 어른들의 슬픔보다 훨씬 더 깊은 상처를 받았을 우리 아이들의 아픔에 보다 교육적이고 발전적인 노력이 필요함을 생각한다.

세상에서 가장 아름다운 종교는?

2학년 선생님이 쓰는 교실 일기

물가에 내놓은 아이들

"선생님, ○○이 머리에서 피가 많이 나요!"

2교시 후 쉬는 시간, 우리 반 아이들이 다급하게 부르는 목소리에 다목적실로 허겁지겁 달려갔다. ○○은 머리에서 피를 뚝뚝 흘리면서 울고 있었다. 큰 사고가 난 듯하여 가슴이 철렁했다.

"아니, 이게 무슨 일이야. 어쩌다 그랬니?"

"△△ 때문에 다쳤어요."

놀라서 우는 아이의 머리를 급하게 손으로 지혈시키면서 애들에게 물어보았다.

"선생님, ○○이가요, △△이랑 장난을 치다가 칠판 밑으로 들어가다 박았어요."

지혈은 시켰지만 꿰매려면 얼른 가까운 병원에 가야했다. 지혈을 하고 찬찬히 살펴보니 꿰매지 않아도 괜찮을 상처였다. 다급하게 달려온 1학년 선생님의 도움으로 아이의 상처에서 흐르는 피를 지혈시키고 교실 바닥의 핏자국을 닦으면서 놀라고 당황한 가슴을 진정시키기 힘들었다.

그리고 보니 원어민 강사 선생님이 오시지 않아서 아이들이 장난을 치다가 벌어진 일임을 알게 되었다. 아이들은 움직이는 시한폭탄이다.

특히 남자 아이들의 장난은 천방지축 그 자체다. 한 순간도 마음을 놓아서는 안 된다. 아이들의 영어 교육을 위해 원어민 영어 선생님을 오시게 해서 일주일에 두 번씩 공부하는 시간에 벌어진 일이었으니, 원어민 강사가 수업을 하고 있는지 확인하지 못한 내 잘못을 깨닫는 순간이기도 했다. 1, 2학년이 함께 들어가니 자기들끼리 장난을 하는 것은 당연한 일인지도 모른다.

변명과 거짓말에 익숙한 아이들, 누구 탓일까?

그런데 아이가 다친 일보다 더 마음 상한 것은 다른 아이들의 태도였다. 같이 장난을 친 아이는 자기는 결코 그러지 않았다고 발뺌을 하면서 생떼를 썼다. 친구들이 그 상황을 이미 다 보았고 다친 아이도 함께 놀다가 그랬다고 이야기를 하여도 자신의 잘못은 절대로 없다는 것이었다. 교실에 데리고 와서 그 상황을 차근차근 설명해주면서 자신의 잘못을 인정하기까지 꽤 시간이 걸렸다. 평소에는 그렇게나 단짝친구이면서도 친구의 아픔에는 얼굴색을 바꿔 버리는 모습에 화가 나서 수업 시간도 뒤로 미룬 채 우리 반 아이들과 함께 이야기를 주고받았다. 다친 아이가 장난을 먼저 걸어서 쫓았는데, 도망가면서 저 혼자 칠판 밑으로 들어가서 다친 것이니 자기 잘못은 없다는 아이의 논리였습니다. 함께 본 아이들도 뒤쫓은 아이가 다른 친구들보다 힘도 세고 말발이 센 아이라서 그런지 쉽게 증언(?)에 나서질 않는 것 같아 더욱 놀랐다.

그런데 그보다 더 놀라운 것은 친구가 피를 흘리며 울고 있는데도 같이 걱정해주거나 위로하는 아이보다는 깔깔대며 웃는 아이들의 모습이었다. 다른 사람의 어려움과 아픔에 공감하지 못하면서 그 아픔을 먼 산 불 구경 하듯 하는 모습이 마치 어른들의 세계를 보는 것 같아 너무 슬프고 화가 났다. 그래서 조목조목 따지며 훈계를 했다. 먼저 약속 시간에 와서 수업을 진행하지 않은 원어민 강사도 잘못이고 그 강사님이 안 계신 것도 모르고 아이들끼리만 놓아둔 내 잘못도 있음을 밝혔다. 그리고 응급처치를 끝낸 아이를 야단쳤다. 먼저 장난을 걸어서 친구를 약 올리니 쫓아가게 만든 잘못, 그 다음은 쫓은 아이의 잘못을 깨닫게 해주었다. 친구가 장난을 좀 치더라도 교실에서 뛰며 구석으로 달리게 만들었으니 하마터면 대형사고로 이어질 뻔 하다 다음부터는 그러지 말 것을 약속받았다.

그리고 친구가 아파하는데 구경만 하면서 웃기까지 한 아이들에게는 더 큰 꾸지람을 했다. 피를 흘리며 고통스러워하는 친구 모습에 같이 힘들어하며 위로를 나눌 따스한 마음, 배려하는 마음, 공감 능력이 없다는 것은 차가운 이성만 존재하는 살벌한 모습이기 때문이다.

세상에서 가장 먼 거리, 머리에서 가슴에 이르는 길

세상에서 가장 먼 거리가 머리에서 가슴에 이르는 길이며 어떤 사람은 평생 머리로만 살다가 가슴에 이르는 길마저도 찾지 못한 채 차가운 삶을 살기도 한다. 가장 순수하고 착해야 할 아홉 살 아이들이 정직보다는 변명을, 사랑과 이해보다는 무시와 무관심의 싹을 키우는 것은 되돌아보아야 할 문제가 분명했다.

좋은 책을 아침마다 읽게 하고 짝끼리 모둠학습을 시키고 같이 밥을 먹고 간식을 나누어 먹게 하며 친구 간의 우정과 배려를 배우게 하였지만 극적인 상황에서는 자신의 본능만을 보여주는 모습에 마음이 상했다. 친구의 아픔에 눈물을 흘리지는 못할망정, 친절한 말조차 건넬 줄 모르는 마음가짐이라면 그냥 넘어갈 수 없었다. 법정 스님은 『아름다운 마무리』라는 책에서 말했다.

"이 세상에서 가장 아름다운 종교가 있다면 그것은 친절이다. 이웃에 대한 따뜻한 배려다. 사람끼리는 더 말할 것도 없고 이 세상을 함께 살아가는 모든 존재에 대해서 보다 따뜻하게 대할 수 있어야 한다. 이와 같은 친절과 따뜻한 보살핌이 진정한 대한민국을 이루고 믿고 살 수 있는 세상을 만들 수 있다."

더 나아가 최근의 국가적인 비극을 바라보는 극단적 시각차를 생각하면 아이들이 보여주는 모습도 어른들의 그것을 닮아간다는 생각을 해본다. 이유야 어찌 되었든 간에 한 인간의 비극적 선택 앞에서 악어의 눈물은커녕 몇 번이고 다시 끄집어내어 죽이기를 서슴지 않는 어른들의 모습에서 아이들이 무엇을 배우겠는가?

죽음을 미화하는 것도 문제가 있지만 그럴 수밖에 없는 구조적인 모순이 있었다면 진솔하게 사과하고 화해와 용서로 더 큰 그림을 그릴 수는 없는지 답답한 마음으로 지내는 요즈음이기 때문이다.

어른들의 싸움질을 보며 메말라가는 아이들

지금, 우리들의 아이들은 어른들이 자라던 때보다 많이 배우고 좋은 환경 속에서 자라며 많은 혜택을 누리며 산다. 가난하여 학교를 다니지 못하는 아이도 없고 밥이 없어 점심을 굶는 아이도 없다. 학원비가 없어도 학교에서 방과 후 수업으로 여러 가지 공부를 할 수 있다. 좋은 책이 넘쳐나는 교실에서 아침독서로 하루를 연다. 방과 후 수업으로 4시까지 학교생활을 하므로 힘들까 봐 청소조차 날마다 담임인 내가 다하며 친절과 배려를 몸으로 보여주려고 노력했건만 내 정성이 부족했나 보다.

그럼에도 불구하고 아이들이 마음속에 친절이 자리 잡지 못한 현실을 생각하니 근본적인 원인을 탐색해야 했다. 외동아이로 자라는 아이들, 가정의 붕괴로 사랑을 받지 못한 마음에 생긴 상처와 울분, 감성을 계발하는 전인교육보다는 학력 평가 위주의 양적인 평가에 치우친 교육 현실, 경쟁과 수월성 중심의 교육 방침 등, 많은 요인을 생각해 보았다.

근본적인 수술이 필요한 공교육

사교육 없는 학교 지원 방안이나, 3단계 학교 자율화 방안, 미래형 교육과정 등도 따지고 들어가 보면 학력 만능과 경쟁지상주의를 부추기지 않을까 염려된다. 이런 점에서 지난달에 발표된 서울대 조사 결과는 되새겨 보아야 한다. 서울대 교수 158명은 서울대 학생들의 부족한 자질로 공동체의식, 배려심, 창의성, 대인관계 능력을 꼽았다. 이러한 품성은 입시 위주의 교육 정책으로는 기르기 힘든 덕목이다.

2008년 6월 우리나라를 방문한 미래학자 토플러는 "모두 같은 나이에 학교에 들어가 비슷한 것을 반복적으로 배우는 것은 공장을 연상시킨다. 지금의 청소년들이 미래에 같은 공장에서 일하지는 않을 것이기에 교육의 다양성이 확대되어야 한다."며 우리나라 학교 교육 시스템을 강하게 비판한 바 있다.

해외 석학들의 우리 교육에 대한 우려 섞인 충고를 대변하듯, 2009년 미국대학 수시 분석 결과는 더욱 참담했다. 우리나라 학생들의 아이비리그 등 명문대 합격은 '바늘구멍' 통과하기였기 때문입니다. 우수한 성적(SAT), 뛰어난 내신 성적과 과외 활동 경력에도 불구하고 낙방하는 근본 원인은 바로 '개성의 상실'이라는 분석이 지배적이었다.

지원자만의 독특한 리더십이나 창의적인 학습 활동이 없이 점수와 경쟁으로 수월성만을 중시한 나머지, 학생들의 인성과 창의성을 기르는 진정한 교육이 이루어지지 못했다는 반증이다. 그런 점에서 "상상력은 지식보다 중요하다."고 한 아인슈타인의 말은 부모님과 선생님이 꼭 새겨들어야 할 금언이라고 생각한다.

미래의 리더십은 '소통 능력'

상상력이나 창의성으로 밑그림을 그리고 미래의 리더십으로 주목받고 있는 소통 능력이 탁월한 따스한 감성을 지닌 친절한 사람으로 키우고 싶어 부단히 가위질을 했다.

하마터면 큰 사고로 번질 뻔한 아이들의 장난과 실수 앞에 서로 진심으로 사과하고 용서하는 악수를 시키며 어른들의 세상을 비추어 보았다. 이 아이들이 살아갈 미래의 모습을 미리 그려보며 나는 오늘도 부지런히 가위질을 했다.

상처 받은 친구가 이해될 때까지 이야기를 나누고 서로의 입장을 들으며 마음으로부터 화해를 이끌어내기 위해 수업 시간을 할애했다. 어쩌면 국어 받아쓰기 만점을 받는 것보다, 수학박사가 되는 것보다 더 소중한 것이 마음공부이기 때문이다. 잘못은 엄하게 꾸짖으면서도 돌아서서 따스하게 보듬어주는 부모와 선생님, 어른들이 많아져야 한다. 돌팔매가 무서워 아이들 눈치를 보며 포기하는 일은 인성 교육에 도움이 되지 못한다. 끝까지 자기 잘못은 없다던 아이가 눈물을 흘리며 사과를 하고 괜찮다며 친구를 안아주는 아이들의 모습을 보던 아이들도 행복해 했다. 친구가 아플 때 웃어버린 아이들도 진심으로 사과를 했다. 슬픔은 쌓이면 분노로 변한다. 가장 친한 친구에게 받은 상처는 오래도록 잊혀지지 않는다.

지금 우리 사회는 울분과 상처로 힘들어하는 사람들이 넘쳐난다. 가난한 아이들, 조손가정의 아이들, 한 부모 가정의 아이들에게는 상처가 많아 다른 친구들의 아픔을 이해해주려는 따스함이 부족하다. 아이들의 상처와 울분이 원한이 되지 않도록 다독이는 노력이 필요한 때이다. 그것은 이성보다는 가슴으로 할 일이다. 친절한 마음으로 상대의 상처를 들여다 볼 수 있는 낮은 자세가 필요하다.

어려서 밑그림이 완성되는 정직성과 도덕성

아홉 살은 아이들의 정직성과 도덕성의 발달단계에서 매우 소중한 시기이다. 신체적인 발육에 못지않게 정신적 성장 단계에서 확고한 정직성을 완성시켜야 한다. 이 시기를 적당히 지내면 아이들은 거짓말 하는 것을 보통으로 여기거나 습관처럼 하기도 하고 변명을 밥 먹듯 한다. 심한 경우 어른이 되어서도 자신의 잘못을 인정하지 않거나 습관적으로 거짓말을 하면서도 죄의식조차 느끼지 못하게 된다. 친구를 위험에 빠지게 하고도 잘못을 느끼기 전에 빠져 나갈 궁리에 바빠서 거짓말과 변명으로 나를 힘들게 한 아이는 앞으로도 내내 지켜보며 훌륭한 나무가 될 수 있도록 가위질을 멈추지 않을 것이다. 가지가 잘려 나가는 순간의 아픔에 연민과 동정으로 망설이는 동안 웃자라서 전정의 시기를 놓치지 않도록 깨어 있어야 함을 생각한다.

아이들의 얼굴이 다 다르듯, 그들이 지닌 개성과 능력도 다 다르다. 가르치는 교과목은 다 같지만 그 아이들의 마음 밭에 심어지는 교육의 씨앗은 그들의 품성과 인성의 깊이에 따라 다른 나무로 자랄 것이다. 한번뿐인 인생을 친구들과 마음을 나누고 친절하기를, 자신의 잘못은 진심으로 반성하고 되풀이하지 않으려고 노력하기를, 그리하여 해가 갈수록 지식의 깊이는 더하고 마음의 넓이는 더 넓은 우람한 나무로 자랄 수 있도록, 머리에서 가슴에 이르는 길을 날마다 거닐며 아름다운 나무로 자라기를 빌며 오늘의 일기를 끝낸다.

- 출처 : 「오마이뉴스」 세상에서 가장 아름다운 종교는?

성격이 좋은 사람이
최고랍니다

"21세기형 글로벌 리더는 성격 좋은 사람이 최고입니다. 한 마디로 품격 있는 리더십의 시대가 온 것입니다. 21세기 글로벌 기업에서는 서로 다른 문화와 전통에서 성장한 인재들이 모여 일하기 때문에 리더의 인품이 보다 중요해진다는 뜻입니다. 불확실성이 지배하는 21세기에는 리더가 답을 줄 수 없기 때문에 그 모호함을 인정하고 참을성 있게 문제를 풀어 나가야 합니다. 지시와 통제는 되레 독이 될 수 있으니, 인품을 보여주는 리더가 성공합니다."

한국경제신문이 주최한 2008 글로벌 인재(HR) 포럼에서, 세계적인 HR 전문가 플래튼 왓슨와이어트 대표가 한 말이다.

나는 그 말에 전적으로 동감한다. 아이들을 가르치다보니 체험적으로 느끼는 것이 성격이나 성품이 좋은 아이들에게 호감이 가고 정이 가는 게 사실이다. 그렇다고 교사로서 아이들의 성격에 따라 편애를 해서는 곤란하지만 교사도 사람이기에 그렇다는 뜻이다. 공부를 잘 해도 까다롭거나 골을 잘 부리는 아이들보다 약간 수줍음이 있는 듯하면서 차분하고 겸손한 아이들이 친구들과 잘 어울리고 모둠 활동도 잘 하는 것을 본다. 그런 아이들은 다른 아이들의 이야기도 들어줄 줄 알고 상대방의 입장도 생각하며 말을 한다.

요즘 아이들은 어느 집에서나 한 자녀 가정이거나 두 자녀 가정인 경우가 많아서 집에서부터 자신을 참고 양보하거나 상대방을 이해하는 훈련이 덜 되어서 그런다는 생각이 든다. 모두 다 그런 것은 아니지만 집에서부터 너무 귀하게 키워서 아이들이 원하는 대로, 자신의 욕구를 자제하고 참는 연습이 덜 된 채, 학교라는 공동체에 들어오기 때문이다. 정말로 공부를 가르치기 힘든 것이 아니라 아이들끼리의 다툼이나 의견 대립으로 자기 밖에 모르는 아이들을 대하는 일이 참 힘들다. 요즘 아이들은 교실이나 복도에서 뛰고 소리 지르고도 그것이 왜 잘못된 행동인지 생각하지 않는다. 수업 시간에 이론적으로는 잘 알고 지필 평가 시험지에 답은 잘 쓰지만 행동까지 옮기는 아이는 드물다. 특히 자기 반 담임선생님이 지도하는 시간보다는 방과 후 학교 시간이나 외부 강사 선생님들이 느끼는 고통은 상당히 심각하다. 수업을 진행할 수 없을 정도로 자기 맘대로 지껄이거나 돌아다니는 아이들 때문에 너무 힘들다고 하소연하시는 모습을 보면 안타깝기 그지없다.

자기 반 교실을 벗어나 다른 선생님 반에 가면 얼굴을 바꾼 채 멋대로 행동하는 아이들 때문에 골치가 아프다는 선생님들의 하소연은 한결같이 아이들의 성품을 이야기한다. 그렇다고 매를 들 수도 없고 강한 꾸지람도 한 두 번이지 먹히지 않는다는 것이다. 지금 우리 아이들에게 시급한 문제는 영어몰입교육이나 지적인 능력 향상이 아니다. 가장 기본적인 예절이나 교양, 공중도덕과 같이 다른 사람을 배려하고 남에게 피해를 주지 않는 행동을 강화하고 내면화 시키는 일이라고 생각한다. 다른 사람이나 친구들에게 친절하지는 못하더라도 적어도 피해를 주지 않는 언어 습관과 행동이 일상생활에서 자연스럽게 이루어져야 한다.

친절한 성품은 최고의 미덕

법정 스님은 '친절은 최고의 종교'라고까지 말씀하셨다. 이때의 친절은 사람은 물론이고 꽃 한 포기, 벌레 한 마리도 그 대상이어야 한다고 하셨다. 오늘날 이렇게 온 세상이 환경오염으로 파괴되고 지구 곳곳에서 재해를 당하는 일도 어머니 같은 대지를 함부로 대한 불친절의 산물이라는 뜻이다. 성품이 좋은 아이, 성격이 좋은 리더를 만드는 것은 결국 환경과 교육의 힘이라고 생각한다. 인위적인 환경이 아닌, 최대한 자연스러운 곳에서 대자연의 소리와 풍경을 보고 자랄 수 있게 하는 일은 어른들의 몫이다.

2008년 노벨문학상 수상작가인 장 마리 귀스타브 르 클레지오는 "생에 대한 희망을 버리지 않으려면 어린 시절의 기억을 간직하는 것이 중요하다."며 유년기는 자연과 소통하는 '유희적 우주'라고 강조하며 어른들로부터 "공부해라" 소리를 들으면서 어린 시절을 도둑맞는 프랑스 아이들을 걱정했다.

가난하지만 서정이 살아 있던 농촌 풍경 속에서 고향의 푸근한 인정과 형제애를 느끼며 자란 어른들은 힘들 때마다 그 '유희적 우주'를 떠올리며 위로 받고 찾아가는 회귀 본능으로 다시 일어설 수 있는 것이다.

'유희적 우주' 를 잃어버린 슬픈 아이들

지금 우리 아이들은 아파트 숲 속에서, 갇힌 사각의 틀 속에서 자라 세상 밖으로 나오기가 무섭게 각종 교육 시설에서 일찍부터 자연의 소리를 듣지 못하고 사는 아이들이 너무 많다. 다섯 살이 되기가 무섭게 아버지나 어머니와의 교감보다도 시설에 맡겨져서 오후 늦은 시각까지 보육이라는 이름 아래 틀에 박힌 삶을 시작하기 때문이다. 학교에서도 정규 수업 시간 외에 거의 4시까지 이어지는 방과 후 수업으로 아이들은 지쳐간다. 땅을 딛고 신나게 축구를 하거나 친구들과 마음 편하게 뛰노는 풍경을 보기 어렵다. 방과 후 학교가 끝나기 무섭게 학원 차가 대기하고 있다가 데려간다. 일터에 나가 바쁜 부모님, 그나마 온전하지 못한 가정의 울타리에서 연로한 조부모님 손에서 마음의 상처를 안고 살아가는 아이들이 너무 많다. 그러다보니 먹고 사는데 문제는 없지만 아이들의 마음은 가난하다. 일찍부터 부러진 날개를 숨기고 사는 아이들은 공격적이고 눈치를 보기에 바쁘다. 친구와 우정을 나누는 일에도 서툴다. 유년기의 '유희적 우주'를 상실한 채 경쟁적인 삶의 현장으로 들어가고 만다. 시골 아이들이라 해도 흔한 풀이름이나 꽃 이름도 모르고 곡식 이름도 잘 모르는 아이들이 많다.

가난해도 나름대로 '유희적 우주'를 지녔던 어른들의 어린 시절보다 더 메마른 삶을 살아가는 아이들을 보는 것은 마음이 아프다. 동네에 아이들이 귀하니 같이 놀 친구도 없는 아이들, 돌보아 줄 부모는 밤늦게 귀가하거나 글도 모르는 할아버지 할머니는 아이들 알림장조차 읽어주지 못하는 아픈 현실 속에서 가난과 좌절이 대물림 되지 않도록 어린 영혼을 다독이고 격려하지만 자신이 없다.

불확실성을 살아갈 우리 아이들을 실력과 자신감, 성격이 좋은 사람, 긍정적인 사람으로 키우고 싶지만 학교와 가정이라는 쌍두마차의 바퀴 한 쪽이 온전하지 못한 아이들은 늘 뒤로 물러서는 모습을 보여준다. 금방 좌절하고 슬퍼하는 모습을 습관적으로 보여준다. 가정으로부터 어린 시절에 확립되어 있어야 할 기본신뢰감이 약하기 때문이다. 어떠한 경우에도 자신을 끝없이 사랑하고 보듬어주며 격려하고 안아주어야 할 어버이라는 둥지를 잃은 아이들이 너무 많기 때문이다.

학교에서라도 노는 시간을 줘야 해요

그런 면에서 본다면 평생을 살아갈 자양분이 되어줄 어린 시절의 '유희적 우주'를 인위적으로라도 만들어 줄 대안은 초등학교 시절이다. 틈만 나면 친구들과 같이 놀 수 있도록 중간놀이 시간과 점심시간에는 운동장으로 보내는 일, 친구들과 쪽지 편지를 주고받게 하는 일, 간식을 같이 나누어 먹게 하는 일, 모둠 학습으로 문제를 해결하게 하는 일, 협동하는 놀이나 민속 무용을 함께 하며 우정을 쌓게 하는 일이 중요하다고 생각한다.

잘 노는 아이, 친구들과 잘 놀 줄 아는 아이는 성격이 좋은 아이가 분명하다. 그것은 자기를 참고 상대방의 입장을 생각해야 함께 놀 수 있기 때문이다. 나는 아이들이 노는 모습을 몰래 지켜보며 잘 노는 아이들을 칭찬해주곤 한다. 먼 후일 2학년 꼬마들이 담임인 내 이름은 잊더라도 함께 자란 친구를 떠올리며 행복해 할 유년 시절을 선물하고 싶다.

- 출처 : 「오마이뉴스」 잘 노는 아이는 성격도 좋아요

이제는 말할 수 있다

"장 선생님, 어떻게 그럴 수가 있지요? 부장교사를 하지 않으신다더니, 내게 양보한다더니, 번복을 해요? 이제 보니 참 위선적이군요. 글을 쓰는 선배님이라 존경했는데……."

몇 년 전 9월 무렵 나는 참 힘든 시간을 보냈다. 학교 도서관으로 나를 부른 후배는 나를 죄인 다루듯이 함부로 말을 해댔다. 그것도 아들 같은 신규 교사 앞에서 무참히 짓밟혀야 했다. 나보다 몇 년 후배에게 나는 태어나서 처음이자 마지막으로 그렇게 혹독한 꾸지람(?)을 당한 것이다. 40대 중반을 훨씬 넘도록 승진에 대한 꿈을 가지지 않았기에 부장교사는 남의 일로만 여겼던 그 때. 불행인 것은 내가 그와 동학년이었고 내가 부장점수가 없는 학년주임을 하고 있었다는 사실이었다. 학교의 형편에 의해서 갑작스럽게 생긴 부장교사 자리를 두고 내가 겪었던 마음의 상처는 그 후 몇 년 동안 나를 달달 볶으며 늘 달리게 하는 원동력이 되었다.

부장교사 자리가 나면 양보하겠다고 흔쾌히 이야기했던 내가 번복을 한 이유는 너무나도 간단한 것이었다. 한참 어린 후배교사 밑에서 동학년을 하며 작은 볼일에도 오라가라 불려 다니기 싫어서였다. 부장교사를 하면 당연히 학년주임까지 하게 된다는 걸 뒤늦게 깨달은 나의 부족함이 원인이었다. 경력으로나 전입서열, 이미 학년주임으로 근무 중이었으니 내가 부장교사가 되어야 한다는 여론에도 불구하고, 이미 승진을 위해 스펙을 쌓고 있던 그를 위해 윗분들에게 양보를 종용

당하고 물러섰다. 학년주임을 하고 있던 나는 새로이 부장교사가 된 그녀의 교실로 볼일이 있을 때마다 나를 교실로 오라가라 불러대던 후배를 보며, 2학기 동안 괴로운 시간을 보내며 마음고생을 많이 했었다. 승진을 목적으로 꾸준히 점수 쌓기에 돌입하며 열심히 살던 후배에게 양보하겠다던 나의 번복은 욕을 얻어먹기에 충분한 빌미를 주었던 것이다.

그날 나는 정신적인 충격에 40여 분 가까이 가슴에 통증을 느끼며 숨조차 제대로 쉬지 못할 만큼 죽음의 공포를 느껴야 했다. 후배에게 당한 충격으로 사흘 동안 잠을 이루지 못해서 심각하게 휴직까지 고려할 만큼 교직에서 받은 가장 큰 상처였다. 동료 선생님들의 격려와 배려, 종교의 힘에 의지하여 남은 학기를 무사히 마치는 동안 나는 내가 받은 상처를 나만의 방법으로 승화시켜 가는데 노력했다. 내 작은 자존심을 지키려다 받았던 아픈 상처를 이기는 길은 아이들 속으로 철저하게 걸어 들어가는 것이라고 믿어서 더 열심히 가르치고 사랑하며 글을 남기기 시작했던 것이다. 그 결과 그 해가 다 가기 전에 망설이고 있던 작품의 출판을 서둘러서 두 권의 책을 내어 아픔을 승화시키며 적극적인 방법으로 나를 표현하기 시작했다.

세상에 태어나서 가장 호된 질책으로 정신까지 놓아버릴 뻔 했던 그 순간은 죽는 날까지 잊지 못할 것이다. 아니, 내 삶의 의지가 약해질 때마다 나는 치욕스럽던 그 순간을 반추해내어 나를 채찍하곤 했다. 눈에 보이는 승진으로부터는 덜어진 교직생활이지만 아이들과 나누는 교실 이야기를 세상에 전하며 부단히 책을 읽고 기록을 남기며 나를 일깨우는 작업에 박차를 가하게 만든 그날의 상처는 이제 고운 옹이가 되어 마음 깊은 곳에 아로 새겨져 있다. 그리고 꿈에서도 잊지 못할 후배의 이름은 더 이상 내 상처 속에 존재하지 않는다. 시간이 약이 된 것이다. 한 때 열심히 달려가는 길 위에서 걸림돌이 될 뻔 했던 나의 존재 때문에 힘들어했을 그 후배도 나처럼 마음고생이 많았으리라. 이제는 얼굴조차 보기 힘들게 멀리 떨어진 곳에서 각자 열심히 아이들을 가르치는 자리에 서 있는 우리들.

같은 학교에 근무한다는 것만으로도 숨이 턱턱 막혔던 그 몇 달이 내 인생에서 가장 어두운 시간이었지만 그 어둠의 길목에 서서 거듭나기 위해 몸부림쳤던 시간이 있었기에 지금의 나는 솔개처럼 발톱을 가다듬어 다시 세상 속으로 나오며 제 2의 인생을 살고 있으니 오히려 감사를 드리고 싶다. 지금도 내 가방 속에는 그 날처럼 힘든 날을 대비하여 우황청심환이 들어 있다. 그 후로 몇 년 동안 한 번도 마시지 않은 상비약을 볼 때마다 내 가슴은 작은 떨림으로 긴장하곤 한다. 상처를 바라보며 흐트러지지 않기 위해, 무언의 자극제로 내 친구처럼 곁에 두고 있다.

이제 일곱 번째 교단에세이의 출간을 준비하며 그가 훌륭한 관리자가 되기를 바라는 내 마음을 실어 보낸다.

그대 덕분에 내 무디어진 발톱은 새로 태어났노라고, 우리 더 열심히 아이들을 훌륭하게 가르치자고, 어디에 있든지. 약속을 번복한 나 때문에 받은 그 때의 상처가 다 나았기를 바라며 진심으로 훌륭한 관리자가 되기를 바라노라고. 이젠 모두 잊었고 용서하였으니 그대도 눈치 없던 나를 용서하기를! 그대와 내 앞에 놓였던 모난 돌을 우리 함께 반석으로 삼아 후반기 삶을 더 아름답게 펼치며 인생의 무지개를 만들기를 기원한다고.

요즈음 세간에 회자되는 교사의 승진에 얽힌 이야기가 우리를 부끄럽게 한다. 사실이 아니기를 바라는 마음 간절하지만 부정도 할 수 없는, 어느 정도 짐작하는 이야기이기에 더욱 슬프다. 영혼을 팔아야 승진한다는 슬픈 이야기는 더 이상 들리지 않는 교단이었으면 한다. 영혼을 팔아서 양심과 정직성, 도덕성이 결여된 선생님이 서 있는 교실에서 어떻게 싱싱한 아이들을 제대로 기를 것인가.

개학을 앞두고 새로운 관리자를 만나게 될 2학기에 기대를 걸어본다. 우리 아이들을 잘 이끌고 갈 멋지고 아름다운 영혼의 소유자를 관리자로 맞이할 수 있기를!

당신의 아이에게
밥상머리의 기적을

밥상머리 교육의 중요성

"오메, 우리 2학년은 밥 좀 많이씩 좀 먹으면 좋겠다잉~. 이쁜 것들이 왜 이렇게 음식을 더 주란 말을 안 한다냐잉~."

"아, 예. 우리 반 아이들은 음식을 남기고 먹으면 안 된다는 걸 알기 때문에 스스로 먹는 양을 조절해서 그렇답니다."

"오메, 그라요. 나는 내가 해 준 음식이 맛이 없어서 그란 줄 알고 속상했는디! 그라고 보니 우리 2학년 식판은 언제나 깨끗하더만~."

"저도 아이들만큼만 주세요. 저부터 남기면 아이들에게 할 말이 없거든요. 그리고 욕심의 시작이 음식을 탐하는 데서부터랍니다. 조금 더 먹고 싶을 때 참을 수 있도록 가르칩니다. 그래야 자제력이 길러진답니다."

우리 학교에 새로 오신 조리사 선생님이 날마다 하는 말씀이다. 하나라도 더 먹이려고 음식을 들고 다니면서 아이들에게 나눠 주며 하는 말씀이다. 음식을 남기면 벌점을 받으니 두 배로 손해가 나니까 아이들은 자기가 먹을 만큼만 받되, 골고루 먹어야 하는 학급의 식사 규칙을 잘 따른다.

학년 초에는 싫어하는 음식을 먹다가 한두 번 토하던 아이가 있었으나 이제는 그 아이까지도 잘 먹게 되었으니, 요즈음의 우리 반 아이들은 점심 식사 시간을 즐기는 편이다. 집에서는 먹어볼 수 없는 음식도 골고루 나오고 그 시간에 식사 예절도 배우므로 학교 급식 시간이 야말로 영양 면에서도 매우 바람직한 시간이다.

젓가락 사용을 제대로 하지 못하는 아이, 어른보다 먼저 수저를 드는 아이, 식탁을 더럽히는 행동이나 꼭꼭 씹지 않고 입을 벌리고 먹는 것까지 일일이 배우는 시간입니다. 그러니 점심시간은 단순히 먹는 시간이 아니라 공부하는 시간이 분명하다. 아이들이 먹는 모습을 보면 그 아이의 성격이나 행동의 문제점까지 보인다. 덜렁대고 성질이 급한 아이는 밥을 먹는 것도 속도전이다. 씹지 않고 삼키거나 시끄럽게 먹는다.

특히 건강하고 차분한 아이일수록 밥을 먹는 태도도 차분하고 음식을 대하는 태도도 긍정적이다. 특별히 싫어하는 음식이나 좋아하는 음식에 상관없이 차분하게 잘 먹는다. 그러한 태도는 바로 집에서부터 배운 것이라고 생각한다.

『밥상머리의 기적』에 나타난 연구 결과와도 일맥상통함을 보여준다.

"하버드대 연구진은 3세 자녀를 둔 가정 83가정을 대상으로 2년여에 걸쳐 아이들의 언어 습득에 관해 연구했다. 결과는 예상 밖이었다. 다른 어떤 조건보다 가족 식사를 많이 한 아이들의 어휘 습득력이 월등했다. 아이가 습득하는 2,000여 개의 단어 중 책 읽기를 통해 얻는 단어는 140여 개인 반면, 가족 식사 중에 배우는 단어는 무려 1,000여 개에 달했다.

더욱 놀라운 사실은 이렇게 가족 식사에서 습득한 어휘력이 학교에 들어갔을 때 학업 성적과 직결된다는 사실이다. 한국에서 가족 식사 전통이 점점 사라지고 있는 사이, 미국과 일본 등에서는 밥상머리 교육의 열풍이 일고 있었다. 그 바탕에는 밥상머리 교육이 인성 함양은 물론 아이의 두뇌 발달과 학습 능력에도 영향을 미친다는 놀라운 결과들이 뒷받침되어 있다."

우리 학교에서도 학업 부진을 겪고 있는 아이들을 보면 아침 식사를 거르거나, 부모나 가족이 일찌감치 일터로 가서서 혼자서 밥을 먹는 둥 마는 둥 하는 것으로 조사되었다. 심지어는 저녁 식사 시간에도 가족과 함께 밥을 먹는 경우보다 따로따로 먹는 경우까지 있어서 하루 종일 가족 식사를 하지 못하는 아이까지 있다는 사실이 참 안타깝다.

행복은 식탁에서부터

가족끼리 아침식사를 하면서 다양한 토론 주제를 내놓고 이야기를 하는 수준까지는 되지 못해도 서로의 얼굴을 마주보며 일상적인 대화마저 할 수 없을 만큼 바쁘게 사는 사람들이 넘쳐나는 게 현실이다. 이 글을 쓰는 나 자신조차도 출퇴근 시간에 쫓겨 아침식사 준비만 해 놓고 학교로 달려갔던 지난날이 아프게 다가선다.

이런저런 이유로 아침식사를 같이 할 수 있음에도 불구하고 아이들과 함께 식사를 하지 못하는 분들에게 『밥상머리의 기적』을 권하고 싶다. 그리고 늦었지만 우리 반 학부모님에게도 알림장을 써서라도 아침식사를 같이 하도록 권유해 보고 싶다.

세상에서 가장 소중한 사람이 가족임을 생각한다면, 그 가족들과 눈을 맞추며 서로 먹으라고 권하는 아름다운 풍경 속에서 살아간다면, 하루하루를 좀 더 행복하게 살지 않을까 한다. 행복은 바로 곁에 있음을 나누는 식사 시간이 되었으면 참 좋겠다.

너나없이 가난하던 어린 시절, 새벽일을 나가시던 아버지와 함께 밥을 먹게 하려고 어린 나를 깨워서 밥을 먹게 하던 부모님의 뜻을 이제야 깨달으며 그리움에 젖는다. 그리고 밥상머리에서 두 분이 늘 하시던 말씀이 아직도 생생하다.

철이 없어서 내 밥을 다 먹고 쌀밥이 더 많이 들어간 아버지의 밥그릇을 훔쳐보면, 어머니는 늘 밥을 더 얹어주시며 많이 먹고 쑥쑥 크라고 하셨다. 그러면 여지없이 아버지의 질책이 따라 왔던 밥상머리 풍경.

"예부터 예쁜 자식 매 하나 더 주고 미운 놈 떡 하나 더 준다고 했소. 당신은 아이 밥통을 키워서 어쩌자는 거요? 먹고 싶다고 자꾸 퍼주면 버릇이 되는 거 몰라요? 밥 한 숟갈 더 먹는 것도 못 참는 아이로 키우고 싶소? 먹을 만큼 먹었으면 참는 것도 가르쳐야 해요."

그런 아버지가 때론 서운했던 초등학생 시절이었지만 일 년 내내 아침식사만큼은 반드시 같이 했고 저녁 식사도 아버지가 일터에서 돌아오셔야 할 수 있었다. 아버지보다 먼저 밥을 먹으면 절대로 안 되는 줄 알았다. 아랫목 이불 속에 뚜껑을 덮은 밥그릇 3개가 오종종 모여서 일 나가신 아버지를 기다리던 저녁식사 시간이 그림처럼 떠오른다.

가난했던 농경 시절에는 당연했던 함께 하는 가족식사 풍경이 세월에 밀려 따로따로 식사 시간이 되어버렸다. 이제 하루 한 끼만이라도, 아니 일주일에 단 한번만이라도 가족이 함께 밥상머리에 앉아서 느긋하게 밥을 먹으며 마음까지 살찌게 하는 행복을 나눠 보는 의도적인 노력을 해 보고 싶다. 그러고 보니 '밥'은 단순한 한 끼 식사가 아니었다. 그것은 바로 '영혼의 식사'였음을!

- 출처 : 「오마이뉴스」 당신의 아이에게 밥상더리의 기적을

백일장의 관행,
이제는 고칩시다

지난 4일 목요일 영암실내체육관에서 제27회 월출학생종합예술제 및 방과 후 학교 성과 발표회가 성대히 열렸다. 본교는 식전 축하 공연으로 사물놀이 공연을 올렸다. 4, 5, 6학년으로 이루어진 공연단을 위해 평소보다 일찍 출근해 아이들을 화장을 해주는 선생님, 악기를 나르며 고생하는 주무관님, 전교생이 백일장에 참가하므로 여러 번 운행해야 하는 통학버스 주무관님. 모두들 1년 농사 결과를 내놓고 칭찬하고 격려하는 축제를 위해 마음을 다했다.

한 순간에 지나고 마는 무대 공연을 위해 3년 동안 갈고 닦은 사물놀이 공연단은 관객들의 눈과 귀를 모으기에 충분했다. 방과 후 학교 프로그램으로 열심히 배우며 공부 스트레스나 불우한 가정이 주는 마음의 병까지 날리며 북을 두드린 아이들이다. 이제는 자랑스럽게 사물놀이를 배우는 4학년이 얼른 되기를 기다릴 정도가 되었다. 이미 전국 대회에 두 차례 나가서 상위 입상까지 한 저력이 있어서 북채를 두드리는 모습도 자신감이 넘쳤다.

들러리가 대부분인 백일장 대회, 아이들 작품이라도 돌려주었으면

사물놀이 외에도 우리 학교는 전교생이 그림이나 글짓기 행사에 참여했다. 이렇게 직접 행사장에 나가서 백일장에 참가하면 다른 때보다 훨씬 더 좋은 그림이 나오기도 하고 글도 잘 쓰는 아이들이 많다. 아이들이 그만큼 집중하고 몰입하기 때문이다.

좋은 작품을 만나는 기쁨도 잠시, 늘 아쉬움을 느낀다. 그것은 바로 들러리 서는 아이들이 너무 많기 때문이다. 참가 아동의 90% 이상이 수상권에 들지 못하고 작품마저 돌려주지 않는 백일장의 낡은 관행 때문이다.

그래서 아이들은 학년이 올라갈수록 참여하기를 싫어한다. 어차피 상을 탈 것도 아닌데 고생만 한다고 생각한다. 그래도 순진한 저학년 아이들은 기대를 걸고 내내 기다린다. 그래서 주최 측에 건의를 하곤 한다. 좀 귀찮더라도 아이들의 작품을 수합해서 학교로 보내주었으면 좋겠다고 말이다. 또 상품은 없어도 좋으니 입선이나 참가상 만이라도 주었으면 좋겠다고.

적어도 몇 시간 공을 들여 만든 작품을 내놓고 상은커녕 작품마저 자기 것이 될 수 없는 백일장 대회는 교육적으로 생각해 보아야 한다. 적어도 교육청에서 실시하는 대회만이라도 아이들이 자기 작품이나 기록물을 가질 수 있게 했으면 한다. 그 과정이 복잡하고 일거리를 만든다고 생각할 수도 있지만 주최 측에서는 심사가 끝난 뒤 그 작품들을 대부분 파기할 게 분명하다. 책에 실리는 몇 작품만이 겨우 빛을 볼 수 있을 뿐이다.

그래서 나는 우리 반 아이들이 그린 그림을 디지털 카메라로 일일이 찍어서 가져온다. 글을 쓴 아이들도 최대한 자기 기록을 가져 올 수 있도록 연습 종이를 챙기게 하거나 작품을 베끼게 하고 싶지만 시간이 부족하다. 학교에서는 힘들게 준비해 나가는 백일장 대회이지만 참가자에 비해 너무 많이들 탈락하니 아이들은 자신의 소질을 의심하고 자신감마저 잃는 경우도 있다.

칭찬을 먹고 사는 예쁜 아이들, 조금만 더 배려해주세요

철마다 날아오는 협조 공문에 응하다 보면 수업 결손도 많아지는 작품 모집. 불조심 행사, 웅변대회, 각종 글짓기 대회 등등 아이들이 상을 타면 자신감도 생기고 자신의 진로를 개척하기도 하기에 부지런히 작품을 지도하고 제출하지만 어쩌다 건지는 대어 한두 마리를 빼고는 거의 모두 들러리로 머물고 만다.

그렇다고 출품하지 않고 있으면 끈질기게 전화를 해대는 유관기관들의 부탁이나 협조 공문을 무시하기도 어렵다. 전교생 46명인 학교에서 35편의 불조심 작품이 나가도 우수상은 두 편, 군 도서관 독후감 응모에 전교생이 거의 다 참여해도 작품은 2등인 우수상 1편(군 전체적으로 4편 시상)이니, 아이들에게 늘 미안하다.

올해에도 어김없이 들러리로 머문 아이들이 90%가 넘은 각종 작품 모집을 주관했던 담당자로서 아쉬움이 많았다. 오랜 경험으로 보면 특활 행사에 나가 상을 탄 아이들이 자신의 진로를 결정하는 경우를 많이 보았기 때문에 조금 무리를 해서라도 꾸준히 작품을 지도하여 응모시켜 왔다.

상금이나 상품보다, 최대한 상을 많이 주어 최소한 아이들의 참가 의지만이라고 살려주는 작품 모집이 되고, 아이들의 작품도 돌려줄 수 있는 '배려' 문화가 정착되었으면 한다. '응모한 작품은 반환하지 않는다.'는 상투적인 표현이 이제는 없어졌으면 한다. 세상은 바뀌었는데 여전히 변하지 않은 것이 바로 백일장의 관행이 아닌가 한다.

자신의 소질을 발견하기 위해 각종 대회에 참가하는 초·중·고등학생들에게 참가자의 절반까지는 못 주더라도 일정 수준 이상이 되는 30% 정도는 상장만이라도 주었으면 한다. 특히 어린 싹이라 잘 다치는 초등학생들이 참가하는 백일장은 더욱 그랬으면 한다. 아이들은 칭찬을 먹고 사는 예쁜 나무요, 꽃이니까.

　행사장에 직접 아이들을 데리고 가서 지도한 교사로서, 우리 아이들의 밝은 미래를 위해 백일장의 낡은 관행이 고쳐지기를 바라는 마음 간절하다. 그리하여 우리 아이들이 세상에 나아가 감동을 주는 뮤지션, 화가, 작가, 국악인을 비롯한 그 어떤 직업이든, 어린 날 받은 칭찬이라는 밑거름으로 당차게 살기를 바라는 마음으로 이 글을 올린다.

- 출처 : 「오마이뉴스」 고학년 아이들이 `백일장`을 싫어하는 이유

'사랑의 매'에는
사랑이 없다

사랑 받은 쥐

미국 어느 대학에서 쥐를 세 그룹으로 나누어 실험했다.

첫 번째 그룹은 한 마리씩 구분된 쥐에게 충분한 먹이를 주었다.

두 번째 그룹은 다섯 마리 쥐를 함께 지내게 하며 먹이를 주었다.

세 번째 그룹은 사람의 손에 쥐를 놓고 쓰다듬어 주면서 먹이를 주었다.

그 결과 첫 번째 쥐는 6백일을 살았고, 두 번째 쥐는 7백일을 살았다.

그런데 세 번째 쥐는 무려 950일을 살았다. 또 학자들은 쥐를 해부하여 뇌를 살펴보았다.

세 번째 그룹의 쥐들이 다른 쥐들 보다 뇌가 크고 무거웠으며 잘 발달해 있었다고 한다.

용기를 주는 말

소설 〈아이반호〉로 유명한 영국의 계관시인 월터스콧은 어린 시절 '멍청한 아이'로 놀림을 받았다. 그는 열등생이 쓰는 종이모자를 쓰고 교실 한구석에서 침울하게 지냈다. 그러나 스콧은 문학에 관심이 있어 좋은 시를 보면 열심히 외웠다.

그가 열세 살쯤 되었을 때 유명한 문필가 모임에 참석했는데 여기서 그의 운명이 변했다.

당시 유명한 시인이었던 로버트 번주가 우연히 스콧의 시 암송을 듣고는, "꼬마야, 너는 언젠가 영국의 위대한 인물이 될 거다."라고 칭찬했다.

번즈의 칭찬을 받은 이 '열등생'은 그때부터 용기와 꿈을 가지고 인생을 개척, 1800년대에는 영국이 자랑하는 위대한 시인, 소설가, 법관으로 명성을 날렸다. 용기를 북돋워 주는 말은 한 인격을 변화시킨 것이다.

체벌, 그 대안을 찾아서

체벌금지와 관련해 논란이 일고 있다. 전면 금지로 인해 벌어지는 웃지 못 할 일들까지 기사로 접한다. 체벌의 당위성을 주장하는 사람들은 대부분 현직 교사와 모범생(?)들이다. 학부모가 내놓고 체벌을 주장하는 사람은 없다고 생각한다. 말로 통하지 않는 아이들, 자식 같은 아이들이 머리 꼭대기까지 기어오르며 이죽거리는 행동까지 보인다는 하소연들이 넘친다. 나도 그런 아이들을 만나는 게 힘들어서 교육청에서 운영하는 6학년 영재반 교육 연임을 거절했다.

그런가 하면 체벌로 인해 피해를 본 학생과 학부모의 고소 고발로 여론의 뭇매를 맞거나 아예 교단에서 내려서야 하는 일까지 비일비재한 것도 현실이다. 그렇다고 교육하기를 포기할 수도 없으니 대안이 필요하다. 현재로서는 뚜렷한 대안 없이 학교 현장에 내맡겨진 셈이다.

필자 또한 체벌로 인해 잊을 수 없는 아픈 기억이 있기에 체벌에 관한 한 최대한 신중하게 처신해 왔다고 생각한다. 오래 전 초등학교 고학년은 지금의 중·고등학생처럼 사춘기를 지나며 선생님이나 어른들께 버릇없이 구는 아이들이 있었다. 그런 것을 몇 번 제지하다가 고집을 부리는 우리 반 반장 엉덩이를 20대 가까이 때린 경험이 있다. 잘

하겠노라는 다짐을 받기 위한 것이었지만 순종하지 않는 자세에 대한 분노의 감정이 섞이지 않았다고 할 수 없다.

그때 우리 반에서 가장 내 말을 잘 따르고 학급 일에 모범을 보인 반장의 반항이었기에 더 흥분했었다고 생각한다. 물론 그 학생과 나쁘게 헤어지진 않았지만 내 가슴 속에는 응어리로 남아 있는 부끄러운 일이라고 생각한다. 그때의 상처를 생각하며 체벌을 해야 할 때마다 여러 번 생각하여 그 방법을 바꾸기 위해 애썼다.

머리보다 가슴으로, 대화가 먼저

내 나름대로 정한 체벌 규정은 다른 사람에게 피해를 준 행동이 현저할 때, 여러 번에 걸쳐 거짓말을 한 사실이 드러날 때, 습관적으로 학습을 방해하거나 과제를 소홀히 할 때 등과 같이 단순한 실수가 아닌 고의성이 짙은 잘못에 대해서는 1차로 철저한 상담을 했다.

자신이 무엇을 잘못했는지 모르는 아이들도 있기 때문이다. 따로 남겨 놓고 진지한 이야기를 하거나 변명할 기회를 주는 것이다. 문제 행동 뒤에는 의외의 사정이 숨겨진 경우가 많았다. 아이들의 반항은 어찌 보면 관심을 가져 달라는 우회적인 표현이기 때문이다.

대부분의 경우 1단계에서 해결이 되었으나 반복될 경우에는 선생님도 장기전으로 들어가야 한다고 생각한다. 호흡을 가다듬고 본인이 쓴 반성문에 부모님이 친필로 답신을 쓴 것을 받아오게 하는 방법을 쓴다. 교실에서 만나는 아이들에게 먼저 화를 내면 이미 게임에 진다고 생각한다.

아이들은 화를 내는 선생님을 두려워하기보다 이죽거림이나 뒷말로 뒤에서 무시하는 것을 많이 볼 수 있다. 일단 화를 먼저 내는 사람이 진다고 생각한다. 교육하는 일이 아이들을 이겨야 가능하다고는 생각하지 않는다. 오랜 참음과 기다림을 밑바닥에 깔고 어버이의 가슴에다 냉철한, 그러면서도 따스한 온기를 지녀야 가능한 선생의 길!

부모의 친필 사인이나 편지를 받아오게 하는 방법은 매를 맞는 것보다 더 싫어하는 방법이기도 하다. 그런데 놀라운 것은 체벌(매를 들거나 벌을 서게 하는 일)보다 효과가 크다는 사실이다. 이런 방법으로 통하지 않는 아이들은 없었다. 초등학생이라서 이 방법이 순진하게 통했던 것일까?

세상이 날로 변해 집은 있으나 가정이 없는 아이들이 많은 게 문제라고 생각한다. 원론적으로 말하면 물질을 앞서 가지 못한 정신문명의 황폐함에서 기인된다고 생각한다. 왜 공부를 해야 하는지, 외 사는지 근본적인 물음은 던져두고 남들 따라 장에 가고 학교에 가고 어른이 되어 부모 된 자세나 교육에 대하여 깊이 성찰하지 못하고 달리는 사람들이 너무 많음에서 기인되는 것은 아닐까.

법으로 규제하는 체벌 금지, 대안일 수 없다

교사 한 사람 한 사람이 교육의 주체라고 생각한다. 그러므로 체벌 또한 선생님의 역량이며 책임도 각자의 몫이라고 생각한다. 체벌할 수 있다고 해도 체벌하지 않는 선생님이 있을 수 있고, 체벌하지 말라고 법으로 정해도 체벌하는 선생님도 있을 것이기 때문이다. 그렇다고 체벌금지를 하면 교육을 할 수 없을 정도로 문란해진다고 말하는 것도 그럴 듯한 이유가 될 수 없으니 난감하다.

결국은 체벌금지는 법 규정 이전에 선생님 각자의 뚜렷한 소신이 정립되어야 한다는 게 개인적인 생각이다. 체벌을 하여 불이익을 보면서까지 할 바에는 아이들에게 무관심할 수밖에 없지 않냐고 하는 말도 그리 좋게 들리지 않는다. 소극적으로 피난처를 찾는 듯 한 인상을 주기 때문이다. 때려서라도 가르쳐 달라는 학부모도 있지만 그걸 진심이라고 믿지는 말아야 한다. 속으로는 때리지 않고도 잘 가르칠 수 있기를, 그렇게 무한한 사랑과 능력을 보여주기를 바란다는 뜻이 숨겨 있다고 생각하는 게 낫다.

자랑은 아니지만, 교직 경력 30년 동안 체벌을 하면서까지 열심히 정열적으로 가르쳐서 주서서 감사하다고 한 제자는 한두 명에 그친다. 대부분 자상하게 대화하고 함께 아파하며 참고 기다려 주며 가슴으로 가르친 제자들이 잊지 않고 자식처럼 찾아준다. 체벌이 뜨거운 태양이라면, 인내하는 방법이 훈풍이라고 할 수 있을 듯하다.

체벌에 대처하는 나만의 방법

이제 우리나라는 선진국 대열의 문 앞에 서 있다. 언제까지 구시대의 잔재인 독재 시대의 강압과 군사 문화의 전유물인 폭력이나 체벌 문화를 필요악으로 여기며 합리화 시킬 수는 없지 않은가? 바야흐로 세상은 인권시대이다. 민주주의를 배우는 교정에서 빠른 효과를 보겠노라고, 모범생들의 학습을 방해한다고, 선생님의 훈육에 대든다고 체벌을 합리화 할 수는 없다고 생각한다. 언젠가는 반드시 없어질 체벌 문화라면 힘들더라도 함께 대안을 찾을 일이다.

가정 폭력으로 맞고 자란 아이들이 다시 때린다고 한다. 학교에서도 맞고 군대 가서도 맞으면서 체벌이 세습되는 것이다. 학교 폭력을 추방하자고 결의 대회를 하면서 선생님의 체벌은 어쩔 수 없으니, 필요악으로 용인하자고 하는 것도 궁색한 변명일 뿐이다. 이제는 정말 머리를 싸매면서 공부를 하고 그 상황에 대처해야 할 때라고 생각한다.

그래서 필자는, 최소한 다음과 같은 3가지 원칙을 세워 놓고 가능한 한 기록으로 남기며 대처하고 있다.

1. 체벌이 아니면 그 학생을 지도할 방법이 없는가?

2. 체벌이 그 학생에게 유익한가?

3. 문제 행동을 하기까지 학생의 사정이나 형편에 관해 몇 차례나 기록을 남기고 상담을 했는가?

서두에 인용한 〈사랑 받은 쥐〉와 〈용기를 주는 말〉에는 체벌이나 사랑의 매는 없다. 선생님이 때려 주어서 성공했다고 하는 사람도 한 사람도 만나지 못했다. 이제는 힘들더라도 '사랑의 매'는 괜찮다는 어설픈 교육철학은 던져버리자고 나 자신에게 다짐해 본다. 사랑의 매에는 사랑이 없다. 고통과 책임만 따를 뿐이다.

- 출처 : 「오마이뉴스」 사랑의 매엔 사랑이 없다

세계의 부러움 받는 한국 교육의 현주소

지난 12월 7일 발표된 경제협력개발기구(OECD) 34개 회원국과 31개 비회원국의 만 15살 학생 약 47만 명을 대상으로 조사한 '학업성취도 국제비교연구(PISA 2009)' 보고서의 내용은 여러 모로 생각할 바가 많은 자료였다. (관련 기사 - 2010년 12월 8일자 「한겨레신문」) 우리나라 137개 고등학교와 20개 중학교 학생 5,123명이 참가한 이번 보고서의 결과를 종합해 보면, 자기학습능력 65개국 중 58위, 읽기·수학·과학 등 성적은 OECD 회원국 1~4위권이다

한 마디로 표현하면 세계의 부러움을 받는 교육 한국의 현주소는 단순암기로 올린 성적의 허점을 보인 거라는 평가였다. 2003년 평가에서도 우리나라는 집중 분석 과목이던 수학 성적이 상위권이었지만 흥미도와 학습동기에서 전체 41개 나라 가운데 각각 31위와 38위였고, 과학이 집중 분석 과목이었던 2006년 평가에서도 흥미도가 OECD 평균을 밑돌아 단순 암기식 교육의 부정적인 결과라는 지적이 나온 바 있다.

수치로 나온 성적으로만 보아서는 매우 고무적이라고 할 수 있으나 내면을 들여다보면 매우 걱정스럽다는 뜻이다. 우리나라 만 15살 학생들의 읽기·수학·과학 실력이 OECD 34개 회원국 가운데 1~4위에 올라 학업성취도가 최상위인 것으로 나타났다. 반면 '읽기 학습'에 대한 흥미도가 낮고 혼자 읽고 공부하는 능력(자기학습관리능력)은 다른 회원국 학생 평균보다 크게 떨어지는 것으로 조사됐기 때문이다.

이는 곧 가정과 학교에서 '공부를 위한 공부'를 하게 하는 풍토에서
자란 결과라는 생각이 들어 걱정된다. 공부란 즐거워야 하며 본인이
좋아서, 호기심의 발로에서 비롯되어야 오래도록 즐기면서 할 수 있는
먼 여정이다. 그러나 아쉽게도 이 땅의 학생들은 공부의 즐거움을 알
기도 전에, 그 단맛을 느끼기도 전에 공부에 질려서 오래 가는 공부를
못하는 환경 속에서 자라고 있는 게 현실이다.

자기주도 학습력, 어떻게 기를까

그토록 오랜 시간 학교 현장의 화두인 '자기주도 학습력'은 구호로만
그친 것일까? 너무 일찍부터 공부로 내몰아서 다그친 것은 아닌지 어
버이도 선생님도 가던 길 멈춰 서서 돌아보아야 할 시점이다. 각종 영
재교육으로, 다양한 인재 양성 프로그램을 준비한 중 고등학교 프로그
램도 결국은 명문대학의 문 앞에서는 한 줄 서기로 그 특성이 약화되
어 버린 탓은 아닐까.

학생 자신이 가진 소질과 능력보다는 명문대학의 인기학과에 맞춰
서 공부를 해야 하니 그 공부가 즐거울 까닭이 없다. 그렇게 진학을
했다 하더라도 중도에 포기하거나 다시 공부를 하는 대학생들이 많으
니 엄청난 국력의 낭비요, 개인적으로도 시간과 노력, 금전적으로도
큰 손해다.

결국은 교육 본연의 물음으로 귀결된다. '공부를 왜 해야 하는지. 공
부를 해서 어떤 인생을 살 것인지'에 대한 진지한 물음이 먼저다. 그러
나 이 나라의 부모들은 일류대학이나 명문대학의 명예 앞에서는 자식
의 인생도 대신 살아줄 것처럼 다그치고 채근한다. 그러한 집착과 욕
심이 오늘 이 나라의 학생들에게 공부란 즐겁지도 않고 괴로운 짐으
로 여기게 만들고 있다고 생각한다.

이제는 생각의 틀을 과감하게 바꾸어야 할 때이다. 얼굴 모습이 다 다르듯 아이들이 지닌 장기도 다 다르다. 그럼에도 특정 직업을 향하여 올인하도록 코뚜레를 꿰어 한 줄로 몰아온 교육 현실을 더 이상 외면해서는 안 된다고 생각한다. 내 자식이나 제자가 행복하지 않은 선택을 해놓고 억지로 그 길로 가는 것을 보면서 즐거워하지는 않았는지 가슴에 손을 얹고 반성해 본다.

모두 다 대학을 갈 필요도 없고 그래서도 안 되는데 우리는 그러질 못했다. 너나없이 대학의 문으로 집어넣고 결과물을 기다려왔다. 대학에 가지 않으면 큰일이 날 것처럼 국, 영, 수 몇 과목에 목숨을 걸고 매진하게 한 것이다. 세상을 살아가는 길이 얼마나 많고 다양한데 그 길의 1%도 안 되는 쪽에만 돋보기를 들이대고 좁은 문을 통과하도록 가르쳤으니 자기주도 학습력이 정착될 리가 없다.

자기애를 지닌 아이, 여러 줄 세우기 교육으로

언제부턴가 없어져 버린 여러 줄 세우기 교육이 해법이다. 아이들이 좋아하는, 본인이 원하는 공부를 하게 하는 원초적 방법만이 살 길이다. 한 번뿐인 인생을 어떻게 하면 즐겁고 행복하게 자신의 길을 가게 할 것인지 진지하게 고민할 때이다. 자기 자신을 사랑하는 아이가 되도록, 자신의 행복을 스스로 결정할 수 있게 해야 한다.

누군가를 부러워하는 교육이 아니라, 자신만의 길을 당당하게 가는 공부를 하도록 도와주어야 할 일이다. 눈에 보이는 가문의 명예와 물질의 풍요에 휘둘리지 않는 자존감으로 세계적 등수에 눈이 어두워, 명문대학의 그늘에 가려서 원하지도 않는 인생을 살지 않도록 어버이와 선생이 자식과 제자의 가능성을 찾기 위해 시야를 넓힐 때가 되었다.

눈에 띄는 직업이 아니더라도, 일류대학이 아니더라도 자식이 원하는 길을 기꺼이 가게 하는 것이 인생의 선배로서 부모가 해야 할이다. 우리 학교의 명예를 위해서가 아니라 내 제자의 진정한 행복을 위해서 그가 가고자 하는 길을 닦아주고 살펴주는 일이 선생님이 해야 할 일이다.

평생학습의 시대의 초석은 가정과 교실

이제는 평생학습의 시대다. 학교 교육이 끝나면 책을 놓아버리는 자세로는 살아가기 힘든 세상이다. 이때 필요한 것은 바로 통제 전략(자기학습 관리능력)이다. 상황에 따라 자신이 해야 할 공부를 선택해서 집중하고 노력하는 사람으로 살아야 하는 세상이다. 그런데 아쉽게도 학교 문만 나서면 책과 담을 쌓고 사는 사람들이 많은 게 현실이다. 학창 시절에 공부에 질린 탓이다.

그러다 보니 우리나라의 독서력은 교육입국의 위상이 부끄럽게 세계 최하위라고 한다. 다시금 내가 가르치는 아이들을 새롭게 봐야겠다. 나의 교육방침과 교육철학을 되돌아보고 반성해야겠다. 긴 겨울방학 동안 자기 주도적으로 공부하는 아이들이 될 수 있도록 각기 다른 계획과 진로 지도를 서둘러야겠다. 평생학습의 초석을 다지는 길은 바로 가정과 교실이다. 그곳에서 공부를 즐기는 아이로 만들어야 자기주도 학습력을 키울 수 있기 때문이다.

- 출처 : 「오마이뉴스」 세계의 부러움을 받는 교육 한국의 현주소

'동일본 대지진' 어떻게 가르칠까

모든 인간은 두 가지 부류로 나뉜다. 하나는 어둠 속에서도 깨어 있는 사람이고, 다른 하나는 빛 속에서도 자는 사람이다.

- 칼릴 지브란

대재앙 앞의 나약한 인간

텔레비전 화면 통해 일본을 강타한 '동일본 대지진'의 참혹함은 같은 지구촌에 사는 나에게도 망연자실하게 다가왔다. 인간의 힘으로는 어찌할 수 없는 대재앙 앞에서 한없이 무력하고 허망한 현실을 보며 한숨만 나왔다. 내가 사는 나라가 아니라서 다행이니 그저 지나쳐 가는 사건으로 보기에는 인간적으로 마음 아프고 슬픈 모습들이었다.

사랑하는 가족을 잃고 집을 잃고 이웃을 송두리째 잃은 슬픈 이웃의 모습은 결코 남의 나라 일로 받아들여지지 않았다. 지구라는 행성에서 같은 공기를 마시며 숨 쉬며 사는 공동 운명체임을 느끼며 아프지 않다면 인간이기를 포기해야 한다는 생각까지 들었다. 달려가서 도와줄 수는 없지만, 내 힘이 미약하여 아무런 도움도 주지 못하지만 그래도 교실에서 할 수 있는 일을 찾아보고 싶었다.

아이들이 생각하는 '동일본 대지진'

그래서 3월 14일, 바른생활 시간에 '동일본 대지진' 이야기를 꺼냈습니다.

"2학년 1반, 일본 대지진 소식은 다 알고 있지요? 여러분은 그 사건을 보고 어떤 생각을 했나요?"

"예, 선생님. 일본 사람들이 불쌍했어요."

"저는 일본 사람들이 우리나라를 괴롭혀서 그런 일을 당했다고 생각해요."

"선생님, 우리나라도 일본처럼 지진이 날까 무서웠어요."

그런데 두 번째 아이처럼 일본 사람들이 우리나라를 쳐들어와서 우리를 괴롭혀서 그렇게 벌을 받는 거라고 말한 아이의 생각은 아마도 집안 어른들의 이야기를 듣고 온 것 같았다. 그러한 의식은 분명히 고쳐야 한다는 생각이 들었다.

나에게 피해를 준 사람은 나처럼 똑같은 벌을 받아야 마땅하다는 생각은 '눈에는 눈'과 같은 가장 1차원적인 생각이다. 그런 생각 속에는 이해와 용서, 사랑과 배려와 같은 차원 높은 인간관계를 키우기 힘들다. 그러므로 그러한 생각을 바꾸게 하는 것이 곧 교육의 힘이다.

일본이 우리를 침략한 사건과 지진이 일어나는 것은 별개의 문제이기 때문에 엄청난 아픔을 당한 일본 사람들을 위로하지는 못할망정 벌을 받고 있는 거라고 어린 자녀나 제자들에게 함부로 말하는 것은 잘못이라고 생각한다. 누군가에게 불행한 일이 생기면 죄를 받아서 그런다는 말을 하는 어른들이 많음을 본다.

이러한 사상은 착하게 살기를 바라면서 인과응보를 지나치게 강조하는 문화적, 종교적인 가르침에 기인할 수도 있다. 그러나 교육을 하는 교실에서는 한 차원 높은 인류애를 가르침이 마땅하다고 생각한다. 일본이 저지른 잘못은 잊지 않되, 가슴마저 차가운 아이들로 키울 수는 없다고 생각하기 때문이다.

교육이 필요한 시사 계기 교육

아직 2학년인 우리 반 아이들에게 이해하기 쉽게 가르치기는 참 힘들었다.

"사람이 태어나면 누구나 죽는다는 것은 다 알고 있지요? 마찬가지로 일본의 대지진은 사람의 힘으로는 도저히 막을 수 없는 일이랍니다. 그것은 일본 사람이 우리나라에게 죄를 지어서 생긴 일도 아니랍니다. 여러분도 잘못을 할 때가 있지요? 친구를 괴롭히거나 부모님을 속상하게 하는 일이 있지요? 그렇다고 해서 잘못할 때마다 죄를 받아서 아프거나 다치면 좋겠습니까?"

"아니요~. 저도 잘못을 많이 하는데 모르고 하기도 하고 좋은 생각이 없어서 그러기도 해요."

"그래요. 사람은 누구나 잘못을 합니다. 일부러 하거나 자주 하면 아주 나쁘지요. 어쩌다 모르고 하거나 작은 실수를 한 것은 용서를 해야겠지요? 그렇다고 잘못한 사람이 만날 용서를 해달라고 하면 안 되겠지요? 될 수 있으면 잘못을 하지 않으려고 노력해야겠지요?"

일본 정신 '남에게 피해 주지 않기'

그래서 나는 일본이 다른 나라를 침략한 과거의 잘못을 고치기 위해서 유치원에 다닐 때부터 '남에게 피해를 주지 않기' 교육을 철저히 시킨다고 이야기해 주었다. 그런 교육의 결과, 이번 같은 대참사 앞에서도 그처럼 질서정연하게 질서를 지키며 다른 사람을 원망하지 않고 초인적인 시민정신을 보여줄 수 있는 진정한 선진국민의 모습을 보여주어서 감동을 받았다고 이야기해 주었다.

질서정연한 국민의 모습, 가족을 잃은 슬픔 속에서도 다시 살아야 하는 비장함으로 눈물조차 안으로 삭이며 삶의 의지를 보여주는 일상

의 모습을 회복해 가는 일본 국민의 높은 시민의식을 보며, 교육의 힘
을 생각했기 때문이다.

다문화가정 아이들 상처 받지 않게 해야

그러면서 우리 학교에 다니는 다문화가정의 아이들 중에서 일본인
어머니를 둔 아이들의 생활 태도를 칭찬해 주었다. 그 아이들의 특징
이 '다른 아이들에게 피해 주지 않기, 싸우지 않기, 욕하지 않기'라는
걸 잘 알고 있기 때문이다.

일본에 외가를 둔 아이들의 다문화가정에서는 일본 대지진의 소식
이 커다란 아픔임을 생각한다면 같은 반 친구로서 그 아이들의 가슴
에 못을 박는 말을 해서는 안 된다는 것을 가르치는 일은 곧 시사 계
기 교육을 넘어서는 인간적인 교육, 곧 인류애 교육이라고 생각한다.

진정한 선진국은 '지성인'의 나라

더 나아가 일본이 우리나라에 상처를 준 역사적 사건을 진정으로
반성하고 사과하며 독도 문제와 같은 부당한 행위도 거두어들여서 우
리나라와 마음으로 통하는 진정한 이웃 나라로 거듭날 수 있기를 바
라는 마음이다. 진정한 선진국은 지식인보다는 지성인이 많은 나라다.
세계에서 최상위의 경제대국인 일본, 대지진의 참사를 겪는 국가적인
위기 속에서도 감동적인 시민정신을 보여준 일본 국민을 온 세계가 함
께 아파하고 재난구조에 동참하는 일에 우리 아이들도 마음으로 응원
할 수 있도록 가르치고 싶다. 어둠 속에서도 깨어 있기를, 상처 받은
일본 국민들에게 위로를 보낸다.

욕하는 아이들, 어찌할까요?
2학년 선생님이 쓰는 교실 일기

우리나라 청소년 95%가 욕하는 현실

초·중·고생 1,260명을 조사한 결과, 응답자 80%가 '초등학교 때 욕설 배운다.'는 기사(- 2011년 6월 6일자 「한겨레신문」)를 보고 정말 놀랐다. 10명 중 8명이 초등학교 때 처음 욕설을 배웠고 초등학교 저학년 때라는 응답도 22.1%나 되어서 깜짝 놀랐다. 세 살 버릇 여든 간다는 속담처럼 욕하는 버릇도 일찍 잡아주어야 한다는 생각이 들었다.

그래서 바른생활 시간에 설문지를 내어서 조사를 해 보기로 했다. 내가 가르치는 아이들은 아홉 살짜리 2학년 아이들이라 착하고 순진해서 깜짝 놀라게 하는 시어를 달고 사는 아이들이다. 창의성도 뛰어나고 규칙을 지키거나 원칙을 준수하는 태도가 어느 학년보다 좋아서 선호하는 학년이기도 하다. 기초부터 다잡아 주어야 할 것들은 많지만 가르침을 받아들이는 태도가 스펀지 같기 때문에 교육자로서 느끼는 보람이 크다. 바꾸어 말하면 아직은 자아정체성이 덜 성숙하고 사춘기에 이르지 않아서 매우 순수하므로 사랑스럽고 예쁜 시기이다.

우리 반 아이들도 그렇게 욕을 할까 싶어서 조사해 보고 싶었다. 한 발 더 나아가서 왕따를 미리 예방하자는 차원에서 아래와 같은 설문지를 직접 작성하여 조사해 보았다.

2011년 6월 14일 화요일 2학년 이름 (   )

친구랑 사이좋게 지내요.

선생님은 우리 반 친구들이 서로 사이좋게 지내기를 바라는 마음으로 여러분의 생각을 알고 싶습니다. 다음 질문에 솔직하게 답을 해 주면 참 고맙겠습니다. 누가 누구를 썼는지는 절대 밝히지 않으니 안심하고 쓰기 바랍니다.

1. 우리 반에서 나랑 놀지 못하게 하는 친구가 있나요?
어떤 친구가 (   ) 무슨 일로 (   )
언제 그랬나요? (   )

2. 다른 친구랑 놀지 말라고 하는 친구가 있었나요?
어떤 친구가 그랬나요? (   )
무슨 일로 그랬나요? (   )

3. 우리 반 친구가 다른 친구를 괴롭히는 것을 본 적 있나요?
어떤 친구가 그랬나요? (   )
그때 나는 어떻게 했나요?(   )

4. 신문을 보니 요즈음 친구들은 욕을 많이 한다고 합니다. 우리 반에서 욕을 하는 친구를 본 적 있나요? (   )
있다면 어떤 친구가 욕을 하나요? (   )

5. 나는 다른 사람에게 욕을 한 적 있나요? 다음 중에서 고르세요. ( )
1) 가끔 한다   2) 전혀 안 한다   3) 자주 한다   4) 날마다 한다

6학년을 가르칠 때는 쉬는 시간이나 운동장에서, 복도나 화장실에서 아이들이 욕하는 것을 어렵지 않게 들을 수 있어서 그때마다 지적해 주고 상담을 한 적이 있었다. 그런데 저학년 아이들을 가르치면서부터는 욕하는 아이들 때문에 마음을 상해 본 적이 거의 없었다. 담임 선생님이 있는 곳에서는 싸우거나 욕하는 아이들을 발견할 수 없었기 때문이다. 그런데 며칠 전 신문을 보고 저학년 아이들도 욕을 한다는 사실을 알게 된 것이다.

조사 결과는 정말 우려할 만큼 심각했다.

내가 보이지 않는 보육교실이나 통학 버스, 운동장에서 자기들 끼리 놀 때의 모습이 적나라하게 드러난 것이다. 철저하게 이름을 밝히지 않을 테니 마음 놓고 쓰도록 하고 나쁜 일을 방지하고자 조사하는 거라고 했다. 그럼에도 불구하고 철이 든 아이들은 조사용지를 가리고, 한참을 머뭇거렸다. 그런 행동은 쓰고 싶은 내용이 많다는 뜻으로 해석되어서 차분하게 시간을 주고 널찍이 떨어져서 쓰게 했다. 그 결과를 보면, 1번과 2번 항목에서는 50% 이상의 아이들이 이름을 썼고, 특히 거명된 아이들이 학급에서 착하고 공부 잘한다고 칭찬 받는 아이들이어서 매우 놀랐다. 어찌 보면 담임선생님이라는 '강자' 앞에서는 철저히 자신을 포장하고 참았다는 뜻으로 해석되었다.

다른 친구를 괴롭히는 것을 보고도 가만히 있었다는 대답이 훨씬 많았다. 이유를 묻고 말린다는 비율이 더 낮았다. 마지막 문항인 욕하는 태도에 대한 답변으로는 50%가 전혀 안 한다고 해서 참 다행이었고 가끔 한다는 아이가 20%였다.

학교 교육의 지향점이 전인 교육이라고 전제했을 때 다른 사람을 괴롭히고 욕하는 태도는 분명히 짚고 넘어가야 할 문제이다. 욕하는 아이들이 많은 슬픈 현실은 곧 어른들의 모습을 반영하는 결과이기에 부끄러움이 앞섰다. 자신의 분노를 욕으로 표출하여 거칠게 보임으로써 강자처럼 보여서, 상대방을 이길 수 있다는 생각일 수도 있고, 각종 매체나 가정환경의 영향으로도 볼 수 있으니 모두 다 어른들에게 배운 결과이다.

"선생님, 우리 아버지도 욕하는데요?"

"선생님, 우리 형도 욕하고 선배들도 욕해요."

"우리 할머니도 화가 나시면 막 욕하는 데요?"

"그래요? 욕하는 게 나쁜 일인 줄 알면 부모님이나 친구들이 욕해도 욕을 배우지 않아야 정말로 훌륭한 사람입니다. 그런 사람은 착한 마음, 양심이 발달한 사람이랍니다. 욕을 하고 싶어도 하지 않고 참는 사람은 최고로 강한 사람이고, 꾸중을 들으니까, 흉볼까 봐 안 하는 사람은 중간, 남들이 싫어해도 참지 못하고 욕하는 사람은 가장 낮고 약한 사람이랍니다. 여러분은 모두 중간이나 '하'가 아닌 최고로 높은 '상'이 될 수 있지요?"

"예, 선생님!"

"약속했습니다. 2학년 1반 친구들은 모두 최고로 훌륭한 사람이 된다고! 앞으로 일주일 뒤에 다시 조사할 때는 여러분의 이름이 한 사람도 나오지 않기를 바랍니다."

인터넷의 악성 댓글로 많은 사람들이 상처를 이기지 못하여 자살하고 괴로워하는 모습은 결코 남의 일이 아니다. 예로부터 우리 문화는 유교적인 환경의 지배를 받고 살아서 참아야 한다는 강박 관념이 많이 지배해 온 것이 사실이다. 부모에게 따지거나 상사에게 따질 수 있는 문화가 아니었다. 심지어는 억울해도 참으면 나중에 진실이 밝혀진다며 참으라고 했습다. 대화가 아닌 순종과 겸손이 미덕이었고 토론보다는 뒷담화가 많은 것도 사실이다.

이러한 풍토 속에서 자신을 보호하는 방편으로 욕을 하기도 하고 익명으로 다른 사람을 비방하는 모습이 인터넷이라는 공간에서 활개를 치고 있는 것이다. 출퇴근 할 때 중, 고등학교 앞을 지나다보면 정말 걱정되는 모습이 한, 두 가지가 아니다.

교실에서 신는 슬리퍼를 질질 끌고 등교하는 학생들이 삼삼오오 모여서 악을 지르며 이야기하는 모습, 친구를 부르는 소리는 거의 욕의 수준인 모습, 대낮에도 가까운 아파트의 계단에서 담배를 피우거나 남녀 학생이 껴안는 모습 등. 걱정을 넘어 한숨이 나올 지경이다. 허벅지가 다 드러난 채 엉덩이가 꽉 낀 짧은 교복 치마에 화장까지 한 모습을 어렵지 않게 볼 수 있으니 말이다.

옷을 입거나 욕을 하는 겉모습은 곧 자신의 내면을 표현하는 것이고 말은 곧 그 사람의 인격을 가늠하는 잣대라고 생각한다. 학생인지 성인인지 분간할 수 없는 복장으로 함부로 내뱉는 언어폭력이 온라인과 오프라인에 넘쳐나는 현실을 어찌할까?

가정에서부터 분노를 표출하는 방법 가르쳐야

이제는 분노를 표출하는 방법을 가르쳐야 함을 생각한다. 가정에서부터 대화의 소중함을 생각하고 가부장적인 가족 문화를 개선하여 불만을 이야기하고 토론할 수 있어야 한다. 중요한 문제는 가족끼리 회의를 하거나 주기적으로 가족 간에 편지를 쓰는 방법도 좋으리라고 본다.

학교에서는 자치 활동, 토론 문화 조성해야

학교에서도 학급이나 학교의 문제를 민주적인 절차를 소중히 하는 학급 회의나 학생회가 활성화 되어야 한다. 오로지 교과 교육 중심, 입시 교육 중심으로 기울다 보니 학생들의 자율적인 자치 활동이나 의사소통의 기회가 줄어들거나 아예 없어져서 선생님이나 학교 측과 소통이 막혀 버린 현실을 개선해야 한다. 출구를 막아놓고 일탈만 문제 삼는 것은 문제만 더 키울 뿐이다.

자녀의 아픔과 불만을 들어주는 부모님, 학생들이 가진 불단과 의견을 들어주는 선생님, 선생님의 입장을 전달하고 토론할 수 있는 열린 분위기가 되어야 한다. 학력만을 부르짖는 일방통행식 교실문화에서 터져 나오는 불만으로 선생님과 다투는 모습은 선생님과 학상 모두 피해자이다.

욕하는 학생들이 많다는 것은 곧 욕하는 어른들이 많다는 뜻이다. 아무리 노력해도 다 같이 행복할 수 없고 다 같이 좋은 대학, 등록금 걱정 없이 공부할 수 있는 풍토와는 먼 이 나라의 구조적인 문제에서 비롯되었다는 게 제 개인적인 생각이다. 이 모든 것이 하루아침에 해결될 수 없는 끝을 알 수 없는 블랙홀이다. 그럼에도 불구하고 내가 서 있는 교실 한 구석에서부터 한 명의 아이만이라도 분노를 표출하는 방법과 시간을 만들어야 함을 깊이 생각한다.

네 부류의 사람

우리의 인격은 환경의 영향을 받아 형성된다.

그러므로 이 세상에는 주변 환경에 어떻게 대처하고 행동하는가에 따라 다음과 같이 네 부류의 사람이 있다.

첫째로, 주변의 나쁜 환경에 쉽게 물드는 사람이다.

둘째로, 그런 환경을 멀리하여 거기에 물들지 않는 사람이다.

셋째로, 나쁜 환경 안에 있되 거기에 물들지 않는 사람이다.

넷째로, 나쁜 환경을 오히려 좋은 환경으로 바꾸어버리는 사람이다. 이 단계는 바로 참 자유를 얻어 깨달음을 통해서만 가능하다. 바로 이 네 번째 단계에 이르는 것이 수행의 궁극 목적인 해탈과 열반이다.

- 『붓다에게 물들다(법륜 지음)』에서 발췌

물들기 쉬운 세상

지금 우리는 엄청난 문명의 혜택으로 다양한 정보와 편리한 도구를 이용하여 지난 세상의 어떤 인류보다 쾌적하고 행복한 삶을 영위하고 있다. 오히려 쏟아지는 정보의 홍수와 앞서가는 생각의 틀을 놓치지 않기 위해 몸부림치며 사는지도 모른다. 이제는 반대로 느림의 철학을 그리워하며 멈춰 서서 바라보기를 지향하는 사람들이 늘어나고 있다.

그만큼 세상 속에 물들어 사는 것이 힘들었다는 반증이라고 생각한다.

그런 점에서 학교도 예외는 아니라고 생각한다. 다양한 정보기기를 활용하여 교실 환경을 개선하고 교사의 잡무를 줄여 수업 개선에 힘쓰게 하는 정책을 펼쳐온 게 사실이다. 갈수록 스마트해지는 교실 환경과 학교 시설에도 불구하고 가장 근본적인 물음 앞에서 좌절하고 힘들어하는 현실이 안타깝다.

그것은 열악한 교실에서는 찾아볼 수 없었던 망가진 사제 관계, '우정'의 가치는 퇴색해 버린 현실이 그것이다. 학교 폭력 문제나 교실 붕괴와 같은 문제는 병든 채 잠재된 무의식의 표출이라는 점에서 정신적 접근이 급선무라고 생각한다. 우리는 그동안 정신문명의 발달이 물질을 따라가지 못하는 세상에 물들어 살아왔기 때문이다. 더 깊이 들어가면 학교가 망가지기 전에 가정이 무너지고 있음을 간과하고 있었다.

그 가정의 바탕이 건실한 생각을 지닌 두 인격의 만남이 아니고 조건과 비교를 바탕에 깔고 외형적인 결혼, 책임지는 가정이 아니라 쉽게 만나고 헤어지며 아이들은 세상 밖으로 튕겨져서 학교라는 틀에서 치유받기에는 너무 멀리 와 버린 거라고 생각한다. 가정이 이미 나쁜 환경에 물들어 있거나 자신을 버렸는데 그 아이들에게 네 번째 부류의 사람이 되라고 가르친다고 해서 변화될 아이들이 몇이나 될까?

집은 있어도 가정이 없는 아이들, 부모는 있어도 대화가 없는 아이들, 본의 아니게 한 부모 가정이 되거나 조손 가정이 된 아이들에게 경쟁과 비교의 논리가 난무하는 교실에 들어와 자신을 이기며 상처와 고통을 공부로 승화시키며 자신의 길을 당당하게 가야 한다고 가르친들 얼마나 설득력이 있는지 자문할 때라고 생각한다.

비교 당하지 않는 교실은 언제쯤

사람의 불행과 행복을 좌우하는 것은 비교이다.

- 금언

경제사학자이자 행복경제학자의 창시자로 불리는 리처드 이스털린 교수는 1946년부터 가난한 나라와 부자 나라, 그리고 사회주의 국가와 자본주의 국가 등 30여 개국의 행복도를 연구했다. 그 결과 경제적 발전단계와 사회체제와 상관없이 소득이 높은 사람들이 더 큰 행복감을 표시했다. 그러나 역설적이게도 시점을 두고 분석해봤더니 소득수준이 늘어나도 행복도가 더 이상 높아지지 않는 현상이 발생했다. 미국의 경우 1971년부터 1990년까지 1인당 국민소득은 83%나 증가했지만 행복하다고 생각하는 사람은 그 이전보다 오히려 줄어들었다. 이런 현상을 두고 그의 이름을 따서 '이스털린의 역설'이라고 부르게 되었다.

지금 우리는 눈만 뜨면 가장 먼저 접하는 소식이 '경제' 소식, 잘 사는 화두에 걸려 너도 나도 거기에 물들어 중독된 채 은연중에 비교 당하고 비교하는 불행한 삶을 살아간다. 교실의 문제는 바로 '비교'만으로도 힘든 아이들에게 경쟁까지 시킨다는 점이다. 내가 돌아본 북유럽 교실에서 얻은 결론은 바로 '비교와 경쟁'을 의도적으로 늦춘다는 사실이었다.

아이들 스스로 자신을 이길만한 나이가 될 때까지 서로 비교당하는 시험을 공개적으로 치르지 않으며 수행평가라 하더라도 교사와 1대 1로 치른다는 사실에 놀랐다. 자신의 성취도를 스스로 평가할 수 있게 절대평가에 익숙한 교실 모습은 신선한 충격이었다. 공부란 즐거운 과정을 거쳐서 이루는 멋진 승부라는 은연중의 교육으로 일찍부터 자신의 진로를 스스로 결정하여 무조건 대학을 가지 않는 선택의 자유를 누리는 선진국의 모습을 보았다.

거기다 대학까지 무료로 진학하며 빈부 격차가 심하지 않으니 서로 비교 당하며 상처 받지 않는 인생을 설계할 수 있고 사교육을 위해 시간과 노력 대신, 자신이 좋아하는 취미 생활을 하며 느리게 살아가는 사람들의 모습. 그것은 바로 '이스털린의 역설'이 정치와 교육에 투영된 거라고 생각했다. 특별한 부자도 너무 가난한 사람도 없으며 보편적 복지가 일상이므로 자신에게 충실하며 느리게 살며 인간의 존엄성을 망각하지 않는 사회 분위기가 부러웠다. 그것은 북유럽 국가들이 지향하는 사회민주주의 체제 덕분이 아닐까 한다.

자신을 이기게 하는 일이 바로 '교육'의 힘

다른 사람과 비교하고 경쟁하는 것이 아닌 어제의 내 모습과 경쟁하며 자신의 상처와 시련을 승화시키는 네 번째 부류의 인간으로 키우는 강인한 정신력과 마음을 갖게 하는 일이 교육의 힘이며, 선생님이 할 일이라는 깨달음을 안고 온 해외연수였다. 비록 우리 교육의 현실이 비교와 경쟁의 틀을 쉽게 벗어나지 못할지라도 그 속에서나마 방법을 찾고 제자들을 비교하고 상처 주는 일만은 최대한 참겠다는 다짐을 했다. 그리고 할 수만 있다면 그 상황을 이해시키고 끝없이 개인 상담 활동이 일상이 되어 상처 치유를 도와서 인간이 지닌 기본적인 욕구인 공부본능을 일깨우고 싶다. 스스로 나아갈 바를 알게 되면 그 다음은 알아서 달리는 것이 인간의 저력이기 때문이다.

황희 정승의 자식 교육

조선 시대 최고의 청백리로 알려진 황희 정승에게도 망나니 아들이 하나 있었다. 아무리 좋은 말로 타일러도 아버지의 훈계를 듣지 않고 주색잡기에 빠져 있는 아들을 황희 정승은 이렇게 타일렀다. 어느 날 아들이 집에 돌아오는 것을 보고 황희 정승은 의관을 갖추고 문밖에까지 나가 공손히 절을 하고 맞이했다. 한 차례 꾸지람을 듣겠거니 하고 생각했던 아들은 뜻밖의 아버지 모습에 당황했다.

"아버님, 어이된 일이옵니까? 대궐에 들어가실 때나 입는 옷을 입으시고 또 저를 공손히 맞이하시니 영문을 모르겠습니다."

방에 들어온 황희 정승은 여전히 정중한 목소리로 답했다.

"아비의 말을 듣지 않으니 어찌 내 집 사람일 수 있겠습니까? 한 집 사람이 아닌 나그네가 집을 찾아왔는데 그를 맞는 주인이 인사를 차리지 않으면 어찌 예의라 이르겠습니까?"

아들은 아버지의 이 말에 무릎을 꿇어 용서를 빌었다. 그리고 새로운 사람이 되었다. 황희 정승과 같은 훌륭한 분마저도 자식 교육을 얼마나 어려워했는지 짐작케 하는 일화이다.

부모도 힘들어하는 자식, 모두 품어야 하는 선생님

흔한 이야기로 자식 이기는 부모 없다는 말들을 참 많이 한다. 대부분 바른 길로 가지 못하거나 부모의 뜻대로 할 수 없는 자식을 보는 어버이의 안타까움과 자식 교육의 어려움을 토로하는 말로 쓰이곤 한

다. 그러나 엄격히 말하면 자식을 이긴다는 표현보다는 설득하고 감화
시키기 어렵다는 뜻으로 해석할 수 있다고 본다. 내 자식 하나도 제대
로 감화시켜서 바른 길로 인도하기 어려운 세상에서 다수의 제자들을
가르치고 본을 보이며 살아야 하는 선생님들의 고충과 애로를 생각하
게 하는 말이다.

자기 자식이 바르고 행복하게 살기를 바라듯, 내 반의 제자들이 바
르고 지혜롭게 성공하기를 바라는 마음은 어버이의 마음과 똑같다.
때로는 그 염려와 충고의 방법이 다급하거나 오해가 발생하여 본의 아
니게 상처를 주고받는 사이가 되거나 문제 사태로 확대되는 일이 생기
기도 하지만 근본적인 관점은 염려와 사랑의 발로가 대부분이다.

훈계하는 선생님을 폭행하는 학생까지

정말로 우려하던 일이 벌어지고 말았다. 경기도 고양에서 고교 2학
년생이 흡연 여부를 검사하려 했다는 이유로 교사를 폭행한 사건이
발생한 것이다.

경기도교육청 등에 따르면 지난달 30일 오후 1시쯤 학생부 담당인
김 모(40) 교사는 점심때를 이용해 상담실로 유군을 불렀다. 지난달 25
일 오토바이를 훔친 혐의로 고양경찰서에 붙잡혀 교내 징계를 앞두고
있었기 때문. 지난 4월에는 술에 취해 난동을 부리다 파출소에 연행된
적도 있는 것으로 알려졌다.

김 교사는 얘기를 나누다 유군에게서 담배 냄새가 나자 "교내에서
담배를 피우지 않았느냐"며 흡연측정기가 있는 교무실로 데려가려 했
고, 유군은 도망쳤는데 잠시 뒤 수업을 하기 위해 복도를 걸어가던 김
교사에게 갑자기 유군이 달려와 뒤에서 팔로 등을 밀치고 허리를 무
릎으로 찍어 쓰러뜨렸고, 다른 학생들이 지켜보는 가운데 쓰러진 김

교사 머리를 한 차례 발로 차고, 얼굴을 주먹으로 때린 것으로 전해졌다. 유 군은 경찰 조사에서 "담배를 피우지 않았는데 냄새가 난다며 질책해 화를 참지 못했다."고 진술한 것으로 알려졌고 잘못을 시인하고 반성하고 있다고 한다.

- 2012년 6월 5일자 「조선일보」 참고

황폐한 내면 위에 겉모습은 스마트 교육 시대

스마트 교육을 외치며 정보화 시대의 첨단을 걷는 대한민국의 학교에서 훈계하는 선생님을 무차별 폭행하여 생명의 위협까지 당해야 하는 이 슬픈 현실 앞에 참담함을 금할 수 없다. 그것도 자신의 잘못을 앞에 두고 상담하는 선생님을 뒤에서 가격한다는 것은 배우는 학생임을 포기한 범죄자의 행동에 가깝다. 어디까지 치달아야 무너진 교실의 모습에 경악하고 특단의 대책이 나올 것인지 답답하다. 교권의 존중이 바탕이 된 위에 학생인권도 소중히 하며 상생하는 교단의 모습을 기대하는 것은 무리일까? 공무원의 직업군 중에서 가장 질병이 많고 수명도 짧은 곳이 교직이라는 조사를 접한 적이 있다. 그만큼 감정노동의 강도가 높은 선생님이라는 자리를 국가가 보장해주면서도 제자들도 함께 행복한 교실을 만드는 것은 정말 불가능할까?

이것은 정치적 해결이 먼저라고 생각한다. 선생님은 국가의 법적 장치와 제도의 틀 속에서 가르치는 공무원이다. 모든 것을 참고 무한히 사랑하며 머리끝까지 오르며 자식 같은 학생들에게 인간적인 모멸감까지 감내하며 가슴 속 분노를 삭이며 진실한 교육을 할 수 있는 성인(聖人)을 기대하는 지금과 같은 현실이 지속된다면 모두가 패자가 되고 말 것이다. 사회에도 최소한의 안전망이 필요하듯 교실에도 최소한의 안전망이 절실하게 필요하다. 선생님도 살리고 제자들도 같이 살 수 있는 합의점의 도출이 시급하다.

부모조차 이길 수 없어 포기하거나 어려워한 자식들을 한 곳에 몰아넣고 선생님 혼자서 사랑과 인내로 어떠한 체벌도 용인하지 달고 부처님처럼 공자처럼 1대 1로 훌륭하게 가르쳐내라는 국가의 요구는 감당키 어려운 주문이 아닐까? 문제를 달고 사는 학생이 있듯, 문제가 되는 선생님이 있는 것도 부인하지 못할 현실이지만, 모든 사람이 성인은 되지만 사람다운 사람이 다 되는 것은 아니기에 교원능력개발평가를 비롯한 다양한 장치로 현직교사들의 자질 향상에 힘쓰고 있는 것이다.

학생들을 보는 게 두려워서 국가에서 정해준 기한마저 다 채우지 못하고 서둘러 퇴직하는 선생님, 다른 직업군에 비해 현저히 많은 다양한 직업병에 시달리는 선생님을 비롯해서 교직에 들어선지 몇 년도 안 되어 힘든 과정을 거쳐 입문한 교직을 중도 포기하려는 젊은 선생님들의 하소연을 들으면 가슴이 답답해진다. 어디서부터 잘못되었는지 청진기를 들이대는 시기가 너무 늦어지고 있는 것은 아닌지 걱정이 앞선다.

그런데 선생님을 고발하는 학생의 기사는 넘치지만 제자를 고발하는 선생님의 소식은 듣기 어려운 걸 보면 자식을 고발하는 부모는 가끔 있는 것에 비하면 그래도 다행이다. 제자들에게 수모를 당하거나 모멸감을 받으며 정신적 충격으로 사표를 내거나 우울증으로 휴직하면서도 제자를 고발했다는 소식은 들어본 적이 없기 때문이다. 오히려 자신을 해치거나 힘들게 한 제자의 처벌을 원치 않는 경우가 대부분이다.

최소한 안전망, 국가가 책임져야

부모가 행복하지 않은 집에 자란 자녀들이 행복하기는 쉽지 않듯, 선생님이 행복하지 않은 교실에서 제자들이 행복할 수 있을까? 아니, 행복 이전에 인간으로서 최소한의 안전마저 위협당하는 현실을 직접

당한 선생님이 느끼는 좌절과 절망의 깊이는 당해 본 사람만이 알 것이다. 또한 그것을 바라보는 대한민국의 선생님의 자괴감은 국가적으로도 엄청난 손실을 가져온다. 선생님은 매 한 대도 대지 말고 황희 정승처럼 철학적인 접근을 하며 훈계하고 학생은 주먹질을 해도 크게 손해 보지 않는 학교, 다른 학교로 전학을 가거나 가벼운 벌로(어리다는 이유로, 용서의 차원에서) 그치고 마는 현실.

　자기 자식은 안정적인 교직을 택하라면서도 자식들 앞에서 선생님 욕을 아무런 거리낌 없이 해대는 이중적인 모습을 보여주는 사람들이 적지 않다. 그렇게 자식들 앞에서 선생님을 깔아뭉개는 것이 자식 앞에서 부모의 자존심을 세운다고 오해하는 분들이 참 많다. 선생님을 함부로 대하는 부모를 보고 자란 학생은 자기 부모를 그렇게 함부로 할 거라는 생각은 못하기 때문이다. 부모는 자식의 거울인데, 경험의 위대함을 모르는 분들에게 말씀드리고 싶다. 혹시라도 담임선생님에게 섭섭한 마음이 있더라도 자식 앞에서만은 표현하는 방법을 생각하시라고 말이다. 상황 파악이 먼저이고 그 다음은 대화로 풀어야 한다고 말이다. 그것이 자식을 위한 길이고 길게 보면 부모까지 위하는 길이기 때문이다. 은연중에 자식 앞에서 선생님을 욕하는 모습을 보고 듣고 자란 학생은 무의식과 잠재의식 속에 선생님은 무시해도 되는 사람이라는 등식이 내재되기 쉽다. 그것이 심화되면 자기통제조차 불가능한 상황으로 바뀔 수 있음을 간과해서는 안 된다.

지금은 위기의 시대, 외로운 선생님! 그래도 희망을 품어요

　세상이 아무리 변했어도 선생님은 고상해야 하고 화도 내서는 안 되는 사람이기를 바라는 사람들이 너무 많아 힘들다. 세계적인 경기침체로 불확실한 미래는 예측조차 불가능한 상황이다. 일자리는 턱없이 부족하여 비정규직도 힘든 사람들이 넘친다. 날마다 억울한 죽음들은 지면을 장식한다. 국민에게 희망의 푯대를 들고 전진해줘야 할 정치가과 어른들은 별로 보이지 않는다.

그래도 선생님이 희망이다. 자식 같은 제자에게 주먹을 맞고도 다시 일어나 교실로 달려가 선생님을 기다리는 선량한 아이들의 눈물을 닦아줘야 한다. 상처를 준 아이는 그 자신이 이미 상처 받은 아이일 가능성이 100%이다. 그러니 미워할 수도 없다. 그 아이까지 보듬어야 하는 것이 이 땅의 선생님! 바로 당신이기 때문이다. 살기 힘들어서, 능력이 모자라서, 때를 놓쳐서 자식 교육에 헌신하지 못하는 부모의 가슴도 선생님처럼 아파하고 죄스러워한다. 힘든 세상의 파고를 슬기롭게 넘을 수 있도록 제자들을 격려하고 위무하며 앎의 기쁨과 인생의 의미를 가르치며 다시금 청출어람의 기쁨에 눈물 흘리며 다시 일어서요, 선생님!

당신의 탈진증후군은?

우리나라 교사의 탈진증후군은 어느 정도일까?

몇 달 전 일본에서 발표된 초등학교 교사의 탈진증후군에 관한 석사 논문이 눈길을 끌어서 이 글을 쓰게 되었다. 다음은 2012년 3월 9일 자 일본 「아사히신문」에 발표된 내용이다. 일본 카가와현의 초등학교 교사가 카가와대학 대학원에 제출할 석사 논문을 위해 현내의 초등학교 교원 20%에 해당하는 1,000명에게 설문조사를 하여 490명으로부터 회답을 얻은 결과를 살펴보면, 첫째, 60%가 넘는 교사가 소진상태라고 답하여 '탈진증후군'의 조짐을 나타냈으며, '여기저기 세세한 신경을 쓰는 일이 많아 귀찮음'이 51%, '업무가 지루하게 느껴짐'이 19% 등의 조사 결과를 발표했습니다. 이에 대해 연구자인 마나베 교사는 교사로서 사명감을 가지고 열심히 하고 있으나 탈진증후군도 심각하다고 본 것이다.

둘째, 교사로서 곤란한 점에 대해서는 '업무 과다'가 43%, '학생지도'가 20%, '학부형과의 관계'가 10%로 조사되었으며, 셋째, 보람을 느낄 때는 언제인가라는 질문에 대해서는 '학생의 성장을 실감할 때'가 69%, '좋은 학급을 만들었을 때'가 10%인 것으로 나타났다. 탈진은 누적된 피로의 결과로 일어난다. 말 그대로 에너지가 소진된 상태를 가리키는 말이다. 이에 대해 재독 철학자 한병철 교수는 『피로사회』라는 책에서 현대사회를 피로사회로 규정하는 화두를 던져 유럽 학계에 큰 반향을 일으킨 바 있다.

"더 많이 일하면 더 높은 성과를 인정받고 더 많은 보상을 얻습니다. 그렇게 하라고 강요하거나 시키는 사람도 없건만 나는 나의 자유의지로 죽도록 일하고, 그 결과로 죽을 만큼 피로해진다는 것입니다.

스스로에게 물어보라고 합니다. 나는 과연 주인인가, 노예인가?"

뭐든 할 수 있다는 긍정과잉이 생산성에 집착하는 노예를 만든다는 것이다. 자본주의는 자기착취를 부르는 '피로사회'라고 규정하는 그의 논리가 참으로 명쾌하고 공감이 간다. 뭐든 할 수 있다는 가치에 사로잡혀 자기 스스로를 착취하게 된다는 것이다.

사람들 스스로가 가해자이자 피해자가 되어 지쳐 쓰러질 때까지 스스로를 착취하는 것이 바로 성과사회이며, 이는 생산성을 극대화하기 위해 자본주의가 진화한 현상이라는 것이다. 우울증, 성격장애 등 신경성 질환들은 바로 그 결과물이라고 주장한다.

학교도 피로사회

이러한 주장을 뒷받침하듯 성과주의를 지향하며 달려온 우리나라의 모습이 그 증거라는 생각이 든다. 가난한 시절에 비해 엄청난 발전을 이룬 경제 성장에도 사람들은 여전히 행복하지 못하고 일자리에 허덕이며 힘들어하고 벼랑 끝에 서서 절망하는 사람들이 너무 많다. 더 좋아진 교실, 편리해진 시설을 갖추고도 진화를 거듭하는 교실 풍경에도 불구하고 선생님과 학생들은 지치고 힘들어하며 때로는 서로에게 상처를 주고받는 일이 일상이 되어버린 현실.

성적 비관이나 학교 폭력으로 시달리는 아이들은 탈출구를 찾지 못해 벼랑 끝의 선택을 한다. 학교라는 달리는 기차의 속도를 따라가지 못하는 아이들은 차선책으로 대안학교를 찾아가기도 하고 자퇴를 하며 학교를 이탈하고 있다. 끝까지 달려 살아남은 학생들도 어른들의 그것처럼 비교와 경쟁의 틀 속에서 성적을 올려 대학 진학의 꿈을 이루기도 하지만 어렵게 졸업하고도 취업의 문턱에서 좌절하는 젊은이들이 넘친다.

이제는 비교와 경쟁, 우정 대신 괴롭힘, 취업 대신 실업의 고통 속에서 스스로를 구하는 방법으로 세상을 등지는 젊은이들의 소식을 듣는 것이 일상이 된 나라가 되었다. 이러한 모습들은 한병철 교수가 말하는 성과주의의 산물이며 피로사회의 단면이다. 경쟁에서 이긴 자는 탈진 증후군을 보이고 대열에 끼지 못한 자는 마음의 병으로 시들어간다.

한병철 교수는 이 같은 성과사회를 벗어나기 위해서는 과거의 유산, 곧 나에 대한 과도한 집착에서 벗어나게 하는 '타자'의 존재, '할 수 있다'는 긍정성이 아니라 '아니다'라고 말할 수 있는 부정성 등을 다시 불러와야 한다고 강조한다. 참으로 선택하기 어려운 대책이다. "예"라고 대답하기를 종용받고 살아온 가정과 학교 교육의 오랜 습관이 이미 교육이라는 모습으로 내면화된 우리 모두에게 "아니요"라는 부정성은 일탈이며 패배자로 비칠 수 있기 때문이다.

30년 교직생활의 관성으로 일중독증인 내 모습

필자 역시 긍정심리학에 매몰되어 교직에 올인하여 달려온 세월이 30년을 넘었다. 골인 지점을 잠시 뒤로 하고 돌아보며 누적된 피로를 걷어내기 위해 학습연구년제라는 의자를 찾아 앉았다. 그런데 교실로 달리는데 이미 관성이 붙은 탓인지 책으로부터, 일로부터 달아나지 못하고 있음을 고백하지 않을 수 없다. 뭔가 하지 않으면 안 될 것 같은 불안함과 미안함으로 연수기관과 도서관으로 가고 있는 나를 발견한다. 하루라도 책을 읽지 않으면 큰 잘못을 한 것처럼 스스로를 채찍하곤 한다.

심지어 근무하던 학교의 누리집을 날마다 들어가서 우리 반 아이들 모습을 찾아보기도 하고, 학교 공문을 일일이 살펴보며 학교 소식을 체크해야만 직성이 풀린다. 내가 없어도 잘 돌아가는 학교와 교실 모습이 약간은 서운할 정도로 소외감마저 느낀다. 학교라는 직장에서 스스로를 가다듬고 재충전하기 위한 긍정적이고 적극적인 연수 기회를 부여해 준 국가에 감사하면서도, 마치 왕따 당한 아이처럼 불안해하고 두리번거리는 모습에 스스로 놀라기도 한다.

모두 달리는 경주에서 혼자만 느리게 걷기를 주저하지 말라는 한병철 교수의 충고는 결국 자기 자신을 돌아보고 생각하며 살며 다른 사람의 눈에 비친 자기 모습이 아닌, 세상에 유일한 자기를 소중히 하라는 철학적인 조언으로 들리기도 한다. 쉬지 않고 달려서 모든 에너지가 소진되고 마는 탈진증후군이 오기 전에 미리미리 대비하지 않으면 스스로를 구할 수 없다는 경고이기도 하다.

학생의 일탈행동도 성과주의의 산물

깊이 따지고 들어가 보면 학교 폭력 사태나 학교 이탈과 같은 일들이 발생하는 것은 탈진증후군의 단면이라는 생각이 든다. 아무리 달려도 다 같이 일등할 수 없는 교실에서는 누구나 서로에게 상처를 줄 수밖에 없는 딜레마가 상존한다. "아니요"라고 말하고 싶은데도 "예"라고 대답하며 솔직하고 진솔하게 사는 방법을 배우지 못하는 집단생활에서 누적된 불만의 표출일 수도 있다. 선생님도 사랑과 열정이 한결 같을 수 없는 인간이기에 상처 받고 힘들어한다. 때로는 에너지가 소진되어 본의 아닌 실수를 하여 곤란한 상황을 초래하기도 한다.

그러니 자본주의의 틀 안에서 학교 교육도 예외일 수 없다. 지금은 가르치는 자도 배우는 자도 누적된 피로에 시달린다. 주5일제가 시행되고 있지만 대학입시가 코앞인 인문계 고등학교는 토요일도 자율학습으로 등교하는 학교들이 많을 것이다. 학교도 학생들도 불안하기 때문에 쉬지 못한다. 쉬지 못하니 다시 피로가 겹치는 악순환의 고리는 결국 이탈자를 양산하게 된다.

행복한 학교를 위한 혁신적 정책 필요

쏟아지는 정책과 막대한 예산의 투입에도 좋은 소식은 듣기 어렵다. 이제는 자연에서 그 답을 찾을 때라는 생각이 든다. 농사짓기를 생각해 보면 한해도 거르지 않고 작물을 심은 땅에서는 좋은 열매를 얻기 힘들다고 한다. 땅의 힘을 높이기 위해서는 휴경하거나 화학비료가 아닌 자연에서 얻은 거름을 써야 한다. 인간도 자연의 일부임을 생각하면 그 답이 나온다.

이제는 다 같이 함께 질주하는 교육이 아니라, 자신의 체질과 속도에 맞게 때로는 쉴 수 있는 교육체제가 일상화 될 수 있기를 바란다면 너무나 꿈같은 이야기일까? 선생님도 학생들도 누적된 피로로 탈진증후군을 보이기 전에 달리는 버스에서 내려서서 잠깐 쉴 수 있는 휴게소 같은 정책이 필요하지 않을까? 잘 사는 인생은 바로 자신을 소중히 여기듯 다른 사람을 소중히 여기는 것이며 서로 행복한 사회라는 생각이 든다. 가르치고 공부하는 목적 또한 그 가치를 위한 수단이라고 생각하면 좀 더 단순하게 살 수 있지 않을까?

바다 건너 다른 나라 석사 논문 한 편이 내가 생각하는 것과 다를 바 없어 이런저런 생각들을 피력해 보았다. 교육을 바라보는 시각은 시대나 지역을 넘어 그 실태가 비슷함을 본다. 우리나라 학교 현장에서도 탈진증후군을 보이는 선생님들을 찾아내서 당당하게 쉬었다가 학교로 돌아올 수 있는 정책을 확대하면 참 좋겠다는 생각을 한다. 단

기적이나마 교직의 일자리 나누기에도 기여하리라 생각한다.

학생들도 똑같이 입학해서 똑같이 졸업하는 체제가 아니라, 자신의 형편에 따라 유연하게 대학생들처럼 수학 기간을 최소한 보장해 주는 방법을 생각해본다. 학교 이탈 학생을 줄이기 위한 학업 중단 숙려제도를 좀 더 크게 확장했으면 좋겠다는 뜻이다. 단기간의 숙려제도가 아니라 쉼과 치유, 명상 센터 활용과 같은 자연친화적인, 좀 더 혁신적인 정책을 생각해 본다.

통계청이 발표한 '2012년 청소년 통계'만 보아도 2010년 청소년(15~24세)의 사망원인 중 1위는 '고의적 자해(자살)'인 것으로 나타나 문제의 심각성을 보여준다. 인구 10만 명당 청소년 자살자 수는 13명이었으며 이것은 교통사고보다 많았다.

또한 자살충동의 가장 큰 원인은 성적과 진학문제인 것으로 나타나 학교생활의 스트레스가 직접적인 원인임을 알 수 있다. 탈진증후군에 빠진 자신을 포기하는 방법으로 마지막 선택을 하는 비극적인 사태를 하루라도 빨리 막아야 한다. 소중한 학생들을 위해 혁신적인 정책, 멀리 내다보는 긴 안목의 근본적인 정책이 투입되어 탈진상태에 빠진 학생들을 구해야 한다. 그리하여 학교가 피로사회에서 벗어나 행복한 장소가 되기를 간절히 바란다.

- 출처 : 「오마이뉴스」 당신은 지금 얼마나 피로하세요?

교육선진국 핀란드,
교사 모욕한 학생처벌 수위도 높아

시도별 교권 전담부서 배치 등을 주요 내용으로, 한국교원단체총연합회(회장 안양옥)와 교육과학기술부(장관 이주호)가 교권침해, 학교폭력 등 교육위기 극복을 위해 힘을 모으기로 했다. 교과부와 교총은 지난 5일 오전 교과부 대회의실에서 열린 '2011-2012 교섭·협의 합의' 조인식에서 이같이 밝혔다. 이주호 교과부 장관도 이번 교섭에서 "교권보호, 학교폭력근절을 위한 인성교육 실천 등 합의된 64개 과제를 성실히 이행하겠다." 고 밝혔다.

이번 교섭 주요 합의사항 중 가장 눈에 띄는 것은 심각한 교권침해 현상에 대해 적극적·선제적으로 대응키로 한 점이다. 이를 위해 우선 교육청별 교권보호 전담부서 및 담당자를 배치, 교권침해 사건이 발생하면 '원 스톱 처리시스템' 방안을 마련하고, 시·도별 교권침해 실태를 정기적으로 조사해 교육청별 교권침해 대응 및 예방 매뉴얼을 제작·배포키로 했다. 교권보호 관련 원격연수 콘텐츠를 개발하고 각종 연수와 관련된 커리큘럼도 강화하기로 했다.

정상적 학생교육을 위한 학교·가정·사회 협력 내용을 담은 교육기본법 개정에도 합의했다. '교원지위향상을 위한 특별법' 등 관련 법령 개정도 적극 추진하기로 했다. 교권보호 및 침해 예방은 그간 교과부와 교총이 수차례 교섭합의를 해 온 사항이지만 교권보호 관련법 개정에 합의한 것은 이번이 처음이다.

2012년 6월 11일자 「한국교육신문」 에서 요약함

선진 교육의 일 번지 핀란드, 교사 모욕한 학생에게 벌금형!

2012년 5월 30일자 「헬싱긴사노맛」 일간지에 따르면, 핀란드 교원 노조 OAJ는 교사들이 학교에서 학생들에게 욕 등의 언어적 폭력을 당했을 때, 관계 당국에 신고하라고 당부하고 있어서 놀랍다. OAJ의 신고 지침은 15세 미만의 어린 학생이 교사에게 잘못을 저지르는 경우는 사회복지국에, 15세 이상의 학생은 경찰에 신고하는 것이어서 매우 강력한 조치로 보인다. 핀란드에서는 최근 몇 년간 학생이 교사를 모욕한 사건이 법원에까지 상정되는 경우가 빈번해지고 있는데, 최근 핀란드 중부 지방법원은 교사를 모욕한 16세 학생에게 5천유로(한화 약 72만 원)의 벌금형을 선고하기도 했다는 기사였다.

- 6월 ·2일자 「한국교육개발원」 해외교육동향에서 발췌

필자는 지난 5월 중순 전남학습연구년 교원 해외연수 일정으로 북유럽 4개국의 초·중등학교 교육 현장을 돌아볼 수 있었다. 앞서가는 학교 교육의 모습으로 책과 언론으로 접한 핀란드 교육에 대한 막연한 선망과 높은 기대치 덕분에 그 나라의 모든 모습이 더 신선하게 보였다. 특히 현지 가이드는 한국 교포로서 핀란드의 교육 현황을 매우 세밀하게 안내해 주었다.

남에게 피해 주지 않아야 한다는 정신에서 나온 강한 벌칙

가장 인상적이었던 점은 핀란드 사람들의 국민성이었다. 그들이 가장 소중히 하는 가치는 정직과 성실, 근면성이라고 했다. 오랜 식민지 역사의 아픔과 불리한 자연환경을 딛고 일어선 힘은 정직과 성실을 바탕으로 한 근면성, 일관성 있는 교육의 힘이라고 생각한다. 그것은 신뢰의 기본이기 때문이다.

그리고 다른 사람에게 피해를 주는 것을 가장 싫어한다고도 했다. 핀란드에서는 재미있는 장면을 볼 수 있었다. 버스 승강장에 줄은 선 사람들의 모습은 참 신기했다. 그들은 두 명이 있어도 두 사람 사이가 2미터 정도는 떨어져서 줄을 서고 있었다. 더 재미있는 것은 비가 와도 그 사이를 좁히지 않는다는 가이드의 설명을 듣고 우리 일행은 한참 웃었다. 그 이유는 상대방에게 피해를 주지 않기 위해서란다.

그러니 모르는 사람들끼리는 비가와도 같이 우산을 쓰지 않으리라. 어찌 보면 정이 없는 모습이었지만 다른 사람에게 피해를 주거나 실례를 하는 것을 철저히 조심하는 것도 오랜 식민지 역사 속에서 터득한 지혜가 아닐까 하는 생각이 들었다.

그들은 자기 자신이 정직하고 성실하므로 다른 사람도 정직하고 성실하다고 믿는단다. 열심히 일하고 퇴근한 후에는 가족과 함께 시간을 보내므로 우리나라처럼 퇴근 후의 모임 같은 것도 없다고 했다. 속된 표현으로 음주가무를 즐기는 밤 문화 자체가 없단다. 참 재미없게 사는 사람들이라는 생각도 들었지만 사회 전체적으로 그런 시스템이므로 조용하고 차분한 나라라는 생각도 들었다.

그들의 그러한 문화는 학교 교육에서도 예외는 아니리라. 버스 승강장에서도 상대방에게 피해를 줄까 봐 2미터 이상 떨어져서 줄을 설 정도이니, 학교에서 선생님에게 언어폭력을 하는 행위는 엄청난 잘못으로 본다는 뜻이다. 상대방에게 함부로 하는 것을 용납하지 못하는 문화에서 비롯된 강경한 벌칙이 이해가 된다. 국가에서 모든 공교육비용을 대학까지 지원해 주고 철저한 복지 혜택을 주는 반면에 그만큼 개인도 다른 사람의 인권을 소중히 해야 한다는 묵시적인 약속이 통하는 것은 아닐까?

교사와 학생, 보호하는 합의된 규정 절실

그에 비하면 우리나라 교실에서는 선생님께 언어폭력을 행사하는 경우나 신체적 위협을 가하는 경우라 하더라도 특별히 제재할 방법이 없는 대신, 학생이 그런 경우를 당하면 학교 폭력으로 고발을 하거나 동영상을 공개하며 선생님을 궁지에 몰아넣은 경우가 얼마나 많은가. 당하는 선생님은 병원 신세를 지고 휴직을 하거나 우울증에 걸려 자괴감에 시달리지만 가해자인 학생은 잘못을 빌거나 전학을 가는 소극적인 방법을 취하는 게 전부가 아닌가.

이처럼 윗사람은 이해와 관용으로 용서를 해야 하고 아랫사람은 대들거나 기어올라도 특별한 불이익을 받지 않는 지금과 같은 상황에서는 마음 놓고 교실을 지킬 선생님이 몇이나 될까? 교육적인 충고나 훈계조차 먹히지 않는 교실에서 어떻게 교육과 학습이 가능할까? 보호해야 할 가치는 소중히 하되 고의적으로 피해를 주는 행위에는 불이익이 따라야 조심하게 된다. 도로에서 교통규칙이 지켜지지 않으면 누구나 생명의 안전을 보장 받을 수 없듯이.

교사와 학생 상호 간에 넘어서는 안 될 규약을 명문화해서 엄정한 잣대를 만들었으면 한다. 학생의 인권도 명문화 하고 선생님의 교권도 명문화해서 상호 간에 최소한의 예의와 배려가 존중되는 교실을 만들자는 뜻이다. 벌칙도 세분화해서 훈방형, 벌금형, 봉사활동형, 상담 치료형……. 전문가의 의견과 법조인 등 교육과 관련된 검증된 사람들이 대책을 만들고 공청회를 거쳐 입법화 시키는 과정을 거쳤으면 한다.

돌이켜 생각해 보니 핀란드가 그처럼 교육 선진국이 된 데에는 채찍과 당근을 같이 써왔기 때문은 아닐까? 교사의 권위가 존중되지 않으면서 사랑과 이해로만 교단에 설 수 있는 시대는 이미 지났다. 자존감에 상처를 입은 교사가 제자를 사랑과 이해로 가르칠 수 없는 세상이

된 것이다.

학생의 인권을 소중히 하고 대학 교육까지 무상으로 시키면서도 학생으로서 지켜야 할 최소한의 인간적 도리와 자세를 지키지 않으면 높은 벌금형에 처하는 엄한 잣대를 들이대며 핀란드가 학생 처벌을 용인하는 그 배경을 생각해 볼 필요가 있다. 신체형 벌 대신 버릇없는 자식을 둔 그 부모와 학생에게 금전적 손해를 받게 하는 궁여지책을 쓰게 된 배경에는 상대방의 인격을 소중히 하고 피해를 주어서는 안 된다는 국민성이 있다고 생각한다. 자신의 잘못된 행동에 대하여 책임질 수 있는 가장 낮은 단계가 금전적 처벌이기 때문이다.

앞서가는 교육 선진국인 핀란드에서 교사의 권위를 실추시키는 학생에 대한 처벌 규정을 강화하여 법원에서 벌금형을 부과했다는 소식은 매우 놀라운 정보였다. 국가의 지상과제로 교육에 대한 투자를 아끼지 않는 나라에서 그러한 선택을 하기까지는 많은 고민과 의견 수렴의 과정을 거쳤으리라. 이제는 교실에서까지 명문화 된 법의 잣대를 가지고 교편을 잡아야 하는 현실이 아프다. 미꾸라지 한 마리가 맑은 호수를 더럽히는 행위까지 사랑과 관용으로 품어 수업할 수 있을 만큼 교실은 순수하지도 순진하지도 않은 세상을 닮아 있으니 어쩌랴!

교권보호와 학생인권, 대등하게 존중해야 상생

민주주의의 가치는 인간의 존엄성을 소중히 한다는 점이다. 그것은 교실에서도 철저히 지켜져야 할 가치임에 틀림없다. 또한 민주주의는 법치국가를 지향한다. 질서를 문란케 하거나 타인에게 씻지 못할 상처를 준 사람은 법적, 신체적, 금전적 손해를 보도록 용인하는 약속이 전제되기에 혼란과 방종으로부터 사회질서가 유지된다.

학교도 결코 예외가 될 수 없다. 사랑과 배려와 용서와 관용의 모습이 가정의 그것과 닮아서 어버이처럼 훈육함을 기본으로 하지만, 최소한의 예의와 교양이 없는 형위에까지 끝없는 관용을 베풀 수는 없다. 선의의 다수에게 피해를 입히면서까지 지식을 쌓은들, 결코 오래 갈 수 없는 사상누각이 될 뿐이다.

이제라도 교총과 교과부가 교권보호를 최우선 과제로 삼아 교원지위법 개정에 합의한 점은 늦었지만 다행한 일이다. 욕심을 더 부린다면 교권보호와 학생인권 보호가 대등한 위치에서 논의되기를 바란다. 법이란 어느 한쪽의 가치만 강조해서는 성공할 수 없는 양팔저울이기 때문이다.

선생님을 진심으로 존경하고 친구들과 우정을 나누는 교실, 선생님은 어버이처럼 형이나 누나처럼 인생의 선배로서 아름다운 가치를 전수하고 나누는 교실. 그리하여 마음 놓고 열심히 사랑으로 가르치는 선생님과 학생으로서 누릴 수 있는 권리를 침해 받지 않으면서 공부하는 기쁨을 만끽할 수 있는 교실 풍경을 그려본다.

- 출처 : 「오마이뉴스」 핀란드의 교사 모욕 학생처벌 놀랍다

아기처럼 울 수 있나요?

공감[共感 sympathy, response, sympathize with]

말기 암 판정을 받은 한 노인이 있었다. 충격을 받은 노인은 얼마 남지 않은 자신의 삶을 비관하며 난폭하게 행동하기 시작했다. 가족이나 주위 사람에게 심한 욕설을 퍼붓는가 하면, 사소한 일에도 마구 트집을 잡곤 하였다. 사람들은 조금씩 그의 주변에서 사라져가기 시작했다. 평소 할아버지와 가깝게 지내던 한 동네 사는 소년이 할아버지의 입원소식을 듣고 병문안을 다녀간 일이 있었다. 30분정도 할아버지를 만나고 간 이후부터 노인의 모습은 확연히 달라지기 시작했다. 말투도 부드러워지고 사람들에게도 친절하게 대했다. 이러한 노인의 모습에 놀란 가족이 소년을 찾아가 물어보았다.

"얘야, 도대체 할아버지에게 어떤 이야기를 했기에 할아버지의 태도가 바뀐 것이니?"

소년은 대답했습니다.

"저는 아무 이야기도 하지 않았어요. 저는 단지 할아버지가 너무 안쓰러워서 할아버지와 함께 울었을 뿐이에요."

노인의 고통을 자신의 고통으로 느끼면서 함께 눈물을 흘리는 순간, 죽음에 임박한 노인의 아픔이 치유된 것이다.

훌륭한 상담교사의 세 가지 구비조건은?

첫째, 공감

둘째도, 공감

세 번째도 상대의 아픔을 함께 나누는 '공감'이라고 한다.

남의 아픔에 소금을 뿌리는 마음이 망가진 사람들

박태환 선수가 올림픽에서 실격을 당하여 5시간의 고통 뒤에 번복된 결과 결승전에 진출, 은메달을 획득했다. 텔레비전 자막에 실격 소식을 보았을 때 가슴이 아팠다. 보통 사람이라면 다 그럴 거라고 생각했다. 그런데 어떤 사람이 박태환 선수는 혼 좀 나봐야 한다는 글을 남겨서 네티즌의 뭇매를 맞고 반성의 글을 다시 올렸지만 역부족이었다. 이미 상처 난 가슴을 메울 방법은 없기 때문이다. 그런 건 엄밀히 말하면 실수가 아니기 때문이다. 그 사람의 인격이 이미 드러난 행위라서 실수라고, 죄송하다고 항변해도 깨진 그릇이다. 남의 아픔에 공감하지 못하는 사람들이 얼마나 많은지 새삼 놀랐다. 어쩌면 박태환 선수는 자신의 실격 소식보다 그 사람이 보여준 행위에 더 상처를 받았을 것 같다.

우리 사회의 문제점은 가난과 실업, 양극화보다 더 심각한 것은 바로 '마음'의 문제라고 생각한다. 엄청난 상처를 주고도 반성조차 하지 않는 국가 폭력, 젊은 노동자들이 일터에서 직업병으로 몇 십 명이 죽어나가서 세계적인 논문에 대서특필되는 망신을 당하고도 꿈쩍하지 않는 비양심적인 기업 등. 직장에서도 공과 사를 구분하지 못하고 개인적인 일을 시키는 공직자들의 몰염치, 인격적 모독에 가까운 정신적 살해에 가까운 언어폭력을 넘어 성폭력이나 성추행을 일삼는 직장 내 성범죄 등. 어른들의 이런 행위를 보고 듣고 자란 아이들이 태울 것은 학교 폭력이요, 따돌림이다. 물질 지향, 권력 지향, 외모 지상주의는 학벌사회를 조장하고 기를 쓰고 남을 짓밟고 수단과 방법을 가리지 않고 눈을 감은 채 달리는, 고장 난 브레이크를 단 자동차처럼 질주하는 사람들이 난무하게 되었다. 그 결과, 무엇을 위한 '성공'인가를 따지기 전에 무조건 성공해야 행복하다는 논리에 빠진 세상이 되었다. 자기 행복을 스스로 결정하지 못한 사람이 성공하고 난 뒤에 돌아보면 그 일이 자신이 좋아하거나 원하지 않았던 삶, 오로지 물질적, 조건적, 외형적 성공이었음을 깨닫고 한 순간에 절망하게 된다. 그러니 진정으로 자신이 원하는 일을 하게 해야 할 이유가 여기에 있다. 아이들도 스스로 선택한 결과에는 크게 좌절하지 않고 다시 일어서는 모습을 보여준다.

아무리 목이 말라도 도천의 물을 마시지 않는 자존심

우리는 지금 국민소득 3만 불을 향해 가고 있다. 이 지점에서 분명히 짚고 넘어가지 않으면 안 될 것이 바로 '정신과 마음'의 문제라고 생각한다. 경제지표만 가지고 선진국이 되는 것은 아니라고 생각한다. 아무리 가난해도 도천의 물은 먹지 않는다는 옛 선비들의 자존심을 뼈에 새겨야 할 때라고 생각한다. 낙오자를 위한 배려나 공감이 사라진 교실에서 명문대에 몇 명이 진학했는지 비교하며 명문고를 따지는 일, 노동자의 망가진 삶의 질은 무시하고 엄청난 연봉으로 배를 불리는 잘나가는 기업들의 행태 속에는 공감 능력이 있다고 보기 어렵다. 자본주의 사회이니 당연한 결과라고 치부하고 눈을 감고 산다면 우리 사회의 병폐는 어떠한 방법으로도 치유하기 힘들다고 생각한다.

아픔과 눈물이 있는 곳에는 리더와 책임자가 반드시 동행하여 공감하고 책임지는 모습, 위 이야기 속의 소년처럼 진정으로 울어 줄 수 있는 공감 능력을 지닌 리더가 필요한 세상이다. 그것은 능력보다 먼저이다. 우리 교육이 잘사는 나라, 성공을 외치며 달리느라 머리만 키운 결과, 가슴은 차갑고 마음은 냉정하여 상대방의 입장은 생각조차 하지 못하는 마음이 마비된 '괴물'들이 세상을 슬프게 하고 있는 것이다.

당신의 거울 뉴런은 안녕하십니까?

모든 인간에게는 온 우주와 통하는 마음이라는 선한 의식이 탄생과 함께 한다. 그것은 교육의 힘으로 길러지는 것이 아니다. 자연발생적으로 가지고 나온 씨앗이기 때문이다. 교육이 할 일은 바로 그 씨앗을 상하지 않게 돌보며 자라게 해주는 일이다. 그 씨앗이 싹트기 전에 너무 일찍 다른 씨앗을 인위적으로 심는 것은 잡초가 무성한 밭을 만들고 마는 시행착오를 겪게 한다.

선한 씨앗은 특성 상 매우 여리고 상처 받는 자아상을 가진다. 아기들의 공감 능력은 어른들보다 탁월함이 그 증거다. 아기들은 우는 사람을 보면 금방 따라서 울어버린다. 그런데 어른들은 우는 사람을 보고 같이 우는 사람은 그리 많지 않다. 인간에게 날 때부터 가지고 나온 '거울 뉴런'이 망가졌기 때문이다. 그것은 바로 공감 능력이다. 상대방의 아픔에 공감하고 즐거움에 같이 축하해 주는 능력을 잃어버린 인간은 불행하다.

그런데 성공과 행복을 위해 뿌린 인간이 만들어 낸 지식은 관리를 잘 못하면 마음의 지시를 따르지 않는 암적 존재가 되어 정신을 마비시키고 만다. 모든 것을 물질적, 경제적 가치로 외형적 실체로 판단하며 아무리 먹어도 만족함이 없는 포식자를 만든다. 바로 이것이 인간에게 불행의 쳇바퀴를 돌리게 한다. 겉모습은 얼마든지 인위적으로 바꾸는 '위선적'인 세상이 되었다. 돈으로 치장한 보기 좋은 사람들이 거리를 활보하고 다닌다. 급박한 위기 상황이 아니면 그 사람이 지닌 내면의 선한 씨앗이 없어도 들통 나지 않고 잘 살아간다.

이제 어디서도 '정직'을 최우선의 가치로 가르치는 목소리를 듣기 어렵다. 어쩌면 그 가치는 진정으로 위대한 삶을 살다간 사람이 남긴 박물관에서나 볼 수 있지 않을까 걱정된다. 지금은 정직하면 손해 보는

세상이 되었기 때문이다. 논문을 통째로 표절해서 고위 직급에 질기
게 버티며 군림한 사람들, 법을 어긴 정도가 지능적일수록, 횟수가 많
을수록 더 잘나가는 사람들이 판을 치는 대한민국의 모습은 지금 매
우 위험하다. 경제적으로 불황의 늪이라는 걱정보다 더 심각한 것은
정신의 빈곤이 문제다. 온전한 정신을 가진 사람들, 착한 사람들은 받
은 상처가 너무 많아 살아가는 게 기적인 세상이 되었다. 마음이 아픈
사람에겐 손잡고 흘려주는 눈물이 가장 좋은 약이다. 울어 줄 수 없다
면 공감해 줄 능력이 없거나 들어줄 인내심조차 없다면 절대로 설득하
거나 반박하지 말아야 한다. 그것은 정신적 살인 행위이므로!

　저명한 인류학자 마거릿 미드는 "사려 깊고 의지가 굳은 소수의 사
람이 세상을 바꿀 수 있다는 사실을 의심하지 마라."고 했다. 이제는
나 한 사람부터 사려 깊고 의지가 굳게 살아야 하며 그런 제자들로 길
러야 한다. 세상을 원망하기는 쉽다. 변화는 원망으로 이루어 낼 수
없다. 바로, 지금, 여기서 처음부터 다시 정직을 가르치고 공감의 거울
뉴런을 닦아야 한다. 없다면 만들어서라도 넣어야 한다.

　위대한 가르침을 담은 책을 읽는 일, 치유와 명상, 선한 가르침을 전
하는 시대의 스승의 목소리를 들으며 살려 내야 한다. 가족끼리 사랑
의 대화를 나누어야 한다. 진정한 휴가는 바로 그런 것이다. 그것은
나를 살리는 길이고 우리 아이들을 살리는 길이다. 아이들의 아픔에
공감하여 눈물 흘리는 선생님이 필요하다. 함께 눈물 흘리는 어버이가
필요하고 리더가 필요하다. 눈물이 마른 당신이라면, 당신의 거울 뉴
런이 깨졌는지 살펴보라! 그것은 바로 정신 수준이며 인격의 잣대로서
마지막에 남기고 갈 당신과 나의 흔적이고 유산이다.

동그라미 지도자

동화에서 배우는 인생의 지혜

세모, 네모, 동그라미가 있었어요. 세모와 네모가 서로 자기 자랑을 하였어요. 세모는 뾰족한 자기 거리를 자랑하였고, 네모는 넓적한 자기 얼굴을 자랑하였어요. 동그라미는 아무 자랑도 하지 않았답니다. 그때, 갑자기 비가 내렸어요. 동그라미는 얼른 나무 밑으로 굴러갔어요. 그러나 세모와 네모는 구를 수가 없었지요. 동그라미는 아무 말 없이 세모와 네모를 데려다 주었답니다.

- 〈세모, 네모, 동그라미(이규경 지음)〉 중에서

위의 이야기는 2학년 2학기 읽기 책에 나오는 동화이다. 우리 반 아이들이 재잘재잘 외워야 하는 숙제이기도 하다. 여덟 개의 문장으로 된 짧은 동화이지만 생각의 깊이와 넓이는 결코 짧지 않은 거 이 동화의 특징이기도 하다.

아이들이 이 동화를 배울 때마다 자신들은 어떤 도형에 속하는지 물어보면, 대부분의 아이들은 자신들이 세모이거나 네모라고 말한다. 동그라미라고 말하는 아이는 한 명도 없다. 그만큼 순수하고 솔직하기 때문이다. 그러면서도 모든 아이들이 동그라미 같은 친구가 되고 싶다고 말한다.

가르치며 배우는 교직의 매력

아이들의 솔직한 이야기를 들으며 가르치는 일이 배우는 일임을 다시 깨닫는 순간이기도 하다. 내 안에 있는 세모난 모습, 네모난 모습을 돌아보며 반성하기 때문이다. 솔직히 이 동화를 배울 때마다 더 많이 깨닫는 것은 나 자신이라는 생각을 하곤 한다.

오랜 시간 내 안에 낀 먼지와 이물질을 제대로 닦지도 못한 채 습관처럼 아이들 앞에 서 있었다는 반성과 부끄러움을 낳게 하는 우화이기도 하다. 원만하다는 뜻을 지닌 동그라미의 의미를 새기고 그렇게 닳아서 모퉁이가 없어질 무렵이나 되고서야 세상과 이별하는 날이 올지 모른다는 생각을 하면 조바심이 나기도 한다.

세상에는 세모와 네모와 같은 사람이 훨씬 많다. 아마 80%쯤 되지 않을까 싶다. 아마도 내 모습이 그러하니 그런 사람들이 더 많이 보이는 게 아닐까 하고 생각한다. 80대 20의 법칙에 따르면 그렇다는 뜻이다. 동그라미 같은 사람은 드물고 만나기도 쉽지 않다.

어쩌면 교육의 지향점이 동그라미가 아닐까 한다. 좋은 일을 하고도 대가를 바라지 않으며 숨어서 하는 사람이 동그라미 같은 사람은 내면의 법칙에 충실한 사람일 것이고, 세모나 네모와 같은 사람은 외형을 중시하여 보이는 것에 치중하거나 실적 중심인 사람을 가리킨다고 생각한다.

동그라미 지도자가 필요해요

교육을 예로 든다면 동그라미 같은 관리자는 교육의 본질을 추구하여 내면을 중시하는 리더일 것이다. 그러한 관리자는 있는 듯 없는 하면서도 추구하는 교육목표를 달성하도록 뒤에서 도와주는 역할을 한다. 그러니 리더가 혹 자리를 비운다 하여 교육과정이 파행 운영되는 일도 없으며 물 흘러가듯 잘 돌아간다.

만약 세모나 네모와 같은 관리자를 만나면 뭐든지 외형을 중시하여 자신의 취향에 따라 일감을 새롭게 만들어서 교육과정 자체를 침해하는 일도 서슴지 않는다. 선생님들이 가장 괴로워하는 타입이지요. 나는 그런 학교를 피해 다니며 살아온 편이다. 학교장의 입김이 강한 학교는 교육 본연의 목적보다는 순간적이고 일회성 행사에 집착하여 내실을 기하지 못하니 그 피해는 곧 아이들에게 돌아가는 모습을 많이 보았기 때문이다.

국가에서 주어진 교육과정을 충실히 이수하는데 필요한 시간과 준비에 힘을 써야 하는데 상황에 따라 일감을 만드는 관리자를 쉽게 볼 수 있는 현실을 간과해서는 안 된다고 생각한다. 그것은 바로 교육과정 정상 운영이라는 최고의 가치에 반하는 일이기 때문이다.

나는 소망한다. 교육 현장에서 동그라미 같은 지도자와 리더들을 많이 볼 수 있기를, 간절히 소망한다. 지도자는 곧 머리이니 머리가 좋은 생각으로 좋은 뜻을 학교 현장에 심을 때 그 몸통과 지체인 선생님들이 제자들에게 좋은 열매를 안겨줄 토양을 제공할 수 있기 때문이다. 제발, 이벤트성 행사를 교육과정을 흔들면서 추진하는 분들이 계시지 않기를, 그리하여 아름다운 가을 하늘을 올려다보며 행복한 선생님과 아이들이 많아지기를 간절히 바란다.

- 출처 : 「오마이뉴스」 동그라미 지도자가 필요해요

배고픈 아이의 슬픈 겨울방학

국민소득 2만 불 시대의 그늘, 결식아동 예산은 0원의 충격!

1988년 제정된 대한민국어린이헌장에는 "모든 어린이가 차별 없이 인간으로서 존엄성을 지니고 씩씩하게 자라도록 하자."는 기본정신이 있다. 그럼에도 현재 수많은 결식아동들이 끼니를 거르며 차별 받고 인간의 존엄성에 심각한 상처를 받고 있기에 이 글을 쓰고자 한다.

정확한 통계조차 잡히지 않은 결식아동 문제. 예산을 늘려도 모자라는 판에 지원 예산 전액 삭감이라는 소식 앞에 답답한 가슴을 누를 길이 없다. 1997년 1만 1천명이었던 결식아동수가 1998년 IMF 경제위기 이후 급격히 늘어나 2002년 19만 7천명에 달했다. 2010년 현재 빈곤가정 120만 명, 결식아동 45만 명이라고 한다. 그러나 이 수치는 정부에서 관리하는 대상자만 파악한 것이고 여기에 포함되지 않은 교육비 지원 대상 저소득층 자녀까지 확대해 보면 상황은 더 심각할 것이다.

전라남도의 경우를 보면 2010년 2만여 명의 결식아동을 위해 국비로 11억 원을 배정받아 방학 중에 42억 원을 지원했다. 그러나 2011년도부터는 전액을 고스란히 떠안게 되었다고 한다. 그러나 재정자립도가 낮은 지자체는 갑자기 떨어진 발등의 불을 끌 예산 확보에 비상이 걸렸다. 어느 해보다 추운 겨울을 나게 될 결식아동 문제는 우리 모두 깊이 생각하고 돌아보아야 할 아픈 상처가 분명하다.

가난은 부끄러운 것이 아니라 불편할 뿐이라고 했던가? 누가 그렇게 안일한 답을 내놓았을까? 가난이 대물림 되는 현상은 어제 오늘 일이 아니다. 상처를 안고 자란 아이들은 다시 자존감에 타격을 입은 어른이 된다. 최소한의 사회적 안전강을 촘촘히 짜내어 나락으로 떨어지는 아이들이 한 명도 나오지 않게 하는 일은 사회적 국가적 책임임을 어른들은 잊어서는 안 된다.

80살 넘은 할머니 손에 자라는 철수 이야기

우리 학교에 재학 중인 김철수(가명) 어린이와 나눈 일문일답이다.

기자 : 철수야, 그 동안 잘 지냈니? 네가 컴퓨터 게임도 많이 안 하고 글짓기 대회에서 큰 상도 타서 참 자랑스러웠단다. 어때, 철수가 그렇게 열심히 공부하고 착하게 사니까 좋은 일도 많이 생기지?

철수 : 예, 선생님. 지금은 컴퓨터 게임도 많이 안 합니다. 선생님께 2학년 때부터 글쓰기 지도를 받고 책을 많이 읽으면서 좋은 생각이 많이 자란 것 같아요. 이제는 공부에도 자신감이 생겼어요.

기자 : 그러니? 참 다행이구나. 겨울방학이 시작되니까 참 좋지?

철수 : 아니오. 친구들은 겨울방학이 좋다고 하는데 저는 방학이 되면 쓸쓸하고 힘들어서 싫어요. 학교에 다닐 때는 친구들이랑 선생님이랑 같이 공부하고 재미있는 일들이 많은데 방학이 되면 친구들도 볼 수 없고 하루 종일 갈 곳도 별로 없어서 싫어요.

기자 : 그렇구나. 철수의 말을 들으니 선생님 마음이 참 아프구나. 또 힘든 것이 뭐지요?

철수 : 그것은 우리 할머니 연세가 이제 80세를 넘어서 아픈 곳도 많으시고 형이랑 나를 위해서 밥을 해 주시고 집안일을 하시는 것을 너무 힘들어하시기 때문에 참 슬퍼요. 날씨가 추운 겨울에는 더 많이 아프셔서 걱정이에요.

기자 : 그래. 철수 할머니께서 건강하게 오래 사셔야 철수가 행복할 텐데. 물어보기 미안한데 혹시 어머니 소식은 듣고 있니? 아버지는 자주 오시니?

철수 : 아니요. 어머니 소식은 모르고 아버지는 1년에 세 번쯤 명절에만 다녀가세요. 아버지는 충청도 어디선가 일꾼으로 날품팔이를 하시는데 아버지도 힘드셔서 연락도 자주 못 하세요. 어머니는 제가 어렸을 적에 아버지랑 헤어지고 소식이 끊어진 지 오래 되었어요.

다른 친구들은 겨울방학을 신나게 기다리는데 철수에게는 겨울방학이라는 낱말이 좋은 단어가 될 수 없다는 사실에 목이 잠겼다. 이렇게 힘들게 겨울을 나는 아이들이 45만 명에 이른다는 민간사회단체의 통계 조사를 생각하면 어른으로서 부끄럽다. 따뜻하게 받아줄 부모님 대신에 늙고 병든 할머니의 고부라진 허리, 주름진 손에 의지하여 자라온 철수 눈에는 말로 표현하지 못하는 슬픔이 담겨 있어 면담을 청한 내 가슴이 뻐근해졌다.

그의 상처를 덧나게 하지는 않을까 염려됐지만 누군가는 그의 상처를 열고 고름을 닦아내고 약을 바르는 노력을 해야 한다고 생각한다. 그에게 용기를 잃지 말고 이겨내자고 다독이며 인터뷰를 다시 진행했다.

기자 : 방학 때면 집으로 도시락이 배달되었는데 언제부터였지? 만약에 이번 겨울방학에 그 도시락이 배달되지 않으면 어떻겠니? 걱정이 되어서 물어보는 거야. 나도 너를 도울 수 있는 방법을 찾아보고 싶고 학교 선생님들 하고도 의논해 보고 싶어서 그래. 그러니 어려워 말고 말해 주겠니?

철수 : 1학년 때부터 방학에는 도시락이 왔는데, 이번 겨울방학 때는

오지 않는다고요? 우리 할머니가 너무 고생하실 거예요. 아버지가 벌어서 주는 돈도 별로 없는데 조금이나마 반찬 걱정을 덜어주는 도시락이 없다면 라면을 많이 먹을 것 같아요. 선생님, 진짜로 겨울방학 때 도시락이 안 오는가요?

기자 : 선생님도 그게 걱정이 되어서 이렇게 이야기를 나누는 거란다. 어떻게 방법을 생각해 보고 싶어서, 함께 고민해 보는 거란다. 학교에 다닐 때는 점심 걱정도 하지 않고 급식비 걱정도 하지 않고 점심을 먹었는데 방학을 하면 점심밥부터 걱정이구나.

지도자는 희망을 팔아야 합니다

요즘 아이들의 결식 문제는 절대 빈곤 시대보다 더 심각한 문제를 안고 있다. 단순히 가난해서 굶는 게 아니다. 가정이 파괴된 상태에서 떠밀리듯 손자, 손녀들을 떠맡은 조부모의 한숨과 눈물이 가난보다 더 아픈 상처라는 데 더 문제가 있는 것이다. 경제적 실직과 IMF 구제금융 당시의 충격으로 인한 이혼과 가출의 상처를 안고 시골로, 조부모 곁으로 들어온 아이들이 그 상처를 고스란히 받고 있는 구조적인 사회 문제이기 때문이다.

아이들의 신상 정보를 최대한 보호하고 있는 학교 현장에서도 아이들 개개인의 아픈 상처를 건드리지 않기 위해 노력한다. 어버이날 부모님께 편지 쓰기를 하는 일도, 가족 나들이의 체험을 발표시키는 일도. 세찬 겨울바람에도 숨쉬기를 가다하지 않는 질경이처럼, 민들레처럼 세상에 무방비 상태로 노출된 채 살아가는 가여운 아이들을 지켜내는 일은 선생님의 몫이기도 하다.

오늘날 끼니를 거르는 이유는 절대빈곤과 함께 부모의 실직, 부도 등으로 가족이 흩어져서 보살핌을 받지 못하는 경우가 많다고 한다. 부모가 집에서 가출하여 소년소녀가장이 된 경우, 가족적인 이유와 사회적인 이유가 결합된 경우 등 다양하게 나타나고 있다. 뿐만 아니라 결식은 한참 성장기에 있는 아동에게 신체적 성장 저하, 정서적인 불안정, 심리적 위축, 학교 부적응, 학습능력 저하 등 악영향을 미치게 하고, 이로 인해 건강하고 올바른 사회구성원으로 살아가지 못하게 됨으로써 또 다른 사회문제를 낳게 되는 결과를 초래하게 된다.

결식아동 지원을 넘어 길게 보면 언젠가는 제일 먼저 추진해야 될 복지예산이 바로 무상급식이라고 생각한다. 누구의 자식이 되었든 이 나라의 국민이라면 먹을거리 걱정을 하지 않게 하는 게 당연하다고 생각한다.

결식아동 외면은 나라의 수치

가난은 나라님도 구제할 수 없다고 했지만 우리나라와 같이 경제적인 발전을 이루고 다른 나라를 도울 정도의 국력을 가진 나라에서 결식아동 문제를 해결하지 못하는 것은 국가의 수치라고 생각한다. 가난하고 힘든 부모로부터 원하지 않는 격리를 당한 채, 조부모의 슬하에서 배고픔을 삼키며 자라는 아이들이 받을 상처는 결코 단순하지 않다.

사랑받지 못하고 자라서 생기는 자존감의 상처를 치유하는 데는 너무 오랜 시간이 걸리고 사회적 비용까지 생각하면 결식아동이 마음 놓고 밥을 먹게 하는 일은 길게 보아서 사회적 비용을 줄이는 길이라고 생각한다.

북유럽 복지국가의 기본인 무상급식까지는 못 가더라도 우선 당장 시급한 결식아동 급식비만큼은 확보하는 것은 어른들의 책임, 국가의 책임이다. 나폴레옹은 '지도자는 희망을 파는 상인'이라고 말했다. 국가의 리더들과 어른들은 아이들에게 희망을 팔아야 한다. 45만 명이

나 되는 소중한 우리의 아이들이 국가로부터 어른들로부터 받은 무관
심과 배고픔의 상처를 안고 어른이 되었을 때, 사회의 아픔에 공감하
기를 바랄 수 있을까?

마지막으로 철수가 지역 예술제에 나가서 교육장상을 받은 시를 소
개한다. 짧은 시 한 편에 담긴 이 어린이의 비원에 가슴이 먹먹하다.

아버지 말씀

- 김철수(가명)

"설날에 다시 올게."
추석에 오신
아버지께서 하신 말씀
"할머니 말씀 잘 들어라."
며칠 전 전화로
아버지께서 하신 말씀
"몸 아프지 마라."
전화하실 때마다
걱정하시는 아버지 말씀
매일 매일 듣고 싶은
아버지 말씀

- 출처 : 「오마이뉴스」 방학 때 도시락 안 오나요? 라면 먹어야겠네요

결식아동 보호는 기본적 인권보호

정치는 모르지만 최저생계비 없앤 처사엔 분노한다

지난 10일 결행된 2011년 국회 예산안 통과를 보는 마음은 참으로 착잡했다. 다른 항목은 깊이 따져 보지 않아 뭐라고 할 입장이 못 되지만 방학 중 결식아동 예산을 한 푼도 책정하지 않은 것에는 분노를 금할 수 없어서 이 글을 쓴다. 우리 학교 아이들만 보아도 상당수가 결손 가정이거나 조손가정이다. 방학을 하면 점심을 대충 먹거나 아예 집에서 식사가 힘든 아이들이다.

하루 중 한 끼 만이라도 제대로 된 식사를 할 수 있는 학교 급식, 이것이 없는 겨울방학이 그 아이들에게는 슬프다. 이런 아이들이 전국적으로 얼마나 많을 텐데……. 방학 중 결식아동 지원을 더 늘려야 할 판에 아예 책정된 예산마저 없애버린 어른들의 처사를 어떻게 아이들에게 어떻게 설명할 수 있을까?

이번 일 때문에 분교장 당시 애환이 생각났다

엄연히 공무원 처지로 대놓고 국가 일을 비판할 수는 없지만 교단 현장에 몸을 담고 있는 현직 교사로서 현장의 실태까지 외면할 수 없어 이렇게 글을 쓴다. 결식아동 예산이 0원이라는 소식은 오래 전 분교장 부장교사 시절의 애환을 떠올리게 한다. 지금도 그때만 생각하면 몇 년의 시간이 흘렀음에도 화가 난다.

2년 동안 분교장 부장교사를 하면서 가장 힘들었던 일은 학년 초

예산을 짜서 본교 교장 선생님의 재가를 받는 일이었다. 첫 해 1년은 다행히 인정 많은 교장 선생님 덕분에 가난한 분교장의 실정을 있는 그대로 받아들여서 요청한 예산보다 더 많은 예산이 책정됐다. 덕분에 폐교가 될 앞날의 어두운 그림자까지 떨쳐내며 행복한 학교를 가꿀 수 있었다.

그런데 다음 해 새로 오신 본교 교장 선생님은 분교 예산을 사사건 건 트집 잡아서 깎아내리기 시작한 것이다. 마치 폐교를 기정사실로 받아들인 것처럼 분교장의 어린이들에게는 모든 것이 불리하도록 일 처리를 해 나가는 관리자 앞에서 화가 났다. 분교장 부장교사 업무를 추진하던 필자의 고충은 뒤로하고 불이익 당하는 아이들의 모습 때문이었다.

투쟁 아닌 투쟁을 위해 내 나름대로 설정한 예산안으로 1년간 몸부림을 치던 기억이 생생하게 떠올랐다. 분교장 부장교사로서 내가 생각해 낸 살아남기 전략은 이러하다.

어떠한 경우에도 아이들의 학습권을 지켜주는 최저생계비, 즉 학습준비물은 단 1원도 깎지 않도록 지켜낸 것이다. 겨울철 난방비인 기름값을 깎고, 복사용지 값을 깎을 때에도 참았다. 그러나 마지막 최저생계비인 1인당 1만 원의 학습준비물은 단 한 푼도 깎을 수 없게 못을 박았던 것이다.

학습준비물 품목을 보면서 항목마다 붉은 줄을 그으며 삭제를 종용하던 관리자에게,

"교장 선생님, 그것만은 안 됩니다. 분교장 아이들의 최저생계비입니다. 추운 겨울에 덜덜 떨면서 추운 교실에서 공부를 할망정 학습 준비물 없는 공부만은 시킬 수 없으니 손대지 마십시오."

라고 말했었다(유감스럽게도 그 분은 사도대상까지 받으셨으니, 더욱 기가 찰 노릇

이라며 분개했던 선생님들의 목소리가 귀에 쟁쟁하다).

국격에 먹칠한 엉터리 국회, 아이들에게 부끄럽다

최소한의 규칙도 지키지 않은 채 힘의 논리로 밀어붙이는 국회의 모습은 아이들에게도 부끄럽다. 예산안을 심의하고 토론하며 계수를 조정하는 일은 기본 중에 기본이라고 생각한다.

한 번 결정되면 뒤집을 수도 없는 국가의 법을 한 순간에 날치기로 통과하는 모습을 보며 아이들이 무슨 생각을 할까요? 민주주의의 기본은 결과보다 과정에 있음을 배우는 아이들에게 국회의 모습은 숨기고 싶은 부끄러운 모습이다.

특히 가난하고 불쌍한 아이들을 더 생각해 주고 보듬어 주어야 할 국민의 대표인 국회의원들이 결식아동의 밥값까지 없애면서까지 예산을 급하게 통과시킨 것에 대해 같은 어른으로서 부끄럽다.

언제까지 이런 모습을 보아야 할까? 국격에 먹칠하는 국회의 모습 2011년도에는 더 이상 중계하지 않았으면 한다. 강한 자에게 더욱 강하고 약한 아이들의 최저생계비엔 냉혹한 대한민국 국회의 부끄러운 모습을 어떻게 씻을까?

- 출처 : 「오마이뉴스」 반 아이 대부분 결식아동인데, 뭐라 말하지?

방귀대장 이야기

공부 시간에 옷에 실수하는 아이들

우리 2학년 아이들에게 인기 있는 책은 재미있는 제목들의 책이다. 주로 똥이나 오줌, 방귀라는 단어가 들어간 책들이다. 공부 시간에 그런 단어만 나와도 금방 웃음을 참지 못하는 아이들이다. 심지어 그런 종류의 책만 즐겨 읽는 아이들도 있다. 정규 시간이 끝난 후 일주일에 한 번씩 마련하는 독서발표회 시간이면 똥 이야기를 하는 아이들의 인기가 높다. 웃겨주기 때문이다.

그런 아이들이 실제로 방귀를 뀌거나 뒤처리를 잘 못해서 교실에서 냄새를 풍기는 아이들을 보는 시각은 거의 '응징' 수준에 가깝다. 아직도 어린 아이들이라 때로는 본의 아니게 옷에 실수하는 아이들이 종종 있다. 그래서 학기 초부터 아랫도리 속옷과 바지를 여벌로 교실에 갖다 놓게 한다.

아침식사가 잘못되었거나 우유가 몸에 맞지 않는 아이들의 경우에는 그런 일이 가끔 생기기도 하기 때문이다. 개인별 지도를 하다가 내가 발견한 경우는 그래도 낫다. 아이들 몰래 얼른 조치를 취할 수 있으니까. 그러나 아이들이 코를 그러쥐고 말한다.

"선생님, 이상한 냄새가 나요. 똥 냄새가 나요. 철수가 그런 것 같아요."

"어허, 그런 소리 하는 게 아니야, 아마 어떤 친구가 아침에 속옷을 못 갈아입었나 봐요. 그 친구가 미안할 테니 너무 그러지 마세요. 여러

분은 그런 적 없어요?"

일단 아이들의 시선을 돌리기 위해 얼른 쉬는 시간을 주어 밖으로 나가게 해서 문제의 아이를 심부름 보낸 것처럼 다른 곳으로 가게 한다. 옷이 교실에 없으면 집에 얼른 연락해서 해결한다. 2학년 아이들은 호기심 덩어리라 친구가 안 보이면 기어코 찾는다.

"선생님, 철수가 안 보이는데요?"

"응, 철수가 갑자기 배탈이 나서 아빠가 집에 데려갔어요. 곧 돌아올 테니 너무 걱정하지 마세요."

본의 아닌 거짓말로 둘러대지만 아이들은 그 아이가 올 때까지 자꾸 묻는다. 왜 오지 않느냐고 말이다. 그래서 요즈음은 아이들의 엉덩이를 유심히 보거나 개별지도를 하려고 곁에 가서 코를 킁킁대는 버릇까지 생겼다.

자세히 관찰해 보면 학교 공부를 제대로 따라오지 못하거나 학업 스트레스가 많은 아이들, 아침 식사를 못하고 오는 결손 가정의 아이들은 좋아하는 음식은 과도하게 먹으려고 하고 싫어하는 음식은 매우 싫어해서 배탈이 나는 일이 있다. 그런 날은 그야말로 학습 진도가 엉망이 되어버린다. 애들 몰래 처리해 주랴, 상처 받지 않게 숨겨 주랴, 혼비백산하여 공부를 어떻게 시켰는지 모른다.

부모와 상담을 해 보면 자신의 욕구를 음식으로 해결하려는 보상심리가 있어서 마구 먹는다는 것이다. 아이들에게 식사지도를 하면서 모든 욕심이 음식을 많이 먹으려는 데서 시작된다는 점을 가르치고 음식에 감사하며 먹기, 적당히 남기지 않고 먹기, 좋아하는 것만 먹지 않기를 지도하려고 노력한다.

그리고 아직도 학교 수업 시간 40분을 참지 못하고 실수하는 아이들에게는 예외적으로 화장실에 자주 가는 것을 용인해 준다. 규칙을 준수하게 하는 엄격한 직선도 필요하지만 상황에 따라 유연하게 대처하는 곡선을 가미하지 않으면 날마다 냄새와 싸우며 수업 시간 자체가 엉망이 되어 버리기 때문이다.

선생님이 방귀도 못 뀌게 한다고?

냄새 이야기가 나오니 아주 오래 전 일이 생각난다. 읍내 학교에서 6학년 36명을 담임할 때였다. 3월 중순을 지날 무렵, 2교시 중간쯤이면 아이들은 어김없이 교실 뒤쪽 창문을 열었다. 아직 찬바람이 매서운 3월에 창문을 여는 아이들에게 물었다.

"아직 추운데 왜 자꾸 문을 여는 거지? 어서 창문 좀 닫아요."

"선생님, 냄새가 나서 공부를 못 하겠어요."

"무슨 냄새? 누가 벌써 도시락이라도 먹은 거니?"

"아니오, 철수가 방귀를 뀌어서 그래요. 그것도 여러 방을 뀌었습니다. 철수는 거의 날마다 이런답니다. 그래서 짝꿍하기가 싫습니다."

상황이 이쯤 되면 진지하게 공부를 할 수 없다. 여기저기서 킥킥대며 웃는 소리, 철수를 향해 쏟아지는 농담으로 금방 웃음바다가 되어 버렸다.

"얘들아, 철수에게 너무 심한 것 아니니?"

"아니에요, 철수는 5학년 때까지 쭈~욱 그랬어요. 방귀가 나오면 아무 때나 뀐답니다. 냄새나서 싫어요, 선생님! 자기 엄마가 방귀를 참으면 병 된다고 아무 때나 뿡뿡 뀌라고 했대요."

"철수야, 참말이니? 어머니께서 교실에서도 아무 때나 뿡뿡 뀌라고 했니?"

"예, 어머니께서 어렸을 때부터 그러셨어요. 방귀를 참으면 병 된다고요. 그래서 지금까지 방귀를 참아본 적이 없습니다."

그런데 정작 철수 본인은 아무렇지 않다는 듯이 오히려 억울하다는 말투였다. 초등학교 5학년 때까지 아무 때나 장소를 가리지 않고 방귀를 뀌었다는 말에 웃음도 나오고 어처구니가 없었다. 하던 수업을 뒤로 미루고 그 상황을 지도해야 한다고 생각했다.

그러고 보니 철수는 친구도 별로 없는 것 같았다. 다른 아이들보다 몸도 훨씬 작아서 4학년쯤 되어 보일 정도였다. 아이들이 부르는 별명이 '방귀쟁이'라는 것도 처음 알았다. 그냥 웃어넘길 일이 아니었다. 그것은 그 아이에게도 중요한 문제가 될 것이었다. 친구들 사이에서 왕따를 당할 위험까지 내포된 그 애의 행동은 교육적 지도가 필요했다. 그래서 말했다.

"철수에게도 건강상 무슨 사정이 있어서, (어머니께서) 그런 말씀을 하셨을 겁니다. 자기도 모르게 어쩌다 나온 방귀라면 모르지만 참을 수 있는 상황인데도 조용한 수업 시간에 친구들을 습관적으로 불편하게 하는 것은 고쳐야 하지 않을까요?

철수를 포함해서 다른 사람들도 마찬가지입니다. 교실은 여러 사람이 모여 사는 공공시설입니다. 그러니 나 혼자 사는 곳처럼 행동하는 것은 곤란합니다. 나에게는 자유스런 행동이 다른 사람을 힘들게 한다면 자신의 행동을 고치는 노력이 필요합니다. 그것은 배려라고 할 수 있습니다.

앞으로는 뱃속이 불편하여 방귀를 꼭 뀌어야 할 상황이라면 교실 뒷문을 열고 살짝 밖으로 나가서 복도에서 처리하고 들어와도 됩니다. 선생님에게 눈짓만 하고 나가면 됩니다. 다른 친구들도 철수가 그러지 않도록 노력할 것이니 이상한 별명으로 철수를 힘들게 하지 않으리라 믿습니다."

하여튼 그렇게 지도한 뒤로 더 이상 수업 시간에 창문을 열거나 킥

킥대는 소리가 들리지 않았다. 더 이상 철수가 다른 아이들에게 방귀쟁이라고 놀림을 당하는 일도, 친구들이 기피하여 짝꿍을 하지 않으려는 일도 없었다.

황당한 오해, 가정방문으로 풀었어요

그런데 해결된 줄로만 알고 있던 '방귀 사건'이 엉뚱한 오해를 불러일으키고 있는 줄은 꿈에도 몰랐다. 3월 하순 전교생 가정방문 기간이었다. 그 시절에는 학급의 모든 어린이의 집을 방문하여 실태 파악을 했다. 먼 곳에 있는 아이들 집에 다녀오면 몇 시간이 걸리고 신발 굽이 다 망가지던 때였다. 자가용도 없던 시절이라 걸어서 다니다 보면 저녁 늦게 퇴근하는 일도 생겼던 때였다.

철수네 집은 학교어서 제일 가까웠기에 가장 나중에 방문했다. 먼 곳에 사는 아이들은 방문할 기회를 놓치면 다음에 방문하기 어렵기 때문이다. 가까운 아이들은 시간을 내기가 쉬우므로 가장 나중으로 남겨 두었던 것이다.

그런데 만나자마자 들은 철수 엄마의 첫마디가 나를 당황하게 했다.

"우리 철수가 학교에 가기 싫다고 합니다. 이유를 물어보니까 선생님이 방귀도 뀌지 말라고 하셨다고 하더군요. 방귀를 못 뀌니 뱃속이 편하지 않아서 공부 시간에 집중이 안 된다고 합니다."

처음 만난 나에게 첫마디부터 그런 이야기를 할 정도이면 그동안 쌓인 불만이 얼마나 컸는지 알만했다. 그래서 자초지종을 자세히 말씀드렸다. 공부 시간에 아구 때나 방귀를 뀌어서 아이들이 코를 막고 창문을 열어대니 수업을 진행하기 어렵다고. 그래서 다른 아이들 몰래 살짝 밖에 나가서 처리하면 좋겠다고 했는데, 집에 가서는 선생님이 방귀도 못 뀌게 한다고 한 것이다.

"철수가 엄마 말씀대로 아무 때나 방귀를 뀌는 바람에 아이들 사이에서 놀림감이 되기도 하고 같이 짝꿍을 하지 않으려는 일까지 생기면 되겠습니까? 조금 불편하더라도 참는 습관을 길러야 하지 않겠습니까? 6학년이나 되었는데 그런 일로 아이들의 웃음거리가 되는 건 원하지 않으시지요?"

"선생님 말씀을 듣고 보니 제가 아이 말만 듣고 오해를 했습니다. 앞으로는 저도 주의를 주겠습니다. 우리 아이가 어려서부터 어른들보다 더 크게 방귀를 뀌어도 그냥 지나쳤습니다. 몸도 약하고 아들도 저 하나뿐이라서 저 하는 대로 두어서 그런가 봅니다. 저는 선생님이 얼마나 무섭게 하면 우리 아이가 방귀조차 뀌지 못할까 하고 걱정을 많이 했답니다."

오히려 그런 일을 계기로 그 학부모님과 더 친하게 되어서 허물없는 사이로 지내게 되었으니 전화위복이 된 셈이다. 철수도 아이들과 더 잘 어울리고 열심히 공부하게 되었다며 좋아하셨다. 철수가 졸업하던 날, 감사하다며 속옷 선물까지 안겨 주셨으니 '방귀 사건'이 맺어준 좋은 인연이었다.

참으로 오랜 세월이 흘렀지만 그때의 방귀 사건은 어제 일처럼 뇌리에 남아 있다. 그때 그 일은 식사 시간이나 공부 시간에 교양 있고 예의 바른 행동을 가르칠 때 아주 좋은 예화 자료로 활용한다. 아이들은 재미있어 하면서도 자기들의 이야기처럼 들리니 참 좋아한다.

소통의 부재는 오해의 싹으로

그 뒤로 철수는 방귀를 뀌어서 친구들에게 놀림을 당하거나 웃기는 일이 없이 졸업하는 날까지 별 문제 없이 지낼 수 있었다. 대부분의 부모님들은 아이들이 하는 말만 믿고 학교에서 이루어지는 일을 오해하는 경우가 상당히 많다. 자기 잘못이나 실수는 쏙 빼놓고 친구나 선생님의 언행을 문제 삼아 갈등을 일으키기도 한다.

나는 그 일을 생각하며 아이들에게 이야기를 할 때 한층 조심하게 되었다. 나로서는 매우 당연한 교육 활동일지라도, 다른 아이들이 볼 때에도 객관적일지라도, 듣는 사람의 생각에 따라 매우 주관적인 해석을 하기 때문이다.

요즈음은 가정방문도 없고 학부모의 학교 방문도 거의 없으니 학교 생활의 단면은 아이들의 입을 통해서 전해지는 게 대부분이다. 그래서 가정통신문을 내기도 하고 전화나 문자로 알림장으로 의사소통을 하려고 노력하는 편이다.

오해가 생기는 것은 의사소통의 부재에서 발생한다. 어떤 경우에도 허심탄회하게 학부모와 이야기를 할 수 있는 상태로 유지하여야 아이들 교육에 도움을 줄 수 있다. 학급 담임으로서 느끼는 애로 사항과 부모로서 느끼는 어려움이 서로 통해야 아이를 이해하고 더 나은 교육 활동이 이루어질 수 있기 때문이다.

이제는 어른이 되어서 자식을 둔 학부모로 살고 있을 철수는 자신의 자식에게는 이렇게 가르치리라 믿는다.

"애야, 여러 사람이 모이는 곳이나 교실, 밥을 먹는 곳에서는 방귀를 함부로 뀌어서는 안 된단다. 왜냐하면 다른 사람의 기분이 좋지 않기 때문이란다. 그럴 때는 다른 사람 몰래 밖에 나가서 해결하는 거란다. 다른 사람이나 친구가 너를 방귀쟁이라고 놀리면 좋겠니?"

- 출처 : 「오마이뉴스」 선생님이 방귀도 맘대로 못 뀌게 해?

아이들의 눈물 닦아줄
대통령을 찾습니다

아이의 성장 없는 교사의 성공은 없다.

- 셀레스탱 프레네

사회 심리학자인 앨버트 밴두라는 작은 성공이 큰 성공을 부른다고 하였다. 비록 낮은 목표를 잡았지만 성취했을 때 다음 목표에 더 열심히 참여하여, 성공해 본 사람이 또 다른 성공을 할 수 있다는 뜻이다. 이것은 모든 사람에게 해당되는 말이지만, 특히 학습 부진으로 힘들어하는 학생에게 매우 의미 있는 말이다. 상위의 공부 잘하는 학생 중심의 평가나 서열 매기기에서는 학습 부진 학생은 늘 상처를 받을 수밖에 없는 현실.

그러므로 다른 사람과 비교하는 평가로는 학습 부진 학생은 늘 존재한다. 어제의 자기보다 단 1%만 좋아졌다면 칭찬해 주는 절대평가의 필요성이 여기에 있다. 더 깊이 들어가면 우리나라 교육의 문제점인 학교 폭력, 따돌림 등도 모두 상처 받는 아이들이 보여주는 빙산의 일각이다.

날마다 누군가를 짓밟고 올라서야 하는 잔인한 게임이 현실에서 일어나는 교실에 우정이나 사랑, 인성 교육이 설 자리는 해묵은 가치임을 2만 명이 넘는 학교 이탈자 수와 세계 최고의 청소년 자살률이 보여준다. 공부를 잘하는 아이도 못하는 아이도 다 같이 가해자와 피해자가 되어 서로 피를 흘리게 하는 이 질곡을 벗어나는 길은 혁명적인 발상의 전환이 필요한 대학입시 평가제임을 다 알면서도 언제까지 죽음의 계곡으로 우리 아이들을 몰아야 한단 말인가!

지난 5월 다녀온 북유럽 교원 연수에서 가장 인상적인 내용은 바로 평가에 관한 것이었다. 한국인으로서 핀란드에 귀화한 가이드는 자신의 아이가 리코더 연주를 잘했다는 선생님의 칭찬을 듣고 매우 우쭐해 했다고 소개했다. 그런데 그 실기 평가는 선생님 앞에서 홀로 연주한 결과라는 것이었다. 이전에 연주한 것보다 조금만 더 좋아지면 높은 점수를 주는 절대평가였던 것이다. 선생님의 칭찬을 듣고 집에 와서 신나게 자랑한 그 아이는 앞으로도 계속해서 리코더 연주를 좋아할 것이다.

우리나라처럼 친구들 앞에 나와서 서로 비교하는 상대적 실기 평가가 아니기에 상처를 받지 않으며 즐겁게 노력한다는 것이었다. 내가 아무리 잘해도 다른 친구가 나보다 잘하면 내 점수는 상대적으로 낮은 평가를 받고 상처를 받을 수밖에 없는 우리의 평가 제도를 생각하며 오랫동안 익숙한 교실 풍경이 떠올랐다. 언제나 1등은 한 명이고 꼴등은 꼭 있어야 하는 상대평가의 불편한 진실.

2013년 초등학교 수학과 스토리텔링, 적용 가능한가?

지난 7월 7일 토요일에는 '수학과에서 스토리텔링을 적용한 창의성 신장 방안'을 주제로 한 4시간짜리 강연에 다녀왔다. 미국에서 유명한 수학자로 활동하고 있는 안재찬 박사가 강연자로 나왔다. 수학 교육에 관심이 많은 연구회와 광주, 전남의 젊은 선생님들이 대거 참석하여 높은 관심을 보여주었다.

2013년에 초등학교부터 도입되는 스토리텔링 적용에 관한 해법을 기대하고 온 많은 선생님은 손에 잡히는 결론을 원했다. 그러나 안재찬

박사는 자신이 집필하여 미국에서 실행하고 있는 스토리텔링을 적용
한 교과서를 참석자 모두에게 나눠주며 세계적인 수학 교육의 동향과
교육 철학적 관심 방향에 초점을 두며 우리의 현실을 우려했다.

내가 해석한 결론은 우리와 같은 상대평가 체제, 수능시험이 자격시
험이 아닌 상태에서는 불가능하다는 주장으로 들렸다. 정답을 원하는
교육, 답이 하나인 수학교육에서는 스토리텔링을 적용하여 창의성을
신장할 수 없다는, 강연 주제와 배치되는 결론을 솔직히 말할 수 없는
답답함으로 안타까워하는 한 수학자의 번민과 고뇌를 보았다. 지금과
같은 평가체제와 스토리텔링을 통한 창의성 신장을 양립한다는 것은
무리라는 것이다. 창의성 신장이 세계적인 화두이니 당장 발등에 불이
떨어진 현실이라 국가는 교육에서 그 방법을 추구함이 당연하다.

그러면서 문제풀이식 수학공부에 익숙한 우리나라 학생들은 미국의
유명대학에 진학하고서는 적응조차 못한다고 실상을 공개했다. 어떤
주제에 대하여 자기만의 방식으로 다양한 접근을 하며 창의적인 풀이
과정을 설명하는 스토리텔링에 접근조차 하지 못하여 좌절하는 유학
생들의 안타까움을 토로했다.

더불어 기초과학의 근본인 수학을 연구하는 국가적 비용도 턱없이
부족하거나 특정 교과의 예산에 비해 터무니없이 낮아서 연구 자체가
힘든 우리나라 수학교육의 현실을 토로했다. 선진국은 기초과학의 뿌
리인 수학교육에 막대한 예산을 투입하고 연구자들을 우대한다는 울
분에 가까운 말을 에둘러 표현했지만 행간을 읽을 수 있었다.

'수행 부담'이라는 용어를 사용한 캐럴 드웩은, 한국과 미국의 학생
들을 비교 연구한 결과도 안재찬 박사의 강연과 비슷한 맥락으로 해
석된다. 한국의 아이들은 평가가 끝나면 공부하지 않는 경향이 있다고
발표하였다. 미국의 아이들이 평가와 상관없이 자신의 흥미나 호기심,

새로운 도전에 따라 지속적으로 공부를 하는 데 반해, 한국의 많은 학생들은 효도, 간판, 생계 등을 목적으로 학습하기 때문에 배우는 일이 힘들다고 느낀다는 것이다.

어려움이 있는 아이들을 존중해주는 대통령

미국 최고의 학습 이론 전문가인 멜 레빈은 '배우고 싶어 하지 않는 아이는 없고 그렇기 때문에 게으른 아이는 없다. 게으른 아이가 아니라 다만 어려움이 있는 아이들이 있을 뿐'이라는 희망을 피력했다. 그는 아이들의 학습 성향을 평가하고 적절한 학습법을 교사에게 가르쳐주는 '아이에게 맞추는 학교'라는 프로그램을 진행하여 빈곤 지역의 많은 학교에 도움을 주었다고 한다. 선생님이나 국가 정책의 눈이 어려움이 있는 아이들을 주목하는 모습이 바로 북유럽에서 본 교실 풍경이었다.

세계적인 리더십 전문가 제임스 쿠제스 교수가 전 세계 직장인 2만여 명을 대상으로 '어떻게 하면 조직에 헌신하고 몰입할 수 있는지'를 조사한 결과는 매우 흥미롭다. 조사 결과에 따르면, 제일 많은 사람이 '나를 존중해주는 상사'가 있을 때를 그 이유로 들었다. 다음으로 '흥미롭고 도전할만한 업무, 잘했다는 칭찬, 발전할 기회, 내가 아이디어를 냈을 때 잘 들어주는 상사' 순서로 답이 나왔다.

'상사'라는 말주머니에 선생님이나 부모님, 대통령을 대입시키면 어려움이 있는 아이들에게 성공을 향한 작은 발걸음을 이끌어 줄 수 있지 않을까. 스몰스텝의 원리를 모르는 선생님은 없다. 내 반 아이, 한 사람 한 사람의 성장 없이 교사의 성공은 없다. 내가 맡은 과목의 학생 개개인이 어떤 어려움에 처해 있는지조차 모른 채 뒤통수를 맞고 뒷북을 치는 학교 현장의 모습을 개선하는 길은 캠페인이나 일회성 광고로 해결될 일이 아니다. 아이들은 배움의 본능을 가지고 태어난다.

지금은 비상시국이다. 상처를 감추지 말고 도려내고 수술해야 한다. 그래서 필자는 다른 모든 문제보다 교육문제에 혜안을 지닌, 혁명적 대안을 가진 리더십을 가진 지도자를 원한다. 꼼꼼하게 교육정책을 살펴보고 유권자로서, 교사로서 대통령 선거를 기다린다.

'사려 깊고 의지가 굳은 소수의 사람이 세상을 바꿀 수 있다는 사실을 의심하지 마라.'고 한 저명한 인류학자 마거릿 미드의 충고에 부합되는 리더를 즐거운 마음으로 기다린다. 우리 아이들의 눈물을 닦아줄, 지혜롭고 가슴이 따스한 분이라면 도처에 널린 이 나라의 아픔이 봉합되도록 혼신을 다해 주시리라 확신한다.

- 출처 : 「오마이뉴스」 아이들의 눈물을 닦아줄 대통령을 찾습니다

미래는 '마음의 제국'

노요지마력(路遙知馬力) 일구견인심(日久見人心)

길이 멀어야 말의 힘을 알 수 있고 세월이 오래되어야 사람의 마음을 알 수 있다.

- 『명심보감』 교우(交友)

공자의 후회

공자가 제자들과 함께 채나라로 가던 도중 양식이 떨어져 채소만 먹으며 일주일을 버텼다. 걷기에도 지친 그들은 어느 마을에서 잠시 쉬어 가기로 했다. 그 사이 공자가 깜박 잠이 들었는데, 제자인 안회는 몰래 빠져 나가 쌀을 구해서 밥을 지었다. 밥이 다 될 무렵, 공자가 잠에서 깨어났다. 공자는 코끝에 스치는 밥 냄새에 밖을 내다봤는데, 마침 안회가 밥솥의 뚜껑을 열고 밥을 한 움큼 집어 먹고 있는 중이었다.

안회는 평상시에 내가 먼저 먹지 않은 음식에는 손도 대지 않았는데, 이것이 웬일일까? 지금까지 안회의 모습이 거짓이었을까? 그때 안회가 밥상을 공자 앞에 내려놓았다. 공자는 안회를 어떻게 가르칠까 생각하다가 한 가지 방법이 떠올랐다.

"안회야, 내가 방금 꿈속에서 선친을 뵈었는데 밥이 되거든 먼저 조상에게 제사 지내라고 하더구나."

공자는 제사 음식은 깨끗해야 하고 아무도 손을 대지 않아야 한다는 것을 안회도 알기 때문에 그가 먼저 밥을 먹은 것을 뉘우치게 하려 했던 것이다. 그런데 안회의 대답은 오히려 공자를 부끄럽게 했다.

"스승님, 이 밥으로 제사를 지낼 수는 없습니다. 제가 뚜껑을 연 순간 천장에서 흙덩이가 떨어졌습니다. 스승님께 드리자니 더럽고 버리자니 아까워서 제가 그 부분을 이미 먹었습니다."

공자는 잠시 안회를 의심한 것을 후회하며 다른 제자들에게 이렇게 말했다.

"예전에 나는 나의 눈을 믿었다. 그러나 나의 눈도 완전히 믿을 것이 못 되는구나. 예전에 나는 나의 머리를 믿었다. 그러나 나의 머리도 역시 완전히 믿을 것이 못 되는구나! 너희들은 알아두어라. 한 사람을 이해한다는 것은 진정으로 어려운 일이라는 것을 말이다."

'교육의 달인'을 요구하는 학교

요즘은 학생들을 가르치기 참 힘든 세상이다. 시대를 막론하고 가르침의 어려움은 늘 있었다. 그러나 지금처럼 난무하는 문제점은 적었다고 생각한다. 가르치는 선생님도 힘들고, 배우는 학생들도 힘들어하는 세상이다. 그러다보니 소통과 치유가 대세가 되고 있다. 그만큼 상처 받은 사람들이 넘친다는 증거다. 공부를 잘 해도 고민, 못 해도 고민인 학생들이다. 선생님은 가르치는 일이 즐겁고 행복해야 하는데 가르치며 상처 받는 일이 많아졌다.

공자의 말처럼 본 것을 곧이곧대로 가르치다가 다치는 선생님들이 늘어나고 있으니, 걱정이다. 담배 피우는 학생을 충고하다 역으로 당하기도 한다. 수업 시간에 딴 짓을 하는 학생을 제지하면 말대꾸는 기본에 대드는 것은 약과다. 때리고 덤비지 않으면 그나마 다행이다.

대부분 학생들이 버릇없는 것은 아니겠지만 미꾸라지(나중에 잉어가 될지도 모르지만) 한 마리가 휘젓고 다니면 가르침과 배움이 어찌 일어날까? 그것이 문제다. 이제 선생님은 학생들의 언행을 보고 소통과 대화,

공감과 설득과 같은 가치를 얼른 통합해서 종합적으로, 감성적으로 충고하는 고도의 기술을 발휘해야 한다.

그러니 소모되는 에너지가 얼마나 큰가. 공자는 안회와 같은 훌륭한 제자를 가르치면서도 자신의 눈과 머리를 믿을 수 없다고 고백한다. 그런데 현대의 선생님들은 상처 받은 학생들이 터뜨리는 불만의 대상이 되어 예고도 없이 달려드는 주걱다짐의 대상이 되었으니 슬픈 일이다.

이제 선생님은 고도의 심리학을 배워야 하고 소통의 달인이 되어야 하며 인내심의 한계조차 없애야 하는 공자와 같은 성인의 경지가 요구되는 현실이다. 이제는 어떤 교과의 지식이나 기술을 효과적으로 가르치는 기술보다 먼저 선행되어야 하는 것이 '마음'의 문제로 귀결된다. 이제 선생님은 '교육의 달인'을 요구하는 세상 속에 서 있다.

소통과 대화, 설득과 공감이 없는 가르침은 공허한 세상이 되었다. 그것은 교실뿐만 아니라 모든 인간관계에서도 그렇다. 마음을 얻지 못하는 가정과 세상의 단면이 교실로 옮겨온 것뿐이다. 어떤 상황이 발생했을 때 마음이 통하는 사제지간에는 다소 오해의 소지가 있다하더라도 대화를 통해서, 시간을 투자하면 어렵지 않게 해결된다.

그러나 반대의 경우에는 매우 사소한 한마디에도 걷잡을 수 없는 상황에 이르는 경우를 보게 된다. 이제 선생님들은 교육학을 공부하기 전에 '마음'에 관한 심리학 공부를 먼저 해야 한다. 교육심리학을 교과목으로 이수하고 교직에 들어오지만 그 후로도 끊임없이 접근해야 될 영역이 된 것이다.

마음의 제국을 이끌어 갈 교육의 힘, 자기 이해 지능

그러기에 일찍이 1943년 미국 하버드 대학교 학위 수여식에서 윈스턴 처칠이 "미래의 제국은 마음의 제국이 될 것이다."라고 한 말 속에는 위대한 선견지명이 담겨 있다. 그동안 우리는 '경제' 가치에 매몰된 세상에서 살아남기 위해 분투했다. 그것만이 잘 사는 척도인 것처럼 모든 잣대를 그것에 대보고 저울질하며 달려왔다.

도덕적으로 인간적으로 다소 흠결이 있어도, 용인하는 사회 분위기 속에서 한 쪽 눈을 감고 마음의 문제를 뒤로 미루며 살아온 대가를 치르는 중이다. 누군가가 무엇을 하든 그것을 재는 도구는 늘 경제 가치였으니, 그 폐단이 가져온 상처를 치유하는 일도 거기서부터 라고 생각한다.

아픈 사람들이 넘친다. 특히 마음이 아픈 사람들이 넘친다. 어른들도 아이들도 모두 마음이 아프다. 그래서 외롭다. 외로우니 손에 휴대폰이 없으면 불안하다. 늘 누군가와 대화를 주고받아야 안심이 된다. 가상공간의 만남이라도 해야 외롭지 않으니 게임에 몰두하고 카카오톡으로 마음을 확인하는 것이다. 혼자서는 아무것도 할 수 없는 불안 증세로 최신형 휴대폰에 매달린다. 바람직하지 않은, 사회적으로 용인되지 않은 가치에 몰입하여 문제를 일으키기도 한다. 기쁨과 쾌락을 혼동하여 빠져 나오지 못하는 범죄가 늘어난다.

교육은 홀로 있어도 외롭지 않은, '자기 이해 지능'이 우수한 사람으로 기르는 일에 몰두하는 일이다. 자신이 좋아하고 잘하는 일에 시간과 힘을 집중시켜 좋은 성과를 얻을 수 있는 사람이 자기 이해 지능이 높다고 한다. 그것은 곧 자기 자신에 대한 긍정적인 '마음의 틀'이 잡힌 사람이니 외부의 충격에 흔들리지 않는다. 마음의 제국에서 살아야 할 학생들에게 필요한 선생님은 곧 '마음공부'의 대가가 되어야 한다. 아이들의 마음을 얻는 일은 대통령이 국민의 마음을 얻는 일만큼이나 어려운 일이 되었다. 그러니 선생님은 마음의 제국을 이끌어 갈 제자를 기르는 '교육의 달인'이 아닌가.

- 출처 : 「오마이뉴스」 어떻게 마음을 얻을까?

수학왕들,
세계적인 석학이 되길!

자신의 장점을 살려 즐기고 협동하는 공부의 위력 과시

아르헨티나에서 열린 제53회 국제수학올림피아드에서 사상 첫 종합 1위이자 참가자 전원 금메달 획득이라는 큰 성과를 달성한 대표단(김동률, 김동효, 문한울, 박성진 박태환 장재원 군)의 소식은 참 즐겁다.

"아빠와 놀면서 수학을 접했던 게 수학에 흥미를 갖는 데 큰 계기가 됐습니다."

국제수학올림피아드에서 사상 첫 종합 1위를 달성한 수학대표단 장재원(서울과학고 3년) 군, 박성진(서울과학고 2년) 군도 마찬가지다. 박 군은 누나와 같이 놀이를 하면서 처음 수학을 접했다. 이른바 '학교놀이'였다. 어머니 이영혜(48) 씨는 "재미있게 수학을 접하다 보니 저절로 잘하게 된 것 같다. 아이의 창의성을 키우고 흥미를 잃지 않도록 하기 위해 사교육은 최소화했다."고 말했다. 개인 순위 2위를 차지한 대표 팀의 막내 김동률(서울과학고 1년) 군은 "원 없이 수학 문제를 풀 수 있었던 지난 시간이 너무 즐거웠다."고 말했다. 맏형인 박태환(서울과학고 3년) 군은 "전 세계 학생들과 함께 겨뤘던 대회 경험은 평생의 추억이 될 것"이라고 말했다.

학생들은 또 다른 비결을 공개했다. 학교의 독특한 교육 방식이다. 6명의 대표 팀 중 5명(나머지 한 명은 세종과학고 2년 문한울 군)이 다니는 서울과학고는 남다른 수학교육법을 갖고 있다. 두 명이 짝을 이뤄 1년 동안 함께 공동연구를 진행한다. 김동효(서울과학고 3년), 박태환 군은 지난해 '수열과 변형 함수에 대한 연구'를 주제로 50쪽짜리 보고서를 쓰기도 했다. 김 군은 "1년간 직접 자료를 찾고 수십 번 토론하며 자율적으로 공부했던 것이 수학적 사고력을 높이는 데 큰 도움이 됐다."고 소개했다.

초등학교 수학경시대회 지도의 추억

오랜만에 가슴 시원한 소식을 보았다. 가슴이 울렁거렸다. 그리고 지금은 없어진 초등학교 수학경시대회에 얽힌 추억이 생각났다. 초보교사 4년차 때부터 10년 이상 초등학교 5, 6학년을 대상으로 치러지던 수학경시대회가 있던 시절. 그 덕분에 20년 가까이 6학년만 내리 맡으며 근무하던 학교마다 수학경시반을 맡아 군 대회와 도 대회에 제자들을 몰고 다녔던 열정이 생각났다.

도 대회 금상을 타려면 6학년 수학으로는 어림없으니 중학교 3학년 단계까지 가르치곤 했다. 퇴근 후나 수요일 친목 배구 시간, 주말과 방학 때는 집으로 데리고 가서 공부를 가르치던 30대의 열정이 넘쳤던 그 시절이 주마등처럼, 어제 일처럼 생각났다. 그 덕분에 수학경시대회 등급 표창만으로도 승진에 필요한 수상 실적이 넘쳤다. 좋아서 가르친 수학지도 덕분에 덤으로 받은 상장들은 내 열정의 상징이 되어주었다.

그러나 정작 나는 교과목 중에서 수학을 가장 못하고 어려워한 학생이었음을 고백한다. 초등학교 시절 다른 친구들은 다 이해하는 문제를 나는 이해하지 못하면서도 질문조차 하지 못한 겁쟁이였다. 그 대신 풀지 못한 문제는 집에 가서 몇 시간씩 낑낑대며 풀고야마는 고집으로 버티며 내 부족함을 시간으로 이겨내곤 했다. 나중에는 혼자 풀어내는 시간이 점점 단축되어서 수학 공부에서 몰입하며 공부란 즐거운 것임을 깨달았다. 초등학교 5학년이 내 인생의 분기점이 되어 정체성을 찾게 한 것이다. 혼자서도 얼마든지 공부를 할 수 있다는 자신감을 얻게 한 수학 공부!

그 자신감은 그 후로 이어지는 주경야독의 긴 세월을 교과서와 참고서만 가지고 중·고등학교 검정고시를 합격하게 하는 원동력이 되었다. 가난의 굴레 앞에 좌절 대신 선택했던 학창 시절이 없는 내 인생의 블랙홀을 이기게 한 수학 공부의 즐거움! 그것은 인생의 진리를 알게 하는 힘이었고 예외 규정이 없는 법칙, 노력한 만큼 돌려주는 미덕을 넘어, 다른 과목마저 넘을 수 있게 하는 허들이었다.

그리고 지금 여기까지 나를 몰고 온 저력의 바탕엔 수학 공부의 즐거움이 있었다. 수학을 가장 힘들어했기에 수학 공부를 못하는 아이들의 심정을 더 이해할 수 있었다고 생각한다. 그래서 아이들이 힘들어하는 부분은 교과서와 다른 방법으로 체험학습을 시키거나 놀이처럼 지도하곤 했다. 아이들도 자신감만 얻으면, 한 문제라도 풀어내면 그 지점이 출발점이 되어 달리기 시작한다. 근본적으로 모든 아이들은 공부를 좋아하기 때문이다.

수학 강국의 힘, 세계적인 석학이 되길

그 어려운 세계대회에서 최상의 점수로 국위를 선양한 자랑스러운 수학 왕들에게 이 자리를 빌어 공개적인 부탁을 하고 싶다. 얼마나 많은 시간과 노력의 산물인가! 대한민국의 자랑인가! 지금처럼 수학을 좋아하고 문제를 풀며 느끼던 행복함으로 수학의 길을 이어가기를 비는 마음이다.

"장합니다! 축하합니다! 수학 실력은 그 나라의 자존심입니다. 장한 여러분, 부디 기초과학을 살리는, 특히 수학을 살리고 과학을 살리는 이공계 학자로 우뚝 서시길 빕니다. 그대들이 아니어도 의사, 판검사, 변호사 하실 분은 많을 테니 죽어가는 이공계를 지원하여 즐기면서 학문에 전념하시길 부탁드립니다. 돈보다 명예를, 국위 선양을, 대한민국의 자존심이 되어주세요. 너나없이 특정 학과로 몰려가는 지금과 같은 유혹을 담대히 이겨내고 세계적인 석학으로 그 이름을 다시 들을 수 있기를 간절히 바랍니다."

배고프고 슬픈 아이들, 살려 주세요!

2008년 '한국 아동청소년 종합실태조사'에 따르면, 돌봄 공백 상태에 있는 아동은 모두 102만 5,600명이라고 한다. 벌써 4년 전 통계이니 지금은 훨씬 더 심각할 것이다. 왜냐하면 그 사이 저소득층의 경제사정은 더 나빠졌기 때문이다. 이를 반영하듯 보건복지부 통계를 보면, 2011년 중앙아동보호전문기관에 접수된 방임 아동 사례는 1,783건으로, 2001년(672건)에 비해 3배가량 늘었다고 한다.

가난과 맞물린 가족해체가 빠르게 진행되면서 방임되는 아이들도 늘고 있는 것이다. 실제로 필자가 근무하는 시골학교는 전학을 오는 학생이 대부분 나빠진 경제 사정이나 부모의 이혼 등으로 조부모 집으로 보내졌다. 귀농을 위해 양쪽 부모가 함께 시골로 내려오는 사례는 매우 드물었다. 그렇게 시골로 보내진 아이들의 상처는 만만치 않다. 그 아이들에겐 공부보다 더 시급한 문제가 상처 치유고 돌봄이다. 자존감이 회복되면 표정이 밝아지고 공부는 당연히 잘하게 된다.

이번에 살해된 경남 통영의 한아무개 양(초등학교 4학년, 10살)의 사례는 해체된 가정의 전형을 보여준다. 슬픈 일이지만 예견된 불행이었다. 그동안 발생한 아동 관련 성범죄의 피해자가 소외된 아동이었음을 통계 수치가 말해준다.

"친어머니는 한양이 두 살 때 이혼했다. 건설 일용직 아버지는 새벽같이 일 나가 밤늦게 귀가했다. 열 살 위 오빠는 새벽까지 동네 통닭집에서 일하고 낮엔 잠을 잤다. 다방에서 일하는 새어머니를 3년 전 맞았지만 파리채 같은 걸로 늘 아이를 때렸다고 여러 주민들은 말했다. 그 새어머니마저 한 달 전 집을 나갔다. 쌀이 없는 것은 아니지만 아침밥을 지을 어른이 없었다."

- 2012년 7월 24일자 「한겨레신문」
〈살해된 통영 초등생, 새벽 5시 전화해 "배가 고파요" 〉에서 발췌

아이들의 건강과 안전을 위협하는 '돌봄 공백'

이 기사를 접한 오늘 아침 나는 한참을 울었다. 1960년대의 가난한 이웃들, 바로 내 모습과 너무나 닮아 있었기 때문이다. 그런데 더 나빠진 것은 이웃과의 단절이다. 보리죽을 먹고 밀가루 수제비 죽을 나눠 먹을망정 그때의 이웃은 돌봐주고 아껴주던 사랑과 동정이 바탕에 깔려 있어서 서로 의심하거나 범죄의 대상으로 삼지 않았다.

나 역시 4살에 집을 나간 어머니, 멀리 일을 나가면 며칠 만에 집에 돌아오시던 아버지 대신 3년 동안 나에게 밥을 해먹이고 돌봐준 이웃집 복숙 할머니 덕분에 살았다. 아무런 대가 없이 보살펴 준 이웃을 생각하니 '아이 한 명을 키우는 데는 마을 전체가 나서야 한다.'는 오래된 격언이 생각났다. 가슴이 먹먹했다. 절대 빈곤과 가족 해체의 아픔을 겪으면서도 건강하게 자랄 수 있었던 데는 바로 따스한 이웃의 사랑이었음을 생각하니 오늘 아침, 이제는 저세상에 계실 복숙 할머니께 감사드리며 눈물이 앞을 가렸다.

필자가 가르치던 아이 중에 ○○라는 아이가 있었다. 그 아이는 부모는 이혼하고 연로하신 할머니 밑에서 자랐다. 아침밥을 못 먹는지 점심시간만 되면 폭식을 했다. 공부에는 관심이 없고 먹을 것이나 컴퓨터 게임에 중독되어, 바로잡는 데 많은 노력을 해야 했다.

사랑의 결핍이 그 아이로 하여금 자극이 강한 게임에 중독되게 했고 식욕으로 충족을 느끼게 한 것이다. 어른인 내 밥보다 거의 두 배

를 먹는 아이를 지도하며 마음이 아팠다. ○○는 할머니마저 돌아가시면서 가까운 고아원으로 가야한다. 거기서는 밥을 굶거나 학교를 다니지 못할 걱정은 없을 것이다. 가족이 없는 아픔을 잘 이기고 다른 이웃 아이들과 잘 지내기를 빌 뿐이다.

또 다른 아이 △△도 똑같은 상황이었는데 밥을 먹지 못하여 몸이 허약했다. 아침 일찍 일을 나가는 아버지, 혼자서 아침을 제대로 먹을 리 없는 초등학교 2학년 아이는 자기 책가방도 잘 이기지 못할 정도였다. 점심시간이면 곁에 앉아서 다 먹을 때까지 엄마 노릇을 하며 토닥여주어야 토하지 않고 먹는 그런 아이였다.

그러다보니 몸도 작아서 다른 아이들이 따돌릴까봐 노는 모습까지 늘 관찰해야 했다. 아버지가 새벽에 일 나가면 늦잠을 자곤 해서 전화를 해서 학교차를 타게 하는 일이 빈번했던 그 아이는 새엄마를 맞으면서 읍내 학교로 전학을 갔다. 이제부터라도 부디 행복한 어린 시절을 보냈으면 한다.

필자가 근무했던 학교는 대브분 시골 학교였다. 그런데 방학할 때가 되면 아이들은 시무룩하다. 방학이 싫다는 아이들이 대부분이다. 동네에 친구들이 없고, 부모는 일을 나가니 컴퓨터와 텔레비전이 친구가 되는 시골 동네의 지루함이 싫은 것이다. 거기다 점심마저 제대로 먹지 못하거나 대충 먹으니 학교의 점심시간이 좋다는 뜻이다. 그래서 그런지 아이들은 딱 일주일만 방학을 하면 좋겠다고 했다. 놀아줄 부모도 형편도 안 되는 지루한 방학이 싫은 아이들이 애처롭다.

'돌봄 안전망' 갖춰야 진정 잘 사는 나라

2008년 국가청소년위원회가 13살 미만 아동 대상 성범죄 2,800여 건을 분석한 결과, 범죄가 가장 많이 발생하는 시각은 하교 뒤 부모가 집으로 올 때까지의 공백시간인 오후 2~5시로, 이 시간에 총 819건

(29.3%)의 범죄가 발생했다고 한다.

필자가 근무하는 학교는 방과 후 돌봄 교실을 운영하고 학교에서 하교하는 시간에 맞춰서 돌봄 교실에서 저녁 식사까지 해결하는 시스템이라서 일하는 부모님들의 호응도가 높다. 친구들과 숙제도 하고 프로그램에 따라 취미 생활도 가능하고 배고픔까지 해결한 뒤 가정으로 인계되고 있으니, 공백기를 최대한 줄인 것으로 지자체(영암군청)와 전라남도교육청의 노력이 돋보이는 대목이다.

이처럼 학교에서 운영하는 방과 후 돌봄 교사가 끝나는 시각에 맞춰서 지역의 돌봄 교실로 바로 연계되는 프로그램을 운영하는 방안을 모든 지역에 일반화해야 된다고 생각한다. 우리나라는 저 출산 문제가 매우 심각한 나라이다. 특히 시골에서는 아기들의 울음소리를 듣기 어려운 현실이다. 힘들게 살면서 얻은 소중한 아이들을 너무 쉽게 잃는 일이 너무 안타깝다. 가난으로 해체된 가정, 사랑의 결핍도 아픈데, 배고픔으로 우는 아이들을 죽이는 성범죄까지 난무하여 동네가 무섭고 이웃집이 무섭다면 그것은 지옥이다.

잘 사는 나라의 표지가 무엇인지 깊이 생각해보지 않을 수 없다. 아동 성범죄 기사가 신문의 1면을 장식하는 나라는 결코 잘 사는 나라가 아니라 부끄러운 나라이자 슬픈 나라이다. 어떤 예산보다 앞서서 아동 돌봄 유지에 필요한 예산과 인력을 투입해야 한다.

소중한 아이들이 더 이상 울지 않고 죽음으로 내몰리지 않도록 안전망을 설치해주길 정책 당국에 호소하는 바이다. 지금 당장은 표가 나지 않지만 길게 보면 가장 절실한 정책이다. 아이들을 사랑하는 나라, 아이들을 소중히 여기는 정책에 예산과 인력을 시급히 배치해줄 것을 다시 한 번 촉구한다.

실패는 성공의 어머니일까?

아픈 사람 함부로 위로하지 마세요

우리는 흔히 실패한 사람을 위로하는 말로 '실패는 성공의 어머니'라는 말을 쉽게 사용한다. 그러나 실패를 당하여 절망에 빠진 사람에게는 그 말 또한 깊은 상처를 줄 수도 있다. 진정성이 담기지 않았거나 지나가는 말로 함부로 내뱉을 수 없는 말이기도 하다. 특히 사람을 잃은 경우에는 결코 써서는 안 되는 표현이다. 말없이 함께 울어줄 수 없다면 아무 말도 않는 것이 진정한 위로라고 생각한다.

요즘 소통과 힐링이 대세이다 보니 위로한다며 오히려 남의 이야기를 함부로 말하거나 당사자에게 상처를 주는 경우가 많다. 익명의 댓글로 무책임하게 쏟아내는 가상공간이 특히 그러하다. 진실은 당사자밖에 모르는데 마치 다 알고 있는 사람처럼 나서서 자로 재고 난도질을 하는 댓글 문화가 두렵기까지 하다. 세상을 바꾸는 것은 문제를 공론의 장으로 끌어들여서 함께 공감하고 소통하여 문제점을 고쳐가는 긍정적이고 적극적으로 참여하는 시민정신이다. 깨어있는 소수가 세상을 변화시킨다.

끔찍한 아동 성범죄를 보면서 '실패는 성공의 어머니'라는 말에 처음으로 강한 의구심이 일었다. 본인이 원치 않았을 가난과 가족 해체 속에 자라게 된 환경이 실패라면 그것은 성공의 도약대이니 반드시 딛고 일어설 명분이어야 했다. 그럼에도 불구하고 어린 생명은 결코 원하지 않는 비참한 최후를 맞았다. 그가 가진 실패는 또 다른 실패를 불러온

악순환의 쳇바퀴에 걸려 있었다. 그러니 '실패는 성공의 어머니'라는 말
은 성공한 뒤에 쓰는 말이다.

얼마나 더 아이들이 죽고 상처로 넘어져야 그 심각성을 알고 제대로
된 아동 복지 정책을 펼 것인지 답답하다. 우리나라 아동수가 전체 국
민의 20%가 넘는다는데 정작 아동 복지에 쓴 예산은 1%에도 미치지
못한다고 한다. 가정 폭력, 학교 폭력으로 어두운 곳에서 서서히 죽어
가는 수많은 청소년, 꿈을 이루기 위해 휘어지는 등에 빚더미를 안고
졸업하는 대학생들은 사회에 나오기 전부터 이미 신용불량자가 되는
현실. 토막 난 나라를 위해 국방의 의무를 하다 죽고 다치는 서글픔.
열심히 살아온 중장년의 어버이들은 노후조차 불안정하여 고독사를
걱정해야 할 지경이다.

세계적 경기 불황에 다시 돋보이는 핀란드

이제는 정말 고쳐야 한다. 절망의 나락까지 내려서야 다시 튀어 오
르는 공처럼 공을 세게 튕겨 줄 손바닥이 필요하다. 그렇게 다시 튕겨
오를 수 있도록, 밑바탕을 받쳐주어야 한다. 슬픔과 실패주의에 물든
사회 분위기를 바꿀 신바람 나는 희망을 노래하는 리더가 필요하고
정책이 필요하다. 불요불급하지 않은 곳에는 국가 예산도 철저히 따져
서 아껴 써야 한다. 온 세계가 경제 불황의 늪에서 허덕임에도 불구하
고 교육 선진국 핀란드는 안전지대라고 한다.

그 이면에는 국가를 운영하는 정책 입안자들의 청렴결백한 리더십
이 있었다. 당장은 인기가 없을지라도 멀리 내다보는 정책을 세우고 청
소년을 위한 교육 정책에 과감히 투자하는 안목, 취약 층의 사회구조
를 탄탄히 떠받치고 희망을 주는 정책을 펴왔기 때문이다. 저출산을
막기 위해 누가 아기를 낳았든 국가가 책임지고 기를 수 있는 안전한

정책 아래, 미혼모도 당당히 자녀를 기를 수 있으며 아무도 특별대우를 받지 않는 나라이다. 선생님은 위이고 학생은 아래가 아닌 나라이다. 관리자는 권위를 부리는 것이 아니라 스스로 권위를 만드는 나라이다.

대통령도 청소부도 똑같은 휴가일수를 쓰는 나라, 높은 자리에 있다 하여 따로 자가용을 주지 않는 나라. 높은 담세율에도 불평하지 않는 이유는 그 예산이 스스로를 위해 쓰임을 확신하게 하는 청렴한 공직 윤리, 단돈 10만 원의 선물에도 높은 자리를 내놓게 하는 청렴함이 핀란드가 강한 이유이다. 결국 정신적으로 도덕적으로 윤리적으로 타의 추종을 불허하는 나라이니 국가신용등급 AAA를 유지하는 것은 당연하다. 이제 우리는 우리가 가진 문제점이 무엇인지 잘 안다. 모든 것이 정신적임을! 보이지 않는 것을 잘 다스리는 노력이 개인과 국가가 해야 할 맨 처음 노력임을!

당신들은 돈이 없소?
밥이나 얻어먹게!

청렴을 가르친 교장 선생님, 존경합니다

지난 해 5월 13일 오후, 내 휴대폰에 학부형의 문자가 찍혔다.

"선생님 댁 주소를 아이 편에 적어서 보내주십시오."

스승의 날을 앞두고 그냥 지나칠 수 없다는 부담감에서 그리했을 거라는 마음은 이해가 되었다. 짧은 순간이었지만 마음이 편하고 싶다는 생각이 스쳤다. 망설임 없이 답신 문자를 띄웠다.

"고맙습니다. ○○ 어머니. 생각해 주셔서 감사하지만 그 마음만 받겠습니다. 더 열심히 가르치겠습니다."

답장 문자를 보냈더니 다시 그 엄마의 전화번호가 부재중 전화로 찍혔다. 전화를 받지 않기 위해 휴대폰을 꺼두었다. 의도적으로 선물을 받지 않겠다는 내 의지를 눈치 챈 학부형은 더 이상 문자도 전화도 하지 않았다.

그 엄마는 3월 초부터 끈질기게 식사 초대를 하고 싶다며 전화를 했던 분이다. 아니면 교실에 화분이라도 사주겠다고 했다. 그때마다 완곡한 거절의 뜻을 분명하게 전했다.

"○○ 어머니, 식사에 초대하고 싶어 하시는 그 마음이 참 감사합니다. 그렇지만 어떤 학부모님과도 개인적으로 식사하는 자리를 갖지 않는 게 제 원칙입니다. 그러니 이해해 주시고 그 마음만은 감사히 받겠습니다. 교실에 필요한 물건은 학교에서 모두 준비해 준답니다. 화분 걱정도 하지 마십시오. 화분 사 주실 돈으로 아이에게 좋은 책을 사 주시면 더 좋겠습니다. 개인적인 자리는 만들지 못하지만 자녀 교육 문제는 언제든지 마음을 터놓고 상담하셔도 됩니다."

매년 스승의 날이면 이런저런 이야기로 교단을 들쑤시는 모양새가 참 싫었다. 교사로서 내가 서 있는 자리를 반성하는 시간으로 삼으며 되돌아보는 기회로 삼고 싶은 마음이 큰 날이다. 오래 전 저자가 보내 주는 건강식품이나 꽃 배달이 고맙기도 하지만 이제는 그마저도 부담 스럽다. 한해도 거르지 않고 챙겨주니 주변에서는 부러워하지만 기쁨 도 잠시 이제는 갚을 생각을 하곤 한다.

다만 내가 가르치는 아이들에게 지난해의 담임선생님께 감사 편지 를 쓰게 하여 보내드리는 일만은 꼭 하는 날이다. 그래도 예전에 가르 친 제자들이 보내오는 책이나 편지는 나를 기쁘게 했다. 책을 좋아하 는 내 마음을 알고 자신의 용돈을 아껴서 직접 가져오는 제자에게 나 도 책 선물을 준비해 두는 늘이기도 하다. 편지 한 장만으로도 사제 간의 가득한 그 마음을 다 담을 수 있으니 직접 쓴 편지를 가져온 아 이들이 참 사랑스러운 날이다.

스승의 날이면 바로 그 편지 한 장으로도 족하다. 왜냐하면 마음이 담긴 선물이기 때문이다. 아니, 그마저 없어도 개의치 않아야 한다. 선 생의 길은 어버이의 마음처럼 내리사랑을 전제로 하기 때문이다. 매년 보내는 스승의 날이지만 2011년만큼 내 마음에 자긍심을 심은 날은 드물었다. 집으로 선물을 보내려는 학부모의 생각을 돌려놓으며 내 마 음이 편한 선택을 했기 때문이다. 물건이 아닌 마음을 주고받을 수 있 는 날로 만들 수 있게 한 힘은 존경하는 교장 선생님으로부터 비롯되 었다.

15년 전 읍내에서 제일 큰 학교에서 근무할 때였다. 20년 가까이 6학년을 맡다보니 학생회장 선거는 학기 초에 치르는 큰 행사였다. 내가 맡고 있던 학생이 전교학생회장에 당선되었을 때였다. 제법 규모가 큰 읍내 학교였던 터라 학생회장을 꿈꾸던 아이들과 그 학부모의 관심은 지대하였다. 선거 운동의 과정에서 철저히 검증되지 못하고 선물이나 금품 공세를 하는 후보는 당선이 취소될 만큼 엄격했던 학교였다.

그런데 문제는 당선된 뒤였다. 그 학교는 관례처럼 학생회장 당선자가 전 직원에게 식사 대접을 해오고 있었다. 우리 반 학생이 선의의 경쟁을 거쳐 학생회장이 되자 학생의 어머니가 찾아와서 전 직원 식사 대접을 하고 싶다는 것이었다. 교직원 수가 많으니 그 당시 물가로 하더라도 식사비가 1백만 원은 족히 나올 터였다.

그 학교에 처음 부임한 터라 선배 선생님께 상의하니 윗분들과 먼저 상의를 하여 결정하라고 조언해 주었다. 교감 선생님은 별다른 의견 없이 교장 선생님께 말씀드려서 날짜를 잡았으면 좋겠다고 하셨다. 아무런 의심 없이 교장 선생님께 자초지종을 이야기하려고 말을 꺼내지마자, 언성을 높이시는 게 아닌가!

"당신들은 돈이 없소? 학부형들한테 밥이나 얻어먹게? 그러니 선생님들을 우습게 아는 것이오. 학부형들에게 당당하시오!"

평소에도 강직한 분이셨기에 크게 놀라지는 않았으나 그것은 신선한 충격이었다. 전 직원 식사 대접이 어렵다고 하자 그 학부모는 학교에 기념품을 사 드리고 싶다고 했다. 그 말씀대로 다시 건의를 하였더니 역시 불호령이 떨어졌다. 건전하게 선거하고 그 결과대로 학생회를 운영하면 될 일이지 거기에 무슨 식사 대접이 필요하고 물건을 기부해야 하냐며 아이들이 어른들의 나쁜 행태를 본받게 해서는 안 된다고 하셨다.

만약 그런 일이 관례가 되면 가난한 학생은 학생회장에 출마할 엄두도 못 내게 될 터이니 공명정대함을 가르쳐야 할 학교가 나서서 부정부패를 조장하는 어른들의 선거 풍토를 배우게 한다는 논리였다. 백번 지당한 말씀이라서 무척 감동을 받았다. 교장 선생님의 취지가 알려진 후, 내가 근무한 2년 동안 학생회장에 당선되어도 부담이 없다는 사실에 가난한 학생들이 자신 있게 학생회장에 출마하고 당선되었던 것으로 기억하고 있다.

그 학교에서는 어떤 경우에도 학부형과 식사하는 자리를 하지 못하도록 불호령이 내려졌다. 심지어 교장 선생님 몰래 식사 대접을 받은 경우라도 나중에 알려져서 혼쭐이 나는 선생님들이 생겼다. 그러다보니 당황한 것은 학부모들이었다. 심지어 학급에 간식을 넣거나 담인선생님을 위해서, 학급을 위해서 비품을 사 주는 경우까지 질책을 받으니 학부모들이 학교를 드나들 수 없게 되었기 때문이다.

봄 소풍이나 가을 소풍에도 학급 임원이나 학부모가 담임선생님의 도시락을 준비하지 못하게 하고 출장비를 주어서 그 돈으로 단체로 김밥을 주문해서 먹게 한 교장 선생님! 다른 선생님들은 약간 서운해 하셨지만 나는 옳은 방법이라고 생각하고 감동하였다. 그것은 바로 공직자로서 당연히 갖춰야 할 청렴한 자세라고 생각하였기 때문이다. 식사 대접을 한 학부모는 은연중에 무엇인가 대가를 바랄 것이고, 그에 미치지 못하면 서운해 하고 담임선생님을 보는 눈이 곱지 않게 될 것이 아닌가.

순수하게 감사한 마음으로 대접을 한다고 하겠지만 사람의 마음이란 게 그러질 못하기 때문이다. 마찬가지로 식사 대접을 받거나 과도한 선물을 받은 선생님도 부담을 느끼는 것은 당연하다. 다른 아이들과 형평성에 어긋나게 편애를 하거나 당당하지 못한 태도를 취하지 않을 자신이 있을까?

세상 어디에도 공짜는 없다고 생각한다. 인과응보의 논리는 자연계에만 있는 것이 아니다. 인간관계에서는 더욱 분명하다고 생각한다. 편애를 하면 안 되는 교직 윤리를 어기는 일을 자초하게 된다는 뜻이니 그 또한 타당한 말씀이라서 그 학교에서는 불문율처럼 지켜졌다. 그 당시는 요즈음처럼 청렴을 강조하던 시기도 아니었고 스승의 날에 선물을 받지 못하게 하던 시절도 아니었지만 지금 생각해 보면 그 분은 시대를 앞서 간 분이었다. 자기 자신에게 당당하고 내면의 자부심이 있어야 올바른 선생의 직분을 다할 수 있다는 가르침을 주신 인생의 선배였다.

그런 교장 선생님은 업무 처리 면에서도 유별난 행보를 보이셨다. 전 직원 회의를 하다가도 퇴근 시간이 되면 어김없이 끝내셨다. 시간을 늘려 훈계를 하는 법이 없었다. 간단명료하면서도 직설적인 화법으로 대쪽같은 선비를 생각나게 하셨다. 그러니 퇴근 후에 불을 켜 놓고 잔업을 하는 선생님은 무능한 사람이라며 질책하셨다. 시간 내에 열심히 하거나 집에 가져가서 할 일이지 아까운 학교 전기, 에어컨 쓰면서 대낮같이 전등을 켜 놓는다며 나무라셨다. 그러다 보니 6학년을 맡으면서 학년 자료를 담당했던 나는 점심시간이 자료 만드는 시간이었다. 3개 학급의 TP자료를 만드느라 2년 동안 점심식사 후 제대로 휴식 시간을 가진 기억이 없다.

그 분은 교사로서 청렴이 기본자세임을 몸으로 보여 주셔서 존경하는 인물이기도 하다. 교사의 자존감은 스스로 세우는 것이지 학부모가 세워주는 것이 아니라는 것을 언행으로 보여주신 분이기 때문이다. 확고한 교직 윤리를 가지고 열심히 공부하고 제자를 잘 가르치는 것이 교사의 본분임을 늘 훈계하셨던 꼬장꼬장한 교장 선생님 덕분에 교단에 서 있는 동안 얼굴 붉히며 부끄러운 일을 당하지 않고 오늘까지 교단에 서 있을 수 있다고 생각하며 그 가르침을 실천하려고 노력해 왔다.

아침에 출근하여 교장실에 들어가 인사라도 할라치면 반가워하시기보다는 재촉이 앞섰던 분이었다.

"교실에 아이들이 기다리니 얼른 들어가세요. 교장실에 인사하러 오지 않아도 되니 교실을 비우지 마세요. 선생님이 아이들을 기다려야지, 아이들이 먼저 와서 선생님을 기다리는 게 말이 됩니까? 아이들이 먼저 와서 장난을 치다가 사고라도 나면 얼마나 미안한 일입니까? 선생님 자식이라고 생각하고 바라보세요."

그 학교에 근무하면서부터 출근 시각을 최대한 앞당기는 버릇이 생겼다. 교실에 아이들보다 먼저 가야 한다는 생각을 확실히 심어주신 분이다. 급한 공문을 결재라도 맡으러 가면 학생들 모두 하교한 후에 다시 가져오라고 하셨다. 철저한 사제동행을 부르짖고 교육과정 중심이었으며, 학부모에게 부담을 주는 학교가 되어서는 안 된다는 공직자의 윤리를 지키며 늘 조심했다.

그 덕분에 그 학교는 학부모의 부당한 간섭을 받거나 항의성 전화를 받는 일이 거의 없었다. 교직원의 일거수일투족을 주도면밀하게 관찰하며 틈만 나면 왕소금 같은 무서운 질책으로 모든 선생님들을 꼿꼿한 선비처럼, 청빈한 관리처럼 키우면서도 으뜸가는 학교의 면모를 과시했다. 어쩌다 학생들을 하교시키고 교장실로 결재를 받으러 가면 어김없이 교육과 관계된 서적들을 쌓아놓고 읽으시던 기골이 장대한 교장 선생님의 모습은 그야말로 큰 바위 얼굴이었다.

학급 아이들 이야기를 물으시며 진솔한 상담도 해 주셔서 아버지 같은 풍모를 보이셔서 인간미를 느끼기도 했었다. 교육에 관한 해박한 논리와 인생의 선배로서 지닌 삶의 지혜는 일관된 독서의 힘이었음을 보면서 독서는 선생님의 필수 연장임을 깨닫기도 했었다.

진실과 정직, 성실을 가르치는 곳이 학교다. 아니, 학교는 당연히 그래야만 한다. 바닷물이 썩지 않는 이유는 3%의 소금이 있기 때문이다. 공직자의 정신 속에는 바로 그 소금이 필요하다. 공직자가 썩으면 온 나라가 썩는 것은 시간문제다.

청렴함은 선진국을 가르는 잣대인데, 대한민국의 청렴지수는 몇 년째 제자리걸음을 하고 있다. 세계 12위권 경제대국의 이름에 걸맞지 않은 불명예스런 순위이다. 교단에서 내려서는 날까지 내 마음의 바다에 3%의 소금으로 남아 계신 교장 선생님의 가르침을 마음 판에 새기며 살아갈 것을 생각하며 마음의 인사를 올린다.

김장균 교장 선생님!

무더위에 지치지 마시고 부디 건강하셔서 내 인생의 선배로 남아 계시기를 빕니다.

아인슈타인의 성공 방정식

한 학생이 아인슈타인에게 물었다.

"선생님은 누가 봐도 성공하신 분입니다. 선생님의 성공 비결을 듣고 싶습니다."

아인슈타인은 한동안 침묵하고 있더니 간단한 공식 하나를 적어서 보여 주었다.

「S = X + Y + Z」

"S는 성공이다. S를 도출해 내기 위해서는 X가 첫째 조건인데, X는 '열심히 일하는 것'이다. Y는 '인생을 즐기는 것'이다. 그리고 Z 는 '고요히 침묵하는 시간'이다."

그러자 학생이 물었다.

"선생님, 성공에 왜 고요한 시간이 필요하죠?"

아인슈타인이 빙그레 웃으며 대답했다.

"고요히 자기를 들여다볼 시간을 갖지 않으면 목표가 빗나가기 때문이다."

내면의 상태를 살피지 않은 채 목표만을 향해 달려가고 있지 않은가. 하지만 명심하라. 그 성공의 달콤한 뒤에 찾아오는 건 혼란과 허무뿐이다.

- 2009년 8월호 『행복한 동행』 에서 발췌

일이 먼저일까, 방향성이 먼저일까

아인슈타인의 성공 방정식에서 다소 아쉬운 점이 있다. 필자의 생각에는 열심히 일하는 것보다 고요히 침묵하는 시간, 바꿔 말하면 명상이 더 먼저라고 생각해서다. 그것은 곧 자신의 영혼을 돌보는 일이고 일의 방향성을 가름하는 열쇠라고 생각되기 때문이다. 자기 자신의 장점과 재능, 좋아하는 일이 무엇인지 먼저 아는 것이 중요하지 않을까?

세계 어느 나라에 비해 뒤지지 않는 노동 시간을 자랑할 만큼 열심히 일하는 나라가 대한민국이다. 오히려 일하고 싶어도 일자리를 얻지 못해 괴로운 사람, 너무 열심히 일해서 자신이 망가지는 줄도 모르고 달려온 사람들이 더 많다. 더구나 즐기는 방법을 모르거나 즐기는 것 자체가 익숙하지 않은 것이 더 문제다. 어려서부터 제대로 놀 줄 모르고 살아온 나 같은 사람들은 더욱 그렇다. 휴가라는 단어 자체가 아직도 낯설기 때문이다, 일하지 않으면 뭔가 죄를 짓는 것만 같은 강박증 비슷한 증세까지 보인다.

비율 조정이 필요하지 않을까? X, Y, Z 사이의 비율. 우리는 너무 열심히 일하는 것에 치중하고 있지 않은지, 즐기는 것은 매우 적고, 그나마 고요히 침묵하는 시간, 홀로 있음을 견디지 못하는 것은 아닌지. 그래서 그런지 요즘은 너도나도 힐링, 치유를 이야기한다. 평소에 자신의 내면을 들여다보지 못한 삶을 한꺼번에 수술하듯 치유하려고 한다. 세 가지 함수 사이의 황금 비율을 정해야 하지 않을까. 상대성 이론의 대가인 만큼 사람마다 서로 다른 비율을 정해서 쓰라는 무언의 암시가 담겨 있는지도 모른다.

정신적인 건강, 내면 살피기가 더 중요

필자라면 하루 8시간 열심히 일하기, 자신이 좋아하는 일 3시간, 고요히 명상하는 시간 1시간을 책정하고 싶다. 가장 소홀하기 쉬운 명상하는 시간은 취침 전과 아침 기상 시간에 30분씩 나눠서 수행하고 싶다. 영혼의 무게는 21g이라고 하지만 그것을 소홀히 하면 인생은 걷잡을 수 없는 격랑 속으로 휘말리기 때문이다. 인생의 허무와 좌절, 혼란은 바로 날마다 자신의 내면을 들여다보며 스스로를 위무하고 재충전시키는 일을 소홀히 한 채 너무 일에만 몰두한 경우가 대부분이다. 자신을 사랑하는 일이 인생에서 배워야 할 첫 단추이며 언제든 홀로서기를 가르치는 일이 교육의 기본이라면, 고독과 침묵 속에 자신을 돌아보며 스스로 치유 능력을 기르는 일만큼 중요한 일이 있을까?

육체의 건강을 위한 프로그램과 정보는 넘친다. 물질적인 성공을 위한 자기계발서도 넘친다. 그러나 가장 중요한 내면의 성장을 위한 정보들은 종교적인 가르침 수준에 머물고 있지 않은가 한다. 세상에 넘쳐나는 온갖 책들이 바로 그 증거다. 성공을 바라보는 시각이 물질적이고 경제적이며 보이는 것에 치우친 탓이라서 그러리라. 세상의 기준에서 보았을 때 보편적인 성공을 이룬 사람들이 인생의 허무를 더 많이 느끼고 힘들어하는 모습을 보여준다. 그것은 곧 자신의 방향성을 늘 점검하고 새로운 시각으로 교정하며 마음의 근육을 키우지 못한 채 성공 그 자체에 안주하여 끝까지 달린 결과라고 생각한다.

자동차도 수시로 점검해 주고 보충해줘야 잘 달리는데, 하물며 우리 인간은 자동차를 돌보는 것만큼도 자신을 돌보지 않는 무지를 보인다. 특히 고요한 시간은 아예 챙기지 못하는 삶을 살기 쉽다. 내 인생의 방향성을 고민해 보거나 탐색하는 일은 아예 포기하거나 고요히 혼자 있지 못한다. 그러다가 큰일을 당하고 나면 그제야 부랴부랴 인생을 돌아보며 인생이 이게 아닌데 하고, 내가 무엇을 위해 이렇게 달렸을까 생각하며 혼란을 겪는 것이다.

선생님의 일은 제자가 인생을 디자인하게 돕는 것

'배움의 공동체'를 주창한 사토 마나부 교수는 "수업은 가르치는 게 아니라 디자인하는 것"이라며 협동적인 배움을 중시한다. 학교와 교사는 가르치는 것이라는 시스템에 길들여진 나 같은 사람에겐 충격이다. 수업은 곧 교사의 인생이며 학생이라는 한 인간의 성숙이 이루어지는 지혜와 깨달음의 장이 되어야 함을 전제로 했을 때, 매우 타당한 논리다. 교사는 제자가 자신의 인생을 디자인할 수 있게 다양한 도구들을 준비해주는 조력자이며 함께 배우는 자로서 협동하는 동반자라고 해석했다. 그러기 위해서는 앞에서 억지로 이끌고 가는 것이 아니라 함께 손을 잡고 진리와 지혜를 깨닫게 하기 위해 어미닭처럼 기다려주며 온기를 더해주는 일이 무엇인지 늘 고요히 생각하는 선생님이어야 함을 생각한다.

학생은 공부하는 것이 곧 일하는 것이다. 그렇다면 공부하기 전에 왜 공부를 해야 하는지 충분히 생각해 보고 스스럼없이 대화하며 고민을 들어주는 부모와 선생님이 되어야 한다. 방향성을 제시하지도 않은 채 남들이 다 하니까 너도 공부를 무조건 열심히 하라고 채근하고 있지는 않은지 돌아보며 새로운 2학기를 준비하면 훨씬 바람직할 것이다. 민감하고 예민하며 조심스러운 주제이지만 아이들의 생각을 들어주는 어른들이 많아질 때, 어려움조차 즐기며 달리는 학생들이 많아지리라 확신하기 때문이다. 자신의 행복을 스스로 결정하도록 늘 내면을 들여다보게 하는 노력이 중요하다. 부모와 선생님이라는 위치에서 내려와서 인간적으로 친구처럼 대화하고 상담할 수 있을 때, 우리 학생들을 내 품으로 끌어들여 배움에 대한 존엄을 지켜줄 수 있는 진정한 교사와 어버이가 되지 않을까?

 사랑의 매에는 사랑이 없다

교육의 성공 방정식

아인슈타인의 인생 성공 방정식을 토대로 교사로서 나만의 성공 방정식을 만들어 보고 싶다. 교사의 성공은 첫째, 지혜롭게 가르치고 협동하며 열심히 일하는 것, 둘째, 아이들과 함께 인생을 즐길 준비에 소홀하지 않는 것(즐거운 수업하기). 셋째, 교실에서 그날 수업하기 전에 단 5분씩, 하교하기 전 역시 5분이라도 상처를 주거나 받은 일을 돌아보며 치유하는 시간으로 고요한 명상의 시간을 갖게 하며 순간순간 방향성을 점검해 보는 것. 마지막으로 위의 활동을 기록하며 아이들과 공유하는 만남의 공간을 유지하고 싶다. 아이슈타인은 갔어도 그는 늘 내 곁에 남아서 상대적인 가르침을 주는 위대한 인물이다.

나의 신뢰도는 몇 점일까?

나라를 다스리는 데 가장 중요한 것은?

자왈(子曰), 족식 족병 민신지의(足食 足兵 民信之矣), 민무신불립(民無信不立),

- 『논어(論語)』에서 발췌

자공(子貢 : 공자가 가장 아끼던 제자)과 공자(孔子)의 대화 중에 "나라를 다스리는 데 가장 중요한 것이 무엇입니까?"라고 자공이 물었다. 공자왈 "첫째는 먹는 것(足食)이요, 둘째는 자위력 곧 국방(足兵)이요, 셋째는 백성들의 신뢰(民信之)"라고 말한다. 자공이 다시 물었다. "그 중에서 부득이 하나를 뺀다면 어떤 것입니까?" 공자는 "국방"이라고 말한다. 자공이 재차 "또 하나를 부득이 뺀다면 어떤 것을 먼저 빼야 합니까?"라고 묻자, 공자는 "경제"라고 대답한다. 그리고 그 이유를 이렇게 말한다. "옛날부터 사람은 어떤 방식으로든 죽어왔다. 그러나 백성들의 신뢰가 없으면 조직의 존립은 불가능한 것이다[民無信不立]."

백성들의 신뢰가 없다면 국가의 존립은 불가능한 것이다. 국가에 대한 백성들의 신뢰, 리더에 대한 조직원들의 신뢰는 마지막까지 그 조직이 존립할 수 있는 기반이다.

다시 보는 공자의 가르침 속에 비추어 본 현실

최첨단 시대를 살고 있는 것 같지만 삶의 모습이나 인생에 대한 고민은 공자가 살았던 시대와 너무나 닮아 있는 모습에 놀란다. 과학 문명의 도구가 넘치고 지식은 엄청난 속도로 팽창하는 중이다. 과거에는 접해보지도 못했을 문명의 이기들은 우리 인간을 더 행복하게 해줄 거라는 환상을 가지게 했다. 그러나 그 문명의 이기들은 동전의 양면처럼 인간을 더 외롭게 만들고 고독하게 만들며 기계들에 들러싸여 살아가게 하며 불신의 벽을 쌓크 말았다.

공자의 가르침을 지금 우리 실정에 빗대어 생각해본다. 그가 말한 먹는 것은 곧 경제이다. 자고 나면 가장 먼저 들어오는 소식이 경제 소식이다. 또 그 문제로 고생하는 사람들이 넘친다. 그리고 그 문제로 세상을 등지거나 범죄의 늪에서 헤어나지 못하는 사람들도 부지기수이다. 공자가 살았던 시대에도 먹고 사는 것이 1차적인 문제였던 것처럼, 지금 우리도 그 문제를 벗어나지 못하고 있다.

국방의 의무로 상처 받은 자식을 보는 아픔

두 번째 문제인 국방 문제는 지금 우리나라의 모습을 그대로 나타낸다. 국토 분단을 겪으며 남북이 서로 대치하며 엄청난 국력을 낭비하고 한창 일하고 공부할 젊은이들이 소모적인 시간을 보내며 죽거나 다치는 일도 결코 적지 않다. 필자의 아들만 보아도 힘들게 공부하여 막대한 경비를 들여 서울에서 대학을 다니다가 최전방 수색 중대에서 근무하며 정신적, 육체적으로 참 힘든 시간을 보냈다. 한창 공부할 나이에 현역병 징집으로 끊긴 공부는 제대 후 복학을 하고도 다시금 공부하는 리듬을 찾기까지 쉽지 않은 시간을 보내야 했다.

특히, 너무나 열악한 조건에서 근무하며 마음고생을 해서인지 대인기피증이 생겨서 힘들어했다. 매우 밝고 긍정적이었던 자식이 인생의 무상함을 너무 일찍 배우크 만 것은 그즈음 발생했던 군대내 총기사고와도 무관하지 않았다. 아직도 사람을 가까이 하는데 어려움을 느끼는 모습을 보면 어미로서 마음이 아프다. 지극히 정상적인 생활을 하며 청춘을 구가하던 아들이 군대를 다녀온 후, 국방의 의무를 수행한 이후 사회로 복귀하며 이전의 밝고 진취적인 모습을 되찾는데 어려움을 겪는 것은 비단 우리 가정만의 문제가 아닐 거라고 말하면 지나친 비약일까?

복학을 준비하며 며칠 전 집에 내려온 아들이 "군대 가기 전으로 내 인생의 시계를 돌리고 싶다."며 오랜 아픔을 말했을 때 정말 가슴 저렸다. 몇 년 만에 토로한 그 한 문장 속에는 미루어 짐작할 수조차 없는 아픔이 담겨 있었다. 어미라 하더라도 그가 겪은 일들을 제대로 알지 못하기 때문이다. 남자들은 군대 이야기를 즐겁게 이야기한다는데 우리 아이는 군대 이야기에 관해 언제나 묵묵부답이다. 그러고서 몇 년 만에 털어놓은 말이 그것이었으니……

그는 자기 인생의 가장 소중하고 몰입할 시기를 빼앗겼다는 생각을 하고 있었다. 젊어서 고생은 사서라도 한다는 일상적인 말로 다독이고 위로했지만 그의 상실감을 채워주기에는 부족한 말이다. 그처럼 마음 고생, 육체적 고생, 시간을 보내며 힘들어 한 이 땅의 아들들이 얼마나 많은지 생각하면 우리가 처한 국토 분단의 아픔은 국가적 개인적 숙제가 분명하다. 또한 사회에 진입하는 데도 어려움을 겪는 게 사실이다. 군대를 마치고 돌아오며 가지고 온 자잘한 잔병치레까지 생각하면 더욱 마음이 아프다. 이러한 국방의 문제는 결코 내 아이만의 문제가 아니며 얼마나 더 길게 이 땅의 귀한 자식들을 힘들게 할 것인가를 생각하면 마음이 무겁다. 힘들게 자신의 아픔을 드러낸 아들에게 감사하며 그가 젊은 날의 아픔을 이기고 승화시키길 간절히 바란다.

논어에서 배우는 최고의 가치 '신뢰'

배고픔이나 삶의 문제인 경제 문제, 국토 분단이나 일본의 억지 주장, 중국의 동북 공정 등과 같은 국방 문제보다 더 시급한 것은 바로 신뢰 문제라는 공자의 일침은 무겁게 받아들여야 함을 생각한다. 지금 우리가 처하고 있는 거의 모든 문제의 근간을 이루는 것이 바로 신뢰 문제이기 때문이다. 정치권을 강타하는 지도자의 문제, 기업과 노동자의 문제, 학교에서 불거지고 있는 각종 교육 문제 역시 들여다보면 신뢰에서 기인함을 부정할 수 없다. 사회적으로 빈발하고 있는 범죄 행위 역시 불신의 장벽에 갇힌 채 살아가는 현대인의 상처에서 비롯된 불신과 외로움이 근간을 이룬다. 가족 문제 역시 마찬가지라고 생각한다. 요즈음 대세로 떠오른 공감이나 치유는 곧 신뢰와 바꾸어 쓸 수 있기 때문이다.

가정에서 부모와 자식 간에 가족끼리 신뢰하지 못하고 학교에서 선생님과 학생 사이에 신뢰도가 낮으며 직장의 리더나 국가의 지도자, 기업의 사업주를 믿지 못해 쌓인 불신들이 오랜 시간 숙성되다가 한꺼번에 터져 나오고 있다고 생각한다. 그러니 우리의 빠른 경제발전의 대가는 지금 그 후유증을 쥬는 거라고 생각한다. 윤리보다는 물질적 가치에 우선을 둔, 자연적인 성장이나 함께 상생하는 발전이 아니라 수단과 방법을 가리지 않고 곡선으로 달려야 할 길마저 모두 직선으로 깎아서 초고속으로 갈려오며 놓쳐버린 가치의 소중함을 깨닫는 과정이라는 생각이 든다.

신뢰를 잃은 사회는 누구도 안전하지 못하고 행복하기 힘들다. 언제 어디에서 터질지 모르는 시한폭탄을 안고 사는 삶이기 때문이다. 어린 시절에는 대문을 걸어 잠그거나 방문을 잠그지 않고도 이웃들과 어울려 즐겁게 살았다. 먹을 것이 부족해도 그렇게 슬프다는 생각이 들지 않았다. 이웃의 아픔에 공감하고 나누는 것은 당연한 일이었고 외로운 사람이 드물었다고 기억된다. 그러니 경제 발전은 우리들의 삶에서 어울려 살아가는 공감 능력을, 신뢰감을 앗아갔다고 한다면 이것 또한 지나친 비약일까? 더 크게 보면 자본주의를 추구하는 삶에서 오는 당연한 결과를 모르고 그 열매만 바라보고 살아온 탓이니 인과응보라는 생각도 든다.

그럼에도 불구하고 다시 새로운 길을 모색하며 앞을 보고 달려야할 2학기를 생각하며 희망을 품는다. 공자의 가르침을 새기며 살아남기 위한 전략을 세워야 함을 생각한다. 경제와 국방, 신뢰는 국가에만 한정된 가치가 아님을! 그것은 한 가정에도, 학교에도 교실에도 더 나아가 한 사람 한 사람에게도 적용해야 될 가치로서 손색이 없다. 신뢰받는 선생님, 신뢰 받는 관리자가 되고 나서야 그 가르침이 모래성이 되지 않을 것임을 마음 깊이 새기고 싶다. 믿음은 아이들과 나를 잇는 최고의 가치이며 최선의 방책임을 위대한 고전, 논어를 다시 읽는 이유이다. 2012년 2학기의 화두는 '건강하게(경제) 나를 지키며(국방) 신뢰 받는 사람(신뢰)'이다.

공자의 『논어』를 읽다가 내 인생을 돌아보며

2012년 2학기를 어떻게 살아가야 할지 다짐해 본 글이다.

아울러 아픔을 딛고 일어서려고 애쓰는 나의 아들과

성실한 직장인으로 열심히 살아가는 딸을 위한 어미의 간절한 비원도 담았다.